U0055012

沉城驚夢

心水 著

心水、婉冰夫婦金婚儷影

目次

序

廖蘊山

玉液兄筆名心水，擅長文藝，是墨爾本華裔作家中之佼佼者。常有作品在報刊雜誌發表，其為文清雅有緻，甚獲各界好評，尤其短篇小說，理圓情婉，詞藻清麗，為讀者所喜愛。一管生花妙筆，點綴墨城，使澳華文壇，平添異彩。

頃玉液兄以一九七五年南越山河變色為經，本身虎口餘生為緯，化一年工餘之暇，寫成長達十五萬言之《沉城驚夢》一書。過來人現身說法，情真事確，淚血淋漓，其感染人之處，已不在乎平常詞清藻繪之間矣！

此書脫稿後，玉液兄以草舍鄰近之便，遂推余為第一個讀者，並囑寫一序言以誌其事。余自惟讀書不多，荒於學問，焉能勝此重任？惟念越黨傾屋，余亦親歷其境，迍邅劫罅，受盡折磨。此時藉玉液兄大作，重溫昔日驚夢，亦足增加戒惕之心，隨欣然接卷細讀。初尚恐此類見慣聞厭之故事，提不起閱讀興趣，然一經翻開卷帙，竟為情節之生動與佈局之緊湊所吸引，每讀完上段，使人有欲罷不能之概。平凡之處，迭現奇峰，此乃玉液兄之高明筆法有以致之也。

談到書中主題，作者悲天憫人之心，對越共極權專制之騙人伎倆，大申撻伐之詞；對越共之血腥統治，提出強力之控訴。本來此調，原屬老生常談，然逋難民托身有所，對當年慘遇，早已境過情遷，遺忘殆盡；而西方人士卻因未經此苦，尚不相信人世間真有此暗無天日之事，因此，斯時斯地舊事重提，亦未嘗無捧喝之意。當年越南總統阮文紹在位時，常對民眾廣播說：「莫聽信共黨之說話；須看清共黨之行為。」其國雖已淪亡，其言卻成末世真諦。且看共產黨陣營老大哥之蘇聯，平時滿口和平人道，骨子裡卻窮兇惡極，對內壓制人民，對外擴張侵略，以達到奴役全世界人民為目的。試問目前世界上，敢明目張膽開大軍去侵佔別一個國家的，除了極權之蘇聯及其爪牙越南外，尚有誰敢冒此世人共憤之大不韙？可惜一般西方國家之領導人，卻視若無睹，任其翻覆。如澳洲鄰國之紐西蘭，竟妄顧美國庇護下之安全，藐視美，澳，紐聯防之重要，甘受蘇共慫恿，倡什麼南太平洋無核區，不准美國核艦入港訪問，可以說是自敗長城，愚蠢之極。等到有朝一是蘇共之核子艦艇長驅直進威靈頓時，則已噬臍莫及，悔之晚矣！世界上任何一角都是蘇共之擴張目標，此文特別提及紐西蘭，不過就近取例而已。

正如玉液兄在自序中所說，其著書之目的，並不是為揚名求利，祇希望藉書中人物之慘痛教訓，激發自由世界人民之警惕，免致重蹈越南人民之覆轍。否則眾生渾渾噩噩，任由北極熊及其爪牙霸圖得逞，恣意宰割，則秦人不暇自哀，而後人哀之之一幕，將重演無已時矣！

一九八七年九月於墨爾本

自序

心水

印支三邦淪亡轉瞬已經超過了十二年，曾經是東南亞的一座名城「西貢」，隨着越共的鐵蹄踐踏下，從此沉沒煙消。

善忘的世人對於苦難的中南半島，已因時間的飛逝，而漸漸淡卻。除了偶然出現的「難民」這個代表的名詞，在報上點綴新聞外；西方部分政客更別有用心的，把「難民」當成投機本錢。甚至把投奔怒海血淚慘劇裡的主角們，看成是一群追求西方物資的「經濟船民」。這對於分佈自由世界的廣大印支難胞，無疑是極大的侮辱。

作者也是大難不死，定居澳洲的一位華裔難民。對世上善忘的人們，無視共黨的陰謀，對於西方部分埋沒良心的野心家感到無比憤怒外，終於在一九八六年開始，鼓起勇氣，利用工餘時間，斷斷續續，花費一年的心血，完成了這本記實長篇小說。

本人並非專業作家，故對拙作的善與美的追求，力有不逮。但在「真切」方面，卻坦直的呈現在內容的情節裡。唯一和史實不符合，是越共揮軍入侵柬埔寨的月分上，為了配合小說進展而略作更改。

讀者有緣讀完拙作，而能引起深思。理解到印支難民們拋家棄國，拿生命作賭注，去爭取自由，其目的就是要逃避共黨苛政，果能如斯，作者的心血算是沒有白費了。

用生命鮮血去換取自由幸福的印支難民們，這種行為就是對共產苛政最勇敢的抗議；當年幾十萬沉屍海底的冤魂，他／她們的死亡已敲響了越南共產黨的喪鐘。

西貢，這座沉沒的「東方巴黎」，終有一天會在英勇的越南人民，那班滿腔熱血的反共復國的革命者，讓推翻暴政的鬥爭裡意識再度浮升，那面光輝燦爛的共和國旗幟重新屹立，在自由國土上飄揚。

書成後承廖蘊山前輩斧正筆誤，並費神撰文代序，使拙書添色，謹此致謝。

一九八七年八月十三日於墨爾本

《沉城驚夢》再版序言

心水

歲月恍惚，有如卡擦一聲就飛遁了無數年，完稿於一九八七年五月的長篇小說《沉城驚夢》；由內子帶去香港將版權順利售賣，在翌年九月由「香港大地出版社」出版並發行全球，脫稿至今竟已飛遁了二十七年。

這部奠定了我作家名分的記實文學作品，因分配到澳洲的額數少，至令眾多澳洲，紐西蘭的讀者們無緣讀到。多年來，都有世界各地的印支同僑及中國各省研究海外華文文學的學者專家們，對這本算是我個人的成名作尋尋覓覓。

一九八六年中開始利用工餘時間，忍受右手肌肉工傷疼痛之苦，點點滴滴將個人在南越淪陷後度過三年多的見聞，用長篇小說文體寫下。我從沒有創作過長篇小說，限於才情，開始後才知極為吃力。但最終還是堅持以一整年工餘時間完成初稿，經修改及謄抄後，呈給宿儒廖蘊山先生過目，並蒙撰寫鏗鏘有聲的序文。

因涉及共產黨的統治內幕，出版時始知好事多磨，當年兩岸及海外各地左右意識形態壁壘分明；香港雖離回歸尚有九年，但傳媒多已被大陸插入專人監督指點。審查後該出版社多次來電話，要修改書中過敏詞句，本書幾乎就要胎死腹中了。幸有合約保障，幾經談判及略作讓步，始得以面世。但終不容再版，有錢也寧可不賺，可見其時香港出版業幕後掌控者權勢之大了。

當今網絡縱橫四海，忽接任教於廈門「國立華僑大學華文學院」的莊偉傑教授，傳來發表於海外華文文學雜誌的評論：〈心水——充滿人道精神的多產作家〉，內文提及拙著中的兩本長篇。令我興起何不讓這本著作與各地讀者見面呢？

八年前我在史賓威市中華公學圖書館，開辦了「大新倉頡」電腦班，與後來成為電腦班熱心的助教們結下文緣。有了此構想，詢問眾助教，都熱心支持。於是將全書影印分成六份，交由溫友誠，黃雪明，杜寶珍，李佳容四位助教，內子婉冰及自己各一份，重新打字。若無這幾位好友的協助，個人實在抽不出時間重新敲鍵，輸入十餘萬字的著作，在此衷心感謝上文提及代打字的友好們。

歲月不管怎樣流逝，發生過的歷史是不該隨著時間而煙沒；所謂不容青史盡成灰，正是這種意義。當年印支半島發生的戰爭，以及戰後南方被共黨統治的無數血淚故事，仍然深刻在那片土地的人民，以及拋家棄國流浪天涯的過百萬印支難民們心中。

除這些當事人外，海內外的人們及史學家們，所知必定有限，或者故意淡化或被美化。有良知及盡言責的文字工作者，作家之喋喋不休的撰文，唯一目的，就是讓發生過的歷史留存。這也是我當年忍着右手肌肉傷痛，創作此書及重新連載，同時在台灣再版發行的心願。

為了紀念與內子婉冰牽手五十週年的金婚，相約別開生面的以每人一冊著作，同時舉行發佈會做為慶祝金婚儀式。

最後，感謝出版此書的台灣秀威資訊公司，當然，也向有緣閱讀拙著的廣大讀者們致謝，希望不吝賜教。

二〇〇九年九月十二日於墨爾本無相齋

二〇一四年元旦於墨爾本全書修訂及校對

沉城驚夢

一

四月的西貢，陽光明媚，溫熱的空氣裡似乎可以聞到遙遙遠遠傳來的炮聲。除此之外，西貢的老百姓還是樂天知命的把笑臉掛出來，埋頭於生活上的忙碌。這份鎮定從容的功夫，是三十多年連綿的戰火裡磨練成的。兵臨城外，又不是沒有經歷過，一九六八年農曆春節，越共部隊在西貢及華埠堤岸的大街小巷和民眾的聚居地，點燃爆竹似的燒槍，好不熱鬧。結果沒幾天又恢復了平靜，西貢還是西貢，有美麗的東方巴黎之稱，一點改變也沒有。那麼，還為什麼要杞人憂天呢？

但是，在美國大使館的前門，熙攘的上千人群，卻找不到輕鬆自如的笑容。那些五官寫著的形容詞是焦急，徬徨，憂慮。許多衣冠楚楚，氣派不凡的達官貴人，都在忘了本身以往的教養而變得和本來身分絕不相稱的粗野，呼喝怒罵的往前推。每個人都希望擠進那道厚重的大鐵閘，好像那兒是天堂和地獄的分界線，只要能衝過去，就可以升天成仙了？

黃元波是唯一在人群中退回外邊的一個人，他不是達官貴人，所以會從堤岸急急趕來，完全是由於幾天前收到美國的小妻姨由外交部發出的一封電報，要美國大使館人員協助他一家撤出越南。

有一線生機，為何要放過呢？來到後，才知道除了大鐵閘外還有重重的人牆，要進去，談何容易呵！回去又不死心，也難以和太太交待，如此無可奈何的站立在人堆裡，他也不知道自己究竟盼望的是什麼？實在太熱了，背心全流滿了汗水，縱然可以擠進去，難道一個人升天嗎？於是，在參與的人潮裡他退出來，變成了個旁觀者。

身分才改變，緊張的心情也消失了。想起今天一早到店裡，把電報的事告訴父母時，母親的一番話像北極的冰水從頭澆下：

「厝邊頭尾親朋戚友都無郎走，你阿無做官，越共來了難道就要吃掉你？你忍心拋下父母弟弟，加己一家到天堂享受榮華富貴，你就會快樂嗎？」

元波沒想到，他已經兒女成群，一旦要離家，母親的那份愛，仍是那麼綿綿密密，他難過而自責，輕聲對母親說：

「媽，我能出去，並非貪圖富貴，萬一這裡變色後，我們家族才有人可以接濟或設法解救，請你別誤會。」

「元波，免多講了，你先到銀行把寄存的珠寶鑽石拿回來，再去大使館。」父親的命令就是那麼簡單，也間接告訴他，大使館應該去，到美國是對的。

存放在堤岸交通銀行保險箱的玉石黃金美鈔，是由元波名下開箱寄存的，父親思想敏捷，這點元波竟沒想及。真的能赴美國，如不先把珠寶取出，誰能再去開箱呢？元波於是駕了汽車，匆匆到銀行把該辦的事弄妥，將全部首飾現金拿回店裡交給父親，然後趕到西貢。

這時，站在外圍，倒也不覺得是一種失望。可能母親晨間的神色及淚水，完完全全影響了他的心境。越共未必是魔鬼，何況，正如母親說，自己又不做官，倒也沒什麼可怕。元波的心思，在對於自己沒法擠進去而無奈的退卻，做了一番阿Q式的安慰，臉上也不自覺綻放了一抹笑容。

直升機隆隆怒吼，升空後，人群都昂首，盼望另一部飛機的降落。牆內牆外以及天台上，到處都是人，紛紛議論中；時間分秒的溜過，可是再也沒有直升機的隆隆吼聲傳來。不知什麼人首先發現，全部美軍陸戰隊的守衛已撤走了，留下的只是越南共和國的軍警及野戰警察。

這個了不起的發現傳開後，渲染著的失望及被拋棄的悲憤化成了一股怒氣，衝動的人群終於將怒氣變為力量。暴動展開了，幾千人在怒氣沖天的叫罵裡像一群野獸般打破了鐵閘，衝進了大使館。無政府的可怕現象發生後，什麼道德教養似乎都是多餘的，秩序和文明的約束力一旦消失，人類原始的天性就赤裸裸的呈現在元波的眼前。他感到吃驚和害怕，原本斯斯文文的達官貴人，竟可以一下子變成了毫無人性的動物，把玻璃打破，搶劫有用的打字機，冰箱，撕打，混戰，惡毒的咒罵，再來是放火。

在狂亂中，元波走到小街停放汽車的地方，心驚膽跳的駕著車離開現場，望後鏡映現的一抹黑煙裊裊升起，夜幕已降下。

東方的夜巴黎——西貢，燈火輝煌如昔，是的、那會有什麼改變呢？頂多，不同的是再也看不見那面由馬丁大使親自帶走的星條旗吧了。

二

天剛亮，一陣敲打鐵門的聲響驚醒整家人。

元波披上晨袍，邊走邊應的大聲發問：

「是誰啊？」

「波兄，是我。」門外傳進越南話，原來是空軍上尉張心。門開時，張心上尉全副戎裝的站在元波面前，神色淒涼，如遇家變悲劇似的用雙掌握緊元波之手說：

「波兄，我們已失敗了，飛機全由阮高祺[1]帶走了。我已坐上駕駛室，上司才告訴我要飛到泰國，我不能拋下母親和妻子，更不能做個背叛民族的逃兵。」

1 阮高祺少將當時是副總統兼空軍司令。

「所以，你留下來，請進屋坐吧？」元波望著他，很為好朋友的抉擇感動，越南共和國的軍官像張心這種有國家民族觀念的畢竟太少了。

「不了，我是來通知你，今晚不必在樓下睡了。飛機都飛走了，戰爭看來是結束啦！」他的聲音嘶啞，彷彿喉嚨吞塞著軟骨般，讓人感染黯然無望般的沉重。

「但願如此，和平是該高興的，你有什麼打算？」

「心裡很亂，還沒想到這個問題；」張心抽回手，把手按在腰間的佩槍上說：「如果他們不放過我，我就自殺殉國。」

「不會的，你別亂想。」元波被嚇了一跳，也真不知要說什麼。呆呆地望著那枝烏黑的「曲尺」佩槍，想著張心要用它按在太陽穴，結束自己寶貴生命的那一幕恐怖景象；猶若冷冰冰的槍管已按在自己的致命穴位，心驚膽顫忐忑難安。靈機一動，忽然說：

「張心兄，這個時候你別再佩槍了，在路上跑也會安全點；到處都有越共便衣人員，免他們誤會，不如把槍給我代保管好嗎？」

「軍人是離不了槍的，你的好意我心領，我不會亂做的，改天再見吧！」上尉說完轉身騎上機動車，在車上向元波舉手，莊嚴的敬個軍禮，發動機車後揚塵而去。元波瞧著他的背影消失在路的盡頭，才滿懷惆悵的進屋。

他太太抱著幼子明明，一手拿著個奶瓶在搖晃，瞧見丈夫時便開口問：「是誰啊？」

「是張心上尉。」元波脫下晨袍，口裡含糊的回應著，心中卻思考著一個他難以明瞭的事情。

「他那麼早來幹什麼？」婉冰專心的注視兒子明明吮奶，隨口發問，好像只為了要打破晨間屋內過於寂靜的空氣。

元波拿定主意，要把內心萌生的難題搞清楚。他忘了回答太太的問話，自己忽然又發出了個令婉冰感到莫明其妙的問題：「婉冰，妳說上尉是不是好人？」

「你究竟是怎麼啦！上尉當然是好人啊！」婉冰將溫柔的眼光從明明稚嫩的臉龐，移到丈夫瀟洒俊朗的五官上。當年也是這張精明英俊的顏容深深的吸引了她，尤其是他那對眼睛，亮晶晶烏黑閃耀，望人時好像可以一眼看到人的心坎裡去。他那雙眼睛，像會說話似的，把心中的念頭，明明白白的展示給人，痴到使她沒法子拒絕。

「對我們的友情，對這一邊的政府，對他的家庭，他當然是好人。可是，妳有沒有想到，對北越的共黨政權，對北方的越南人民，他每天駕駛F111的轟炸機去投彈，去殺死許許多多無辜的人民，他是什麼？」元波把困擾著他的話一口氣傾瀉出來。驟然一變宛如自己是軍事法庭上的法官，面對被虜的敵軍嚴詞審問？

「沒辦法啊！他是軍人，要服從命令。對北越的人來說他當然是劊子手，但這場戰爭並非是他挑起的，也不可以責備是他的錯呀！」婉冰平靜的語氣，聲音裡彷彿也盈滿著一份柔情，藉著音波纏繞到他心上。

「唉！是非功過，該怎麼下定論呢？」

「你沒聽說成者為王，敗者為寇嗎？」

「可是，他是身不由己啊！妳說共產黨會怎樣對待他？」元波瞧著美麗的太太，像要從她深心裡找到答案似的。

「怎麼啦？你是說越共會來統治這裡嗎？」婉冰忽然神色緊張，到這時刻她才感到事態的發展，原來變得如此嚴重。

「會的，昨天我看到了美國大使館的暴亂；今早張心來說飛機全跑光了，通知我們不必再睡樓下地板啦！」元波向溫柔的太太轉述外間見聞，平淡語氣中彷彿有份哀愁的輕輕氣息繚繞。

「那我們怎麼辦？美國去不成，你好像不擔心，一大早都在講張心。」

「我又不當官，沒什麼好怕。張心是空軍上尉，是官呀！他是我的好朋友，當然要為他擔心。」元波伸手，把喝飽奶水的明明抱過來逗弄。

「元波，你也不必為上尉想得太多，他是好人，越共應該會講理由吧？」

「我不知道，我對他們完全不了解。」

「你抱好明明，我去做早餐，吃粥好嗎？」

「沒關係。」元波笑著說，心情也較為開朗了。

婉冰走進廚房，這時阿美阿文兩個女兒也已從地板翻起身來，繞著父親吱吱喳喳的問長問短；外面混亂的政局變化，竟似完全與她倆無關。

三

戶外人聲沸騰，元波把明明交給大女兒阿美，再披上晨褸，擺脫了阿文；匆匆走到鐵閘邊向外窺探，只見許多人拖男帶女，挑著傢俬包袱從門前走過。他等了一會，沒聽到槍炮聲，大著膽打開門，呦！好長的一隊難民擠擁著往下走。

「大叔，你們從什麼地方來？」元波見到一個中年漢子，帶著兩個兒女正走到他家門前，便急不及待的向他發問。

那漢子停下來，望了一眼元波，喘氣的說：「從富林區來的，昨晚我們整個地方都給老鼠[2]們住滿了。」

「你們要去那裡？」

「先到市中心避一避，打起來時，不走是很危險的。」

元波好奇的希望多知道些情況，他接著又問：「你見到那些老鼠，是怎樣的呢？」

2 越南南方人民、通稱打游擊的越共部隊為「老鼠」。

「他們很好呵！也很年青，斯文又有禮貌；我們都煮了好多飯菜送給他們，然後才離開的。」

「他們既然是那麼好，為何你們又要逃呢？」元波有點百思難解，苦想不通，決心探詢清楚。

「你真的係唔明白還是扮野？」中年人提高聲浪，好像是生氣的說：「我們係怕美國佬的轟炸機和阮文紹的軍隊，亂炸亂燒亂殺才逃跑的啊！」

「大叔，阮文紹已經走了。現在是陳文香，好像正在移交給楊文明將軍。」元波更正這些最新國情的改變。

「唉！換誰都是一樣，老鼠們來了，也許從此天下太平？人民百姓能安居樂業，那就太好啦！」他擦擦臉上的汗珠，接下去說：「我要趕路了，你如果看見勢色不對，最要緊的是帶著家人先避避風頭啊！」

「謝謝你，大叔，我會的。」元波目送他走進人群裡，望著移動的隊伍，心想戰爭如不結束，自己一家也非加入這幅流亡圖不可了。

他們很年青，又斯文有禮，這些長長的遷徙隊伍，要避的竟然是統治者的正規軍隊而不是被稱為老鼠的越共？元波想起那些兇狠狠的共和國別動軍和海軍陸戰隊，衝進民居查戶口時窮凶極惡般的狼虎面孔；再去構思一支斯文禮貌的年青部隊，如何容易的使到純真的老百姓對他們感動。

他終於了解了，連自己也早早對那班阮朝作威作福的鷹犬，感到失望和討厭，其他老百姓們也必早有同感啦！

「吃粥了，元波。」太太在廚房大聲的呼叫。他把門關上快速的更換了外出的衣服，走到桌邊，捧起半碗白粥，送幾顆花生進口，放下碗說：

「大家快吃，我們要回到店裡，越共已到富林村了。」

「爸爸，越共殺人嗎？」阿美怯怯地，顯得有些腼顏的問。

「不會的，打起仗來子彈沒眼睛，所以我們才要避開，懂不懂？」

婉冰上二樓更衣，順手扭開了檯上的電視機，浮現在螢光幕前的是楊文明將軍，他正在大聲的對著字稿宣讀一篇文告。她的越語懂得不多，但也感覺到新上任的總統表情極其嚴肅，似乎有什麼緊急事件發生，她走近樓梯前往下喊：

「元波呵！快上來看電視，是楊文明在宣布什麼重要的事情？」

「喲！我就來。」元波三級當兩級的跑上樓，走進原本的睡房，眼睛立即盯著電視機；聽到新總統一句句沉重的話，原來是投降的通告，他身旁立著許多內閣官員們和穿著共產黨軍服的解放部隊。元波靜靜地聽完，婉冰倚到他身旁輕聲的問：

「他在講什麼？」

「要共和軍全都放下武器別抵抗，越共坦克車已經開進了總統府，二十一年的漫長內戰今天結束了，真是難以相信。」

「那麼，是說已經和平了？」

「是的。」元波心情有種說不出的傷感，他也不知道，自己為什麼會有這種感覺。浮現眼前的張心，一些思緒毫沒來由的想到一個他心中的好人被新政權押上審判台。

「啊！那太好了，我弟弟可以不用當兵了，你弟弟也不必躲起來過那種膽戰心驚的日子。」婉冰情不自禁，伸手擁抱元波，她喜悅之情洋溢；時時關注的竟只是身邊的弟弟及小叔的切身問題，對於整個社會以後會發生變化的種種可能都不必關心。似乎整個南北越打了二十一年戰爭，只是影響到她弟弟要被捉去當兵；以及丈夫的弟弟日夜被迫不見陽光，要躲避在店裡不敢外出，引起公婆憂心忡忡，除此之外，國家是和平或戰爭？彷彿對她就變成無關重要了。

元波抱著她，思想單純的好女子，那份天真可愛並沒因生育了幾個兒女而有所更改。那麼，該怎樣去把自己對這個驚天動地的大轉變，以及可能面臨的問題和憂慮去向她述說呢？他苦笑的決定不將自己的想法告訴她。單純是種福氣，就讓身旁女人時時浸沉在這種福氣裡吧！

「我們該下樓去了。」

「不回店裡了嗎？」婉冰想起先前的決定。

「投降文告都發表了，應該是停戰啦！我自己出去，到處逛逛，說不定順路也回去。」元波下樓後，又往回說：「別隨便開門，外邊還是亂糟糟的。」

「我知道，你要小心，早點回來啊！」

「當然。阿美阿文你們別亂跑，爸爸出去。」元波拍拍兩個女兒，把在地上爬的明明抱起來，交給阿美。然後打開前門大鐵閘，走出去立即把鐵門拉攏，才放心的踏上碎石路。迎面的陽光，溫暖燠熱的似網般的撒過來，使他避無可避，就那麼小心翼翼地走進陽光明亮的照洒裡。

四

橫過四十六號公路，向斜對面走出，就是陳國纂大道了。

路面兩邊站滿了形形色色的人群，路中央分三排的越共部隊，在一面越南南方民族解放陣線的紅，藍兩色正中，印上個金星的旗幟引領下，靜謐沉默的有點筋疲力倦的以凌亂步伐向西貢的方向前進。好奇的市民爭先迫近他們，要一睹平常口中「老鼠」們的真面目。

元波從人群裡硬擠進去，看到許多老百姓，情難自禁的對路過的越共部隊拍手歡呼。有的把袋裡的香煙拿出來，隨著移動的隊伍邊走邊派發煙枝；士兵們伸手接過香煙，並用濃濃地北越口腔向遞煙的人們道謝。但見加入派煙枝的人越來越多，接著、有些婦女竟從家中拿出可以吃的糕餅，點心及飲料，迫近隊伍去奉獻心意。

好像是這個部隊為她們帶來了和平及希望，對這次奇蹟的和平，老百姓迅速把感恩的對象歸功於勝利的一方。這些年青的北方軍人，很快的成了越南南方廣大人民眼中的民族英雄。

元波看到他們所裝備的隨身行軍用品，竟是那麼參差不齊的；軍鞋竟不是皮靴，幾乎全是一種用舊車輪的廢膠料改做的。難怪步過的隊伍會那麼寧靜，完全沒有大軍操過時嘹亮的靴革聲響。軍帽居然不是鋼鐵製造，而是輕飄飄像紙皮，看來是防曝及防雨外；對於子彈，似乎他們的頭皮可以那麼自然的讓敵軍任意射擊。所有的武器，毫不起眼，甚至ＡＫ步槍外表的亮度，也難和美軍的M16型那種耀眼美觀相比。

元波猜想，射擊時那呼嘯的聲浪也必然沒法超越M16的清脆。他們步法凌亂，像一班烏合之眾的頑皮蛋，那麼隨隨便便的散漫無章的，以各自喜愛的腳步踏過長街。這凌亂隊伍呈現在西貢人民眼前的雄師，一點威風的氣慨都沒有，元波幾乎很失望。「老鼠」英雄，不該是這個形象。可是，卻千真萬確的明明白白的擺出來，就是如此不堪的這種形象。

如斯軍隊，為什麼他們會是勝利的一方呢？元波一時百思難解，他捽捽頭，想把這些困擾著他的思緒捽掉。不意往左方張望時，在四十六號公路接近森德街的角落；驟然見到一小隊身穿共和國別動軍制服的敗兵，他們正在街角處競相把身上的軍服快速的脫下來。地上散放的是些軍帽，軍靴，和數不清一串串的整排子彈；還有那亮晶晶的M16自動步槍，孤寂的被主人隨手拋在路堤上。

他們心急的完成了這個放下武器不再反抗的任務，也已盡了軍人服從命令的天職。經過的老百姓，似乎連瞧瞧他們也會感到沾污了自己眼睛般的，看也不看他們一眼的興沖沖的湧向共軍的隊伍。

元波卻被這一幕景象深深地吸引，他瞧見他們只穿了內褲，赤身露體的匆匆走進森德街裡。遺留下的軍服，武器和徽章，在陽光的照耀下，竟也發不出半點光芒。一個敗亡的政權，如今連象徵該政權的東西竟也會黯然無光。

元波心頭湧現了一陣悽涼的感覺，好像他也是敗兵中的一分子，要去承擔歷史的恥辱。其實，他真真正正的只是戰敗的南方國土裡，兩千多萬老百姓中的一個而已。他很奇怪自己沒法一下子去接受這場勝敗的改變，也沒法學習別人有那份興奮，他想起太太婉冰的天真和單純，臉上竟浮出個淺淺的笑容。

對「老鼠」英雄的形象大感失望後，反而很感動於他們可以奇蹟般的取到這場勝利。越南民族為爭取獨立統一的戰鬥，能夠最後勝利，元波對這個民族首次湧起了一份很深的親切感和敬佩。這樣想著時，在步向店裡的路途上，心中才變得開朗，終於感受到熱熱的陽光，格外溫煦又可愛啊！

忽然間，槍聲連綿的向空中射擊，像受傳染的那樣，此起彼落；接著各種各樣的爆炸聲，串連起有如新年燃燒爆竹的喜慶，給人到處都是充滿歡樂的感覺。細細聆聽，幾乎什麼類形的槍械都給用上了。

在第一聲爆出的槍響時，元波真是大吃一驚，趕緊躲避到路邊的燈柱後去。但當他看到前面那班青少年們沿街歡叫時，始明白自己真的已成了驚弓之鳥。映眼那堆擠湧著的人群，都舉著各類槍枝向天空盡情的鳴放。湧出馬路的成人，看到敗軍所留下的武器，都爭相拾起，把槍口朝向天空瘋狂拔射，作為普天同慶的表達方法。

相同的槍枝，作為戰爭武器是可怕的，變成歡樂的工具，卻只像鞭炮。元波瞧著那些十幾歲的小毛頭，竟也把這些槍械當成玩具，心裡也暖暖地，有份輕鬆的感覺。畢竟，糾纏多年的戰爭已真正結束了。誰勝誰敗？對於善良的老百姓，似乎都不值得計較。

店鋪裡的大門沒上鎖，元波一推便閃身而入。

客廳中，穿著西裝外套的是他的父親，坐在沙發上神情落寞的吞雲吐霧，從老花眼鏡裡瞄他一眼，什麼也不說，又低下頭去吸煙。

二弟元浪穿背心短褲，坐在書檯後，時而用手撥弄算盤；時而隨手翻查檯面的一本出貨單，望著他進店，只是點頭，算是招呼。

惹眼的棗紅色波恤，配著窄身牛仔褲，淺色太陽鏡仍然半吊在鼻樑上，面對父親的是三弟元濤，身子半臥在沙發裡，瞧見元波，立即移動身體，略略調整了坐姿，然後開口：

「大哥，我們都在等你。」

元波對他展示微笑，才向著父親說：

「爸爸，外邊好熱鬧呢，人們都在開槍慶祝呢。」

「坐下，我有話和你們講。」

元波已經知道，每次有什麼事情發生，直接或間接會關係到業務或家族時，父親必定等著三個兒子到齊，然後展開討論或作個最高指示。像改朝換代那麼重大改變，當然照例要開家庭會議討論。

元波靠近元濤的身旁坐下，眼睛就定定的注視著父親。

「戰爭結束了，也叫和平。但真正的意義是自由的南越國土變色；我們和全南越兩千多萬人民一樣，從今天開始就要生活在鐵幕裡了。」父親放下手上的煙蒂，語氣平靜，好像在演講：「今日你們兄弟三人都在我面前，沒有一個在外國，我肯定的和你們說，我們算是破產了。」

元濤整個人從半臥的姿態裡彈起，緊緊張張的把腰挺得鑾直的，一臉驚奇的望著父親，彷彿瞧著一個完全陌生的外國人般，說不出的充滿了好奇。

元浪放下算盤，凝望著元波；元波的意外也不在三弟之下，驚愕了好一會才說：

「爸爸，您的話我們不明白。縱然新政權成立，也不會不讓人民做生意。再說了，我們店鋪內的所有存貨，不動產和銀行存款以及黃金，鑽石，都沒有任何損失啊！」

「你們還留在越南，我們整個家族都沒有人在國外；這裡存下什麼，都不中用啦，對我來說也已算是破產了。」

「爸爸，我也不明白，大兄走不成，但家中財產全部完好無缺，您為什麼說是破產呢？」元浪一改平時的嬉皮笑臉，正經八百的發問。

老人猛抽煙，大力吸幾口後再噴出來，搖搖頭講：

「唉！那些已不是我們的財產，遲早會變成共產。」

「共產黨又不是土匪，那裡會如此對待老百姓？」元濤的話算是在抗議他老爸的論調。

「我主要告訴你們，今後的業務方針，要開始收縮，然後結束經營。」

「為什麼？」三兄弟幾乎是不約而同的齊聲發問。

「你們三人都不能離開，我們的家產坐吃也可以維持好久；但共產黨是不會容許人民坐吃的。那麼，如不把生意收縮，再拚命買賣，去招惹他們注意，就會早些惹禍上身。如果早日停業了，有時間才可以想想今後真正出路。」

元濤接下去問：「如果是中立呢？」

「不要再發夢了，吃到口裡的肉骨，狗是不會再吐出來的。」他父親點燃上另一根香煙，指著元波說：「你要特別小心，『全國咖啡公會』的秘書長職位可以辭掉的話，最好趕緊辭去。今非昔比了，你們早點回去吧！別到處亂跑了。」

「知道了，爸爸，那我先走了。」元波站起來。元濤也接著說：

「爸爸，我和大哥一道走。」

兩兄弟就一起走出店門，在門外，元濤搖搖頭說：

「大哥，爸爸的話你以為如何？」

「自有道理，雖然我到目前還不完全明白。」

「我不相信，大家等著瞧吧！」元濤騎上「漢打」機動車，才發現店前沒停放元波的汽車，就說：「我送你回去。」

「不，我要到張心那兒，你載我去。」

「什麼？他沒跟阮高祺一齊飛走？」

「沒有。」

「真是少有呵！」元濤發動了機動車；元波坐上去，兩手抱著前面弟弟的粗腰，隨口說：

「你不用再當兵了，有什麼打算？」

「幫你忙，怎麼樣？」

「你忘了爸爸剛才的話嗎？」

「再想吧！」元濤將車轉向富林區，十分鐘後就停在六省公路的一座石橋邊，元波跳下車，和弟弟揮個手，沿石級走下去。

第二間褐色大門就是了，他舉手輕敲，應門的是張心的太太。她穿著傳統越服長衫，走起路婀娜生姿，烏黑的長髮，亮亮地垂落在背後，不加梳理，凌亂卻有緻。一份飄逸的韻味若有似無，在她精明的眼睛內散播。當木門開啟時，看到是元波，她的臉頰迅速的展開，像一朵微笑似的花蕊，熱情的迎向元波。款款有禮的邀請客人進屋，元波情難自禁打從心底讚美眼前這位北方佳麗，好友和她匹配，真是郎才女貌，登對得很。

張心上尉聞聲出來，和元波握手，四目交投彼此竟相對無言。

「一切都已成定局了，別太擔心吧！」還是元波先開口，打破屋裡的沉默。

「我情願戰死沙場，完成軍人天職，好過這樣不死不活的等待；心裡很難受，外邊怎樣了？」張心一口氣的說，像要把苦悶從呼吸中盡量吐盡。

「到處都是人，老百姓都在慶祝，大家很興奮，畢竟是和平啦！」

「如果我有什麼不測，請你代照顧我的母親和太太，行嗎？」

「不要胡思亂想啦！」元波的心有點痛，彷彿被他的話重重的敲擊著，不祥之感頓湧。

「不妙的感覺總糾纏著我，他們不會輕易就放過我的，你答應我嗎？」張心看來，心事重重，已失去昔日的那份飛揚神采，才一日不見，竟蒼老了許多。

元波堅定的點點頭，並告訴他在路上見聞，他太太明雪張羅了茶點拿出客廳，然後也傍著夫君坐下，出神而認真的聆聽著元波的講話。

告辭時，明雪不讓丈夫出門，親自送元波到門邊時，悄悄地把一個包裹遞給元波，並用她盈滿北方口音的清脆聲調說：「波兄，拜託你把它拿到安全的地方丟掉。我真怕他想不通，會做傻事，你有空多點來探望我們喲！」

元波已經猜到那是張心上尉的曲尺佩槍了，慎重接過才說：「我理會，雪姐多保重，請別送了，再見。」

明雪再三道謝，就目送他走上石級，才轉身關門。

元波截住了一部三輪車，把家的方向講了，也不還價，就靠上車座。車夫笑吟吟的踩著腳踏，下了橋，元波又見到一幅新景象。六省大道旁，川流不息的人群，抬著米包，扛著各色各樣的東西，興高采烈的呼叫著。

他百思難解，這些男女老幼，打從什麼地方逃難的？誰知車夫已用越語邊踏著車，一邊向人群發問，當明白了是什麼一回事，這位仁兄也見機得很快，竟把車急剎，請元波下車。不收車錢，道個歉，就匆匆踏著空車趕去米倉搶米。

元波無奈，只得抓緊手上的小包袱，安步當車，邊走邊看那從旁擦身而過的人潮，那個大貨倉的全部存貨已經給拿光了。這些片段，都讓元波大吃一驚，眼前展示的是他一生中，從未經歷過的無政府狀態，極其荒謬及亂七八糟的局面。

他心裡感到一陣莫名的驚恐，腳步也就加速了。家，已那麼接近了，又好像永遠都走不到。

五

一九七五年五月國際勞動節，緊接著越南「勞動人民的偉大勝利」而降臨。

西貢、堤岸這兩座美麗相連的城市，在陽光露面的時刻起，就被一片旗海淹沒了。千家萬戶、大街小巷、學校會所、機關廣場，通通升起了「南方解放陣線」紅藍相間的旗幟及越北的金星紅旗。甚至往來的汽車、軍車、機動車、大巴士、腳踏車、人力三輪車以及馬車，都在顯眼的位置，插上一面小小的紅旗。

不管你願意或不願意，除了瞎子外，映入視線的就是一大片一大片的紅。艷艷麗麗、溫熱耀眼，鮮血似的無所不在的把天空，建築，街道，潑辣辣地掩蓋著。

紅旗招展，好一片腥羶的血紅啊！西貢、堤岸在紅彤彤的艷色中，從此失去了「東方巴黎」曾經擁有過的典雅與姣美容顏。

「胡志明市人民革命委員會」隆重且喧囂的宣佈成立了。

胡志明的幽魂走出首都河內玻璃棺裡，君臨南方；西貢、堤岸這兩個繁華城市，世界知名的地方就埋沒在歷史的冷宮中。

「郡」的「人民革命委員會」也都相繼亮相。

緊接著是各地方「坊」和「保」的「革命委員會」，亦紛紛爭著把招牌掛上去。

凌亂過後，城市隨著革命部隊的進駐而恢復了秩序。

元波的住家是屬於第十一郡第八坊第四保的轄區，進駐到地方裡去的解放軍英雄；到任後立即深入民間。他們分別到轄區內的每一住戶，親切的去和人民做友好的交流。

婉冰開門，面對兩個一身軍裝的北越軍人，花容失色的有點不知所措。那些北方口音，令她更難完全明白，驚慌過後，倒是很勇敢的把身體擋住門口。一邊大聲呼喚在樓上的丈夫，元波匆匆下樓，驟然望到站立門前的兩個戎裝軍人，心裡忐忑的跳動，也不明白自己究竟是怕些什麼？其中一個濃眉大眼，有張國字臉形的士官，面對元波敬個軍禮後，才開口說：

「我是第四保的保安隊長阮文協上士，他是同一部隊的陳文青下士，專誠前來探望大叔大嬸。」

兩個陌生軍人掛著一臉笑，親切到好像寺廟中，被供奉著的大肚佛般合不攏口，元波客客氣氣的分別和他們握手後，大方的邀請他們進屋。就在樓下廚房的飯桌邊，拉開椅子；文協告謝，頷首示意文青，兩人才同時入坐。

婉冰泡好了溢瀉著濃香的咖啡，捧到飯桌前，他們一再道謝；文青東張西望，文協指著那杯烏黑咖啡說：

「我們奉命不可食用人民的東西，大嬸已經泡了，不飲不好。以後，請大嬸別再客氣，今天能認識你們，很高興的了。」

「喝杯咖啡沒什麼要緊，請吧！」元波先呷了一口，再說：「你們軍紀好，所以會全勝。」

文青也捧起咖啡，第一次開口說：

「我們在整個抗美救國的這場解放戰爭中，有個命令是『絕不拿人民的一根針和一條線』呢！」

元波把話轉述給婉冰，他們夫婦好生感動，也明白了在戰爭期間，南方廣大人民為什麼會那麼支持和同情這些游擊隊。原來他們有那麼好的軍紀，難怪南方農民都把「老鼠」看成正義之師？

民心所向，勝利是必然的結果了。

初次相見，主客親切的閒話家常，軍民能夠那麼融洽，是元波以前所不能想像到的。

客人走後，夫婦兩人都認為，越共並非如想像和宣傳中，仿似惡魔般那麼可怕啊！

「可是，爸爸為什麼那樣擔心？」元波忽然想起父親昨天那張極其嚴肅的神色，望著婉冰問。

「大概是老人家太相信『今日世界』週刊和各類報章上的反共八股，時間會沖淡他對越共的成見的。」婉冰將自己的想法講出來。

「其實，剛才我也有點害怕，畢竟，我們誰也沒有和越共打過交道。」

婉冰整理下垂的髮絲，才說：「他們也是人，不同的只是奉行和信仰的主義。」

「但願這是個好的主義，我們已經面對了，妳怕不怕？」

婉冰移過去，依偎在元波的懷裡，用緊緊的擁抱去肯定她的信念。只要和他生活在一起，不管有多少壓力和挫折，她從沒為外間的變化而操心。

元波從她無聲的答覆裡，夫妻心靈相通，也就回報了個熱熱烈烈的親吻。

六

節日過後，南越人民對於和平來臨的狂歡慶祝和興奮之情也漸漸平息；但那一片紅浪旗海卻仍然沒有褪色，還是誇張的招展在整個市面上。

元波駕車去交通銀行，在第五郡華人聚居的街道，竟有許多人家的店面除了金星紅旗外，居然也掛出了那面刺眼的五星紅旗。這些從前懸掛「青天白日滿地紅」國旗的僑胞，一夜之間，居然可以擺出另一副新容顏，見機之快，用心良苦，真使元波深心敬佩。

他自己倒為了驟然間再看不到一向見慣的那面「中華民國」國旗，而有說不出的難過。這點心事竟連在妻子面前都不敢啟齒，就讓這份秘密伴隨失去名字的城市埋葬吧！

他把車停在橫巷，行過世界餐室，銀行就屹立在眼前。可是、令元波大吃一驚的是銀行沒開門？他急忙走回停車處，心神恍惚的把車駕到同慶大道中段，停泊好車，向中國銀行分行的方向快步走去。結果相同，沒有告示，也沒有個人影；銀行外徘徊著好些像他一樣要到銀行提款的人，大家胡亂猜測，仍找不出任何結論。元波心裡猜測，也許是新人新政的作風吧？但是，這種改變和衝擊，對他真不是一下子可以接受的。

兩天前，去取回寄存在保險箱內的珠寶時，父親沒提醒他把錢也取些出來，他也毫不放在心上。其實，他真沒想到越共才控制了政權，第一件改變的事竟是要全部銀行關閉，凍結存款，很難想像銀行停業，整個社會經濟怎樣運作調動？

元波轉回到咖啡店舖，元浪很開心的站在門前曬太陽，他為了逃避軍役，躲在家裡整整已五年；過著不見陽光的非人生活，使他變得很蒼白。和平，對元浪來說，就等於重見天日，不必再害怕軍警查戶口，不必再擔憂被拘捕到戰場充當阮朝及美軍的炮灰。他對滿街飄揚的大小紅旗深深著迷，並有份感激不盡的感恩之情，期待圖報似的，把虔誠都寫在眼眸裡。

「大哥，早安。咦！你今天不穿皮鞋也不打領帶，真是少有，為什麼呢？」元浪看到哥哥從車裡走出來，對元波的隨便服飾很感驚奇。

「別說這些了，你看起來很是高興呢！」

「當然高興啦！『沒有什麼比獨立自由更可貴』，胡志明說得真對。」

「革命口號也琅琅上口了，喂！銀行全關閉了，怎麼辦？」元波指指店裡，先行進去，元浪一愕間，也緊跟著哥哥進鋪，在後邊追問：

「還有多少存款？」

「大約一千五百多萬吧？」

「希望遲幾天會再開門。」

「拿成功報來，看有什麼關於銀行的消息。」元波每天回店，都習慣的先找早報閱讀。

「嘻！你還想看成功日報，真是作夢，看看這份吧！」元浪從銀櫃後方把一份報紙遞給哥哥。

元波伸手接過，打開頭版，意外的發現竟是剛剛創刊的中文版《解放日報》。許多橫排的簡體字，讀來費力傷神；內容除了兩份革命委會的安定民心的通告外，都是國家統一、全勝大捷的報導。元波不禁想，只有兩天，改變得也太快啦！城市失去名字，新國旗染紅了天空，銀行停止營業，熟悉的中文報紙也都全停刊了，再下去，還會有什麼更改呢？

「怎麼樣？」元浪指指報紙說。

「看不慣橫排，總不容易接受。」元波把報紙丟上銀櫃。

「獨此一家，別無分號，不慣也得看啊！」

「爸爸呢？」元波問。

「到老三那邊還沒過來，找他有事？」

「銀行的事要告訴他。」

「他已經猜到了，早上出門前對我講，那天竟一時大意；叫你去開保險箱，卻忘了提取銀行存款的事。爸爸連連說了兩句『莫法度』，倒是媽媽看不開。」

聽了弟弟的話，對父親料事如神是越來越使他佩服外，也真是想不通為什麼父親會有這種本領？那麼，對於要他們兄弟收縮營業的看法，是不是應該照做呢？想起這點不覺猶豫著，便順口問問元浪：

「爸爸料事都很準確，那麼關於逐漸收縮生意，你有何看法？」

「再等等吧，觀望多些時候才能決定。現在，言之過早吧！」

「我也這麼想，又擔心爸爸的看法會完全正確。」

「見步行步，順風駛舵。如果中立，時機有利，我們就大做特做。萬一勢色不對，就按照爸爸的意見，有什麼好擔心呢？」元浪胸有成竹，說來頭頭是道。

元波除了敬佩父親外，對這個向來有「師爺」之稱的弟弟也很器重。想來元浪的話也不無道理。他打開賬簿，訂單很多，剛和平，四鄉六省的客戶都趕到華埠堤岸，一則看看新氣象，順便採購貨源。

他對於咖啡舖的好銷路，倒也不以為喜。心中忐忑的是，他管理的銀行存摺，一下子千多萬元被凍結，總使他有種難以言喻的不安。也說不上是什麼，心境就如斯寥落，以至和元浪在賬房裡博奕象棋，連戰連敗。

黃昏時回到家，阿美正用小湯匙在餵明明食粥，阿文迎上前，熱烈的親吻了父親。元波在婉冰盈溢的笑意裡，把銀行關閉的陰影拋到門外去了。

晚飯後，孩子們上樓看電視，婉冰端了茶到客廳，遞給元波，然後打開話匣：「今天那兩位越共軍人又來了，我講的越南話他們都不大明白，就叫阿美當翻譯。」

「妳和他們談了些什麼？」元波拿出香煙，點燃上了吸一大口，再把煙霧吐向天花板上。

「我好奇，向他們提出了許多問題，問北越有沒有冰箱啦？有沒有電視機？煤氣爐和有沒有汽車？文協連連點頭，文青卻想也不想的都說有。後來，我要阿美把那些日本出產的本田，三菱汽車，電視機等產品問他們，也都說有。沒想到阿美鬼靈精，問著問著出其不意的把美國福特車的名字也唸了。」婉冰掛著一抹笑意，就此打住。元波聽到入神，急著要知道下文，連香煙也忘了吸，緊張的追問：

「喂！講下去，他們怎樣說？」

「文青還是面不改容的說有；我們已經知道他們說謊了。」婉冰拿起茶杯呷了一口熱茶才再說：「阿美不再問，倒是用廣東話返問我，為什麼兵大哥要不誠實？我也不明白，你說呢，他們為什麼要騙我們？」

元波想不通，絕沒理由，北越會有「美帝」製造的「福特」牌汽車啊！他愕然地瞧著妻子，婉冰卻自己接下去：

「你想不出，是不是？後來，我終於知道了。不過很難相信就是了。」

元波拿起茶杯，大口呷進嘴，把手上的煙蒂按熄在煙灰缸裡。出神的望著面前的婉冰，她再飲了口茶，接著開口：「他們告辭後，我真想立即去店裡找你，又怕你笑我，就胡亂和阿美猜。沒想到下午陳文青一個人來了，他這次老實到大出我意外呢！他要阿美轉告我，早上他通通說謊，因為他的隊長在場，不能不照規矩講話。那些牌子他從來沒聽過呢！」

「什麼？他說謊是隊伍裡的規矩？」

「一點也不錯，上級命令他們，絕不能將北越所沒有的東西讓南方人民知道。所以說謊也就是規矩，是軍令，你說奇不奇怪？」

元波不斷點頭，命令軍隊說謊，真是千古奇聞啊！

婉冰又接下去：「他告訴阿美，自己是儂族人，已經完全忘了鄉音；但姓陳，可以證明祖宗是中國人。是被迫加入軍隊，從二等兵升到下士，左腿右臂都傷痕累累，他還說北方好苦，並要我們千萬不能給文協知道這些話，他認為我們很好，不忍心欺騙我們，真是沒想到的。」

元波燃上香煙，深深吸了一口，噴向天花板，才說：「他為什麼要講實話呢？」

「我也想不通，他說他很喜歡小明明，他離家入伍時，唯一的兒子也正是明明如今般大小。已經五年了，南下征戰，家人生死不明，心裡好想回去，又不能退伍。也許，就因為思鄉念家而不滿，或許因明明而動了感情？」

元波把整個事件細想，還是很疑惑，如果文青後來的話是真的，為什麼越共要如此瞞騙南方人？第一次的話連阿美也曉得是假話的，第二次如果又是假話，也不合邏輯。

那麼只好承認他後來的話是真的。對於越共政權存心騙人民的問題，只好慢慢去了解，靠想是找不到正確答案的。心中就存下了許多解不開的結，因為一個萬眾歸心的政黨不可能是一個言而無信，存心說謊的政黨啊！

夫婦兩人終於都找不出認為合邏輯的解釋，這時傳來明明在樓上的哭聲，婉冰慌張的走出廳。留下元波，他又燃起煙，在煙霧繚繞裡讓許多思潮從四方八面來糾纏。想得太多後，竟弄到整夜輾轉，不能安眠的夜，原來好漫長呀！

七

日子重疊著日子，世界好像恢復了一片昇平，胡志明市也好像比以前更加熱鬧。這個舊首都已經有了許多改變，少了從前滿街到處亂逛的美國、韓國盟軍，共和軍和警察；卻多出了越共部隊和穿黃色制服的公安，以及從北方湧來的大量講著北越腔調的「幹部」。

全市再沒有銀行開門，也關閉了所有舞廳夜總會，連週日的跑馬場，建設彩票都停止活動。電影院照舊放映，台、港和西方影片換成了東歐和中、蘇共的產品，還是場場滿座。雖然是不同內容，不同風味，又是僅存而合法的娛樂，無所事事的人都躲進戲院內打發時間。

以前報攤上五花八門的三十餘種中，越、英文早報晚報，如今只剩兩份不同版面的中，越文的《解放日報》；購買時，倒也少花時間和心思去選擇，這些變更都沒有影響到人民的生活。

許多做太太的婦女們，竟也高興得對共產黨千恩萬謝；他們的丈夫已經不會再到跑馬場賭馬而輸光薪俸，也不會讓燈紅酒綠的舞廳中，那些賤賣肉體的野女人纏著不歸家。街頭巷尾，不知什麼時候開始，都安裝上了播音器，整天唱著革命歌曲；聽到人人熱血沸騰。每日微曦初顯，就呼喚著沉睡的市民起來操練身體，這些都是往日所沒有的新鮮事情。新政權、新方針，新政策果真是有很大的不同呀！

「胡志明市人民革命委員會」一道又一道的通告發出後，終於有一道限令全體舊政權的下士官及士兵們，去自己所屬的「郡人民革命委員會」報到。言明了只要三天時間，學習革命政府的新政策及仁慈寬大，往後不再追究。

一時間全城人心惶惶，元波看到媽媽愁眉不展，只好在安慰她時，特地載她老人家前往二府廟裡拜「福德正神」。對於「福德正神」，在堤岸居住的閩裔、潮裔人士都很虔誠的信奉著；元波母親一年中都要到二府廟裡求籤許願，還神拜佛好幾回。

三弟元濤是司機，在總參謀部為一位陸軍少將當差，是二等兵身分也要去向新政權報到。見媽媽惶惶不可終日，誰知在向「本頭公」福德正神跪拜後，竟求得了一支上上好籤詩。在回家途中，才把一臉的愁雲掃去。元波很感動，信仰的力量竟然如此之大，但他自己怎樣也沒法接受，一如他媽媽那份對神佛全心全意的虔誠信仰。看到慈親展開如花般的笑容，他也希望福德正神的籤詩是萬靈的，元濤畢竟是他的手足呀！

報到的限定時日在眾人擔心徬徨中來臨，元波清晨便趕到三弟的家裡；沒想到元浪和媽媽比他更早到達了，元濤已把應用的簡單行囊都準備好了。他穿著越共入城後市面才流行的拖鞋，一條藍斜紋褲和短波恤上衣，展現了濃郁的工人味道，完全改變了往昔他穿軍服時的那份不可一世的神氣。元波看到媽媽忙著在祖宗的靈位前焚香禱告，再望一臉充滿著憂悒的三弟；一顆心竟也沉沉重重，但為了使元濤安心去報到，故作輕鬆說：

「喂！看你的樣子，已變成了一個地道的工人階級呢！」

「大兄，你有什麼消息沒有？」元濤掩不住內心的懼怕，對元波的取笑不作理會，用閩南話問。

「你指的是什麼消息？」

「當然是舊軍人報到的消息呵！」

「有啊！三天後你就會回家了。」元波想也不想，就照著報紙及電台廣播通告的限定時日，肯定地安慰著元濤。

「你真的是那麼相信他們？」

「三弟，你想到那兒去了，為什麼我們不該相信他們呢？人民擁護的政府是好政府，好政府怎麼會失信於人民？」元波口裡說得自然，腦中卻想起陳文青對太太婉冰講的事，他還不敢確定究竟陳文青有問題呢，或是越共這個新政權有問題？

「大兄，但願你的看法沒有錯。」元濤說完，瞄了瞄手錶，已近九時，拿起行囊，向已經拜好神明祖宗的慈親告辭。做母親的千叮萬囑，好似元濤是第一次出遠門？元波心想：我們都長大好多年了，母親眼中，不知是否依舊把我們當成孩子？他不敢問，也不了解慈母心所盈溢的愛有多深。

元波的媽媽從店裡一直走到街心，元濤坐進哥哥的車裡，心中忐忑；但強忍著不敢回首向站立街心的母親揮手，擔心往回望，就會斷腸。

第十一郡人民革命委員會面前的廣場，已經擠滿了趕來報到的舊軍人和舊公務員。元濤兄弟一起走進去，由兩位武裝的公安人員，查驗了元濤的證件，再檢查元波時，就把他阻擋在大門外了。

不是報到的人士一概不能進入，元波只好擠在郡址外許多送行者的隊伍裡，和他們一般的有點不知如何渡時的等待著。

秒秒分分走得好慢，元波丟下的煙蒂卻好快，許多軍車排成長蛇隊伍出現在郡址前方。然後大門開了，所有車門也張口，報到的人群在幾十位武裝公安人員的指揮下，紛紛爬上車。元波尋著找著，吃力的在人群中擠迫，終於在軍車隊全都開走後，仍然無法在凌亂的幾千個敗軍中發現弟弟，他也拚命舉手揮搖，心中卻有說不出的迷茫。

成與敗兩者之間居然有那麼巨大的分野，他們都有罪，都是劊子手，是美帝的幫凶，是阮朝的走狗。所以要去學習三天，向人民認罪，向黨悔過。如果，如果反過來，成功的是南越的共和國軍隊，他們今天都會走在熱鬧的街上，成為被市民歌頌的「抗共英雄」，啊！是非功過的準繩，要怎樣看待才算公平呢？元波跌進了這個思緒裡糾纏不清，讓自己也變得糊塗了。

回到店裡後，他還得裝出一臉笑姿，騙媽媽說親眼看見元濤在軍車上和許多嘻笑的報到者笑著和他揮手，他母親認真而虔誠的說：

「本頭公的籤詩真的很靈，阿濤三天就會回來了，我也放心啦。」

元波不輕意的抬頭，神龕前媽媽擺放著那張黃色籤詩紙，壓在香爐下，上上籤，是大吉大利的好籤。難道「福德正神」也知道越共會取信於民？只要三天，三天後就可再見元濤，也可以證明「本頭公」的靈籤，又可看清越共是否有信用？三天，七十二小時，元波竟熱烈而焦急的盼望著，有了等待的心情，他就落進時間的陷阱內，令他坐立不安。三天，比他預期的更漫長更難度過呢。

元濤平安歸家，恰恰是三天。全國去報到的舊軍人也都歡天喜地的回家；解放日報上寫滿了舊軍人被採訪時的感恩話。和家屬對人民政府及黨中央的仁慈說不完的信服和敬禮。

整個城市，一下子又融進了歡樂的氣氛中，元波的心情也完全開朗，心中溢滿感激，感激一個沒有失信於人民的好政府。婉冰取笑他，說他也像是舊軍人的一分子，終能重見天日的過新生活。

八

全市汽油站在把存油售罄後就停業了。元波為了買不到汽油，已經不再駕駛那部日本小型汽車，改用兩輪的機動車，耗油量就節省較多。新政權，百廢待舉，沒有入口汽油只是暫時現象，真的不該擔心。

至於銀行為什麼還不開門營業？也一定有它的充足理由。市面上倒也正常的熱熱鬧鬧，除了出入口貿易停頓外，並沒有因為銀行停業而有大影響的跡象。

婉冰在廚房裡擦劃了好幾根火柴，仍然不能把爐火點燃起，才猛想起煤氣瓶可能已空著了。蹲下一推，果然輕輕的彷彿是膠罐。奇怪？以前每半月煤氣公司的代理商，都會把裝滿煤氣的錫桶送上門更換。為了方便，每回都換三桶，這次，怎麼還不來呢？

「阿波，你快到李成源街那家煤氣代理商，通知他們送幾瓶新的來。」婉冰扔下火柴，朝著樓上高聲叫嚷。

元波放下明明，交給阿美，拿起太陽鏡走下樓。先敲敲三個煤氣桶，證實都是空的以後，才對婉冰說：

「我即刻去，妳到街口買麵包和燒肉，這餐飯看來是煮不成了。」

「好的。你快去快回，我們等你一起吃。」

「好。」元波已騎上機車，左轉右彎，不久，便到達那家代理煤氣的店前。把機車停好，進去查問，以前店面都堆積到滿滿的煤氣桶，如今竟連個桶影也不見？只見店員一個人坐在櫃面看武俠小說，瞧到來了客人，已把視線從小說上移開，聲音冷冷的開口講：「沒有煤氣了。」

元波除下黑眼鏡，站到櫃檯前問：「什麼時候才有？」

「不知道。」

「不知道？」元波心裡有氣，大聲的反問。

「老闆，回去買木柴燒吧！煤氣和汽油一樣，沒人知道什麼時候才會再供應。或者，永遠也不能自由買賣都說不定呢？」他放下書，搖搖頭，聲調有氣無力的洋溢著一份無奈。

「不會的，這應該是暫時的現象吧。」

「那就慢慢等吧！」他再拿起小說。元波對於自己的話很感意外，為什麼自己對這個政權會寄存著那麼大的希望？倒也說不出原因。

他離開煤氣店，返家途中，經過新馬路中山門附近；見到一戶人家門前，割切整齊的木頭堆成柴欄，擺放了許多柴枝和木炭。他趕緊停車，進去購了兩大麻包的著名的「後江」炭枝。把地址寫給店主後，才匆匆的趕回家。

婉冰抱著明明，站在門前和對面的芳鄰聊天，見到元波，急不及待的問：「煤氣桶什麼時候會送來？」

「下午，大約是三，四點鐘。」他沒把實情講出來，是存心讓太太來個意外。

住在對面的老楊，笑著等他夫妻說完話，沒頭沒腦的向他發問：「黃生，你在外邊有什麼消息嗎？」

「你是指那方面的消息？」

「我早上剛聽說中正醫院關門了，不知是真的嗎？」

「有這種事？我不知道呢！」元波這時跨下機車，心裡迷茫，中正醫院是五幫華裔同胞們合作共建的一家最大全科大醫院，為什麼會關閉呢？

「他們說醫院外已派了越共部隊守門，留醫的病人都要轉院了。連免費的門診部也停止運作了，沒人知道為什麼？」老楊補充了他聽來的傳聞內容。

「我們吃午飯，你也一起來吃吧！」婉冰微笑對著老楊。他客氣的辭謝了，走回對面去。元波才推機車進屋，想起還沒看報；要阿文上客廳把當天的報紙取下樓來。坐在飯桌旁，翻開報紙，在第四版頭，證實了老楊的話，內容大意是：

「人民軍隊對統一祖國的偉大功勞是全民都該圖報的，在南方胡志明市，南方人民熱誠的獻出了一所醫院，作為人民部隊的軍醫院。由原醫院的院長在市革委見證下，舉行了莊重的移交儀式，並由今天起正式啟用。」

「你要喝啤酒嗎？」婉冰將紅燒肉和麵包都擺放在餐桌上後，想起沒有湯水，順口問。

「不要。喂！老楊的話是真的啊。」

「報上說什麼？」

「說是獻給人民軍隊作軍醫院。」

「很奇怪。」婉冰想想，覺得事有蹺蹊，也就自言自語的呢喃著。

「是的，誰作主張？竟要把僑胞的公產獻出來呢？」元波也有同感，第一次，他沒有為新政府尋找理由，這家「中正醫院」，是五幫華僑的公產。他內心是很不喜歡如此不明不白的理由，從此這家完善的現代化大醫院，忽然閉門拒絕僑胞病患求診了。

「想也想不通，先吃吧，出去有機會查問就會明白。」婉冰伸手取下他的報紙，把燒肉和烤麵包推到他面前。元波拿起麵包，腦裡縈繞著是中正醫院，煤氣和油站關閉的這些煩人的新問題……。

街頭巷尾的播音器，在停止了革命樂曲時，把一則郡革委會的通告讀出來。原來要戶主於當夜到指定屬區的學校開會，鄰里們情緒熱烈而興奮，大家懷著好奇心等待。天沒黑，對面老楊就來敲門，元波也剛放下飯碗，點燃起一根解放牌香煙，應門後便和老楊抄小路，穿越過平泰區的廣肇義地，走到了穗城分校。

禮堂上早已席地而坐的圍滿人，大家談笑風生，對於這些鄰里街坊，元波都不太熟悉。可是，他們卻似乎都認識他，熱心的分別和他及老楊招呼，他回禮後和老楊一起學著他們，席地蹲坐。

主持人原來是保安隊隊長阮文協，他的開場白給好幾次的掌聲中斷了，他說：

「各位父老兄弟姐妹：大家都知道，英勇的越南人民經過了艱苦冗長的戰爭，並在偉大的胡伯伯領導下，英明的黨中央指揮裡，人民軍隊終於完成了驅趕美帝及阮文紹走狗集團，統一了祖國。」阮文協停下來，自己拍掌，然後觀眾始如夢方醒的響應。元波好愕然的想不通，為什麼演講的人會自己先拍掌？真是他半生未經歷過的奇事。文協在掌聲停止後又接下去：

「我們的國家獨立了，我們的人民全解放了，我們從此可以過著自由幸福的日子啦！」掌聲連綿，元波一邊拍一邊也注意到文協的雙掌，拍的比任何人都起勁。他說：

「可是，黨指示我們，美帝及其走狗反動集團是不甘心於這場失敗，他們仍虎視眈眈，隨時要破壞我們的革命事業。為了使人民都能安居樂業，我們除了嚴加提防警惕外，還盼望大家和我們通力合作，今晚請你們來，就是這個目的。」文協拍掌，群眾只好響應。

然後，站在他身旁的一個女幹部拿出了一疊紙張，向群眾分派。元波以為是傳單，接過看才知是戶籍登記表，分類項目超過十條之多。不但姓名、性別、年齡，連宗教、原籍、出生地、職業（在職業之項目，再分為解放前及統一後的兩條。）都要詳細填寫。

表格分派完畢，阮文協才宣佈是重新普查人口，掌握地方居民資料。他要參與開會的人互相介紹認識，原來的鄰居，本來大都早已相熟的；不大熟悉的也都在這場特殊的社交中，變得彼此相識了。之後，是在十家相連的住戶中選出一位街坊組組長，元波立即被老楊提名，可是阮文協竟然說：

「組長的成份，關係重大，在大家提名前，先想想那些貧苦的，清白的，過去沒當偽軍沒做過壞事的，最好是曾經為革命事業有貢獻的，都是優先者。黃先生以前是做買賣的人，不屬於工人階級，不能被提名。」

元波和全體參加集會的鄰居們都愕然地望著他，尤其是元波，心裡滿不是滋味。他從未做官也沒有從軍，只是經商做正當的商人；有點錢而已，就給劃分出一個與眾不同的階級？

當然，他根本不重視一個十戶的組長，但因給革命政權的保安隊長把他劃清成份而心中深感不快。單純的群眾，由於老楊的提名，就惹出一番話和革命道理，大家先前的氣氛似乎都冷淡下來。你推我讓，竟沒有人自告奮勇再推舉。文協笑嘻嘻，忍耐的等待幾分鐘，還是由他自己提名。

但見他從公事袋裡拿出張紙，就把預先寫好的張三李四錢五阮六通通點名。介紹了他們無產階級成份，再由他率先拍掌，算是通過。群眾也隨著他的掌聲起鬨，似乎，只要名字不是自己，誰當組長都不關重要，選舉街坊組組長到此功德圓滿，文協在散會前宣佈：

「各位把戶口表格據實填好，交給組長。從明天起，各位如發現誰家來了陌生人，都要暗中通知組長。若自己朋友親人從遠地來要留宿一夜或多天，都要先向組長報告，再到我這裡呈報。如不辦理，就會被當成反革命份子而受到應有的懲罰。」

沒掌聲，沒笑容，散會時，心裡沉沉的，好像年關迫近時家裡竟找不到錢應急那樣沉重。元波和老楊隨著眾人默默的行進「廣肇義地」的小路。

墳場裡，大的墓地前，竟也住了許多痲瘋病患者；風聲、蟲鳴和煙蒂的幾點紅光閃爍外，世界變成了幽靈的冥府。元波在自己足音裡，又彷彿聽到了阮文協那番使他心驚膽跳的發言。婉冰還沒有睡，元波避重就輕的把開會經過告訴她。自己一夜輾轉，東想西想，心中不斷翻滾，自己也不知道為什麼已不能像以前般的心安理得。

九

電話鈴響，元浪拿起話筒，聽後遞給元波，他接過：

「是元波嗎？你忙些什麼呵？怎麼不到會裡來？」

「喲，是海哥！我無事忙嘛，有何指教？」

「會裡留存許多公文等你處理，還有今晚我們歡宴新上任的第五群稅務司長阮登溪中校，你一定要來。」

「在什麼地方？」

「大羅天酒家二樓，晚上七點正。」

「好的，我準時到。」

「今晚見，我掛了。」

打電話的是「西貢堤岸咖啡公會」的會長林滄海，元波是公會的祕書長，負責中、越文行政公函及代表公會出席政府的稅務會議。由於他說得一口流利的越語，立案會長沒空時，往往得由他陪同會長一起參加和稅務有關的應酬。

他還記得，幾年前公會成立時，大家選他為秘書長，總覺得父老們都是因為看在父親的情份上而推舉他？但這位與他平輩的世交會長卻對他另眼相待，元波在這幾年來也盡責表現了自己所長，為經營咖啡的同業們做了許多被大家稱頌的具體事情。連任時，元波那種當初被選的感覺已一掃而空，代之的是眾望所歸的光榮感。

由於他父親的警告，新政權上任後，元波再沒有前往公會會所。如今，他正計劃怎樣擺脫這個職務時，會長的電話又來了，真是人在江湖，身不由己啊！

雖然是正式的宴會，但這些日子以來，元波看到許多場合出現的人，服裝穿著已和過去有顯著的差別。似乎西裝領帶皮鞋是代表著美帝國的那種階級成份，元波不敢也不夠勇氣再穿上去。只選了一條淺色長褲和白長恤，一對普通涼鞋，輕裝便服，他要使自己在外表看來，能適合這個革命口號到處張揚亂叫的潮流。自從街坊會集會後，他對公安隊長阮文協那番階級身分的說話，常感到有一陣無形的壓力，如一利刃般時時刻刻在他心靈深處戳痛他，他也在那份微痛的感覺裡變得小心翼翼。

當晚抵達時，沒想到出席的人都衣冠楚楚，唯有那位北越中校的那身陳舊而寬闊衣服，可以和元波的隨便服裝相襯。他的座位被安排在中校的左方，右方是滄海哥，對面是立案會長林水發兄，其餘的都是他父親的老朋友，屬於叔伯輩的理事們。

這位新貴在第五郡稅務局中，專管咖啡洋酒和茶葉的稅收，元波想不明白，為什麼要用一位身經百戰的中級軍官來處理和他職守絕不相稱的職務？

宴會在友誼融洽的氣氛裡進行，中校口才滔滔；元波又想起所有他曾經見過的共產黨人員，人人都是能言善道。

中校對於元波的平民裝束和他那口發音純正的越語大感興趣，也就時時把他看成翻譯者，將他的見解和理論由元波傳達給席上各人。

許多杯酒倒進腸肚以後，中校似乎已將黃元波視為知己。元波試探著小心地將一些疑惑的問題提出來：

「請問溪中校，您上任後的稅務政策是什麼？」

「偽政權收稅是一種目的，擴充軍備。我們的稅務政策是手段，是教育人民的一種溫和手段。在我們人民政府看來，所有商人都是剝削階級，我們要大家平等，解放的意義就是不再有人剝削人的不公平現象。」

元波專心而感動的聽著，這種社會如能出現，平等自由、天下為公，多麼美麗的一幅遠景啊！他急著問：

「怎樣才可以實行呢？」

「我們已有全套方案，已經在北方實行了二十多年啦，完全成功。稅務政策只是眾多方法的其中一種，是專用來改造工、商業走上社會主義大道的最佳方法之一。」

真是聞所未聞，莫測高深，玄之又玄的話啊，使在座的人都不能立時領會，在甜品未上桌時的自由傾談裡，元波抓住機會，誠懇的再問中校：

「您可否用個簡單比喻，讓我們明白，稅務怎樣能起到改善工、商業的作用呢？」

稅務司長先燃上根香煙，是三個「555」商標的英國名牌香煙，他淺笑而深沉的凝望著元波，然後放低聲音說：

「你的生意年終呈報盈利一百萬，我們會訂下交付稅款二百萬。如你可以清還，那麼便證明你先前是謊報，有能力再補交。一直增加稅額令到你沒法再呈交，你自然會放棄經營，轉去生產，不敢再經商去剝削別人。大家都依據社會主義方式去從事勞動，我們的任務便完成了，明白嗎？」

元波點點頭，總算是明白了，心裡卻迷茫一片，這是個怎樣的理論呢？左思右想，越來越糊塗，怎樣也理不出稅務司長的話中意；要商人全部破產，天下那有如此的政府呢？

分手時，溪中校又對他補充：「總的來說，人民政府與黨的稅務政策就是希望你們能夠及早覺悟。有問題歡迎你多多和我聯絡。」

覺悟！什麼樣的覺悟呢？一個馬列信徒、中級軍官，居然引用了佛教的詞句；由無神論者的口中講出來，越使元波想不通。更難相信的，他們不是絕不能吃用人民的東西嗎？但稅務司長卻自然大方的出席了一個如此特別的豐盛晚宴。啊！這是一個怎樣的新政權呢？

第二天，在店裡，元波把和新稅務司長交談的詳情向父親及元浪轉述，他父親等他講完後，反問他：

「你有什麼看法？」

「想不通，難道他們不要工、商業嗎？」

「他們只是不要資本主義式的工、商業，很明白，用高額稅務迫使工，商業人士破產。所以，我老早告訴你們兄弟，收縮經營為上策。」

元浪沉默的想著心事，這時竟然開口了：

「大哥，還是爸爸對，我們就開始進行結束全盤生意的準備工作吧！」

「元波，你還記得巴黎和談簽字那天我對你們兄弟講的那些話嗎？」老人站起來，面對他的長子，望望他，不等他回答，就自個兒走進書房裡去。

元波經父親一提，思緒快速倒退，那天宛如昨日，也是在這個客廳裡，多了元濤和母親及婉冰。一九七三年元月廿七日晚上，戶外整個夜空都給美麗耀眼七彩繽紛的煙花，照映得輝煌奪目。狂歡的人民都沉醉在和平的美夢裡，而父親卻召集了一家人，說出使他極為掃興的話：

「這個由十三國簽字的和平協約，只是美國為光榮引退的障眼手段；不出三年，南越必定給北越吞併。元波應該留下，阿浪和阿濤要趕快設法離開，把大本營和資金全都轉移到香港去。」

「爸爸，南越剛發現油礦呢，金蘭灣又是東南亞最大海軍基地；美國怎麼會讓北越侵吞這個魚米之鄉呢？」元波提出了他的看法。

「你們想想，五十萬美軍及其他幾國盟軍在這裡多年，都勝不了這場遊擊戰爭；這百萬雄師走光後，只剩下阮朝的無能軍隊，怎樣阻檔北方老鼠呢？」

「十三國的代表都簽字，難道北越可以不遵守協約？」元浪也不服氣父親的觀點。

「你們完全不明白，會守約的政黨就不是越共啦！你們不信，將來，不，最多三年就會後悔不聽我的話，但到時已是太遲了。」父親無視於戶外的狂歡氣氛，一如往常般的對自己見解深信不疑。他接著講：「阿浪，阿濤能先走，我們的資金全匯出去，經營這家老店已完全不必資本。我們的信用已建立起來，一個電話，要幾噸生咖啡，批發商都爭著送來。元波一家和我留下，最後才撤退。」

媽媽首先大表反對，一家人好好的在一起生活，何況又已和平，為什麼要分離呢？元濤根本不信父親那一套見解，元浪和元波也無法接受和現實完全相反的觀點。往後，父親仍一再想說服元濤或元浪，可惜都無法成功。

從一九七三年元月到七五年四月三十日，只是兩年零三個月再加三天，不出三年，果然不出三年啊，父親的看法完全準確。元波想到這裡，才如夢初醒，終於明白父親舊事重提，只是在點醒他，先見之明無論如何都比後知後覺可以避免許多不必要的麻煩。

他再也不猶豫，堅定的和元浪商量著如何收縮經營的方針？事情有了決定，人也變得輕輕鬆鬆。

燃起香煙，隨手翻開報紙，內容都是那些乏味的革命論調，他喜歡追讀的武俠小說已經全禁止刊載了。副版內容都是些俄國作品的譯文，不然就是武元甲大將軍的奠邊府之役，也少不了胡志明和馬克思的理論文章，這些都不吸引元波的興趣。那麼，他就用一種近於習慣性的動作去掀動報紙，以滿足他往昔閱讀報紙應有的紙張翻弄聲音。對他來說，這也是生活上的高尚享受。無意掃射到一個版面，橫排簡體字的通告，映入眼簾後，他不得不耐心的看下去。然後，扔下報紙，拿起太陽鏡，匆匆和元浪說再見，就趕著離開店裡了。

十

元波一直把機動車駕到六省大道的石橋才停下，擺放好機動車，沿石級而下，心急的敲那道熟悉的褐色木門。

應門的是明雪，她一身純白的衣衫，給人飄飄欲仙的美感，有點不吃人間煙火似的那種感覺。意外見到元波，她掛上個令人不易察覺的淺淺笑姿，但仍然可以讓人瞧見她一臉的愁容。那輕笑，只不過代表著對來客一種禮貌的歡迎。

「我看到報紙，立即趕來。」

「請進來再談。」

他除下黑眼鏡，閃身而入，明雪帶上門，跟著元波走進客廳。

張心垂頭喪氣的獨個兒坐在木椅上，也不站起身，指指面前的空椅子，元波自己拉出木椅來，將眼鏡小心的放在桌上，才坐下說：

「都準備好了嗎？」

「是明雪幫我整理的，我很煩，你說該不該去？」

「報上說尉級以上的軍官都要去學習七天，一個星期很快過去，回來就合法了。如不去，就是反抗新政權的命令啊，以後你怎麼辦？」元波望著他講。剛才在店裡無意讀到的消息，就是要全南方舊政權的軍官去報到，接受所謂的「人民革命委員會」的勞動改造與學習。

「我只是擔心越共不守言諾。」

「上次我弟弟去了三天，結果全部報到的舊政權士兵們都準時回家。」

「波兄的話是對的，我認為應該去，不去也逃避不了的。」明雪瞧著她丈夫，溫柔的聲音使元波有種再聆聽的慾念。她很少開口，屬於沉默而有智慧的才女典型，對人總是彬彬有禮，更顯示了她出於有良好教養的背景。元波對於她那份清美和特殊的氣質，深心很是欣賞；以至於要先克制內心那份對美的渴望愛慕，絕不敢讓它流露出外。無論怎樣，她總是好朋友的妻子，故此連多望她一眼，也竟有絲絲不為人知的罪惡感在靈魂深處輕輕碰撞。

「你們都這樣講，我也較放心。」張心口裡說著，神情卻還是有份無奈的悽涼意。元波忽然想起父親以前的話：「會守信的政黨就不叫共產黨」。他心裡的信念一下子就變得飄浮不定。可是，弟弟及妻舅卻又真真實實的在報到三天後，絲毫無損的平安回家。

事實終歸不假。那麼，父親的話但願是他老人家對共產黨一種根深柢固的成見好了。想通了，倒覺得明雪那堅定的口吻就是給人無比的勇氣，他有為這份勇氣增加力量的義務，於是元波故作輕鬆的說：

「張心，你從來都不是婆婆媽媽的人，七天很快就過去了。明早我送你，別再胡思亂想了。」

「不必送我，今天你能來，已很多謝啦！」張心和元波握手，他已拿起眼鏡告辭。這次，兩夫婦一起送他出門外，張心並一個人陪元波走上石橋，又說：

「波兄，還是那句話，我如果有什麼不測，麻煩你照顧明雪和我媽媽。」

「你這個人老往壞處想，我準備了陳年XO酒，等你回來一起醉，好嗎？」

「好的，再見。」

「再見。」元波發動了機車，張心的影子立即消失在望後鏡裡了。回到家後，婉冰沒等他坐下就急急的說：

「元波，你今天該去看看上尉，或者請他夫婦來吃頓飯，怎麼樣？」

「我剛去見了他，妳已經讀到報紙了？」

「不是，今早陳文青來逗明明玩，他告訴阿美明天他很忙，要去郡裡值日守更。後來才說是被派去看守報到的舊政權軍官，我才曉得。」

「他還透露了什麼沒有？」

婉冰彎下腰身，將手抱的明明放到地板上讓他爬，仰起臉才接著說：「沒講別的了。喲！差點忘了告訴你，組長把戶口紙發回來，還有一張叫糧食票。說以後要持票到坊區的國營機構購買米，麵粉和食油，我真不明白，為什麼新政府連這些小事也要插手呢？」

「……」元波沉默著，自己也有相同的看法，又怎能回答太太呢。婉冰站起身，用手撥掠下垂的髮絲，望著在地面爬行的小兒子，聽不到丈夫出聲，又緊接著再講：

「文青說在北方，連布、食糖、魚肉類，與及一切民生日用品都要分配的。那是叫做社會主義的『優越性』，我真擔心這裡也變到那樣優越？到時我們怎麼辦呢？」

「別想太多了，人家可以活，我們又為什麼不能過呢？」元波只能如此安慰著向來便是多愁善感太太。其實他也不知道將來的日子，在生意全部結束後，會是個什麼局面呢？內心徬徨，面對溫柔的太太時總要強忍著。

「還有，你書桌上那封通知信，是公安部的阮文協叫文青帶來的。」

「什麼事？」元波吃了一驚，有點不妙的預感似的。

「我反正讀不懂越文，你自己去看吧！」她說完又蹲下去抱起明明。

元波匆匆跑上小樓書房，從書桌上拆開那封蓋了個紅色圖章的信封；打開信箋，是一般普通的公文。由胡志明市銀行發出的，邀請元波於星期三早上九點鐘到達銀行，向「胡志明市銀行接管委員會」解答一些有關存款資料。

一千多萬舊幣給凍結後，還會惹來這些麻煩，他錯愕的拿著通知信，倒猜不出，共產黨政權要他解答的是些什麼問題？心裡納悶著，對一個這樣受南、北越人民擁護的政權，元波從沒有懷疑過是個壞政府。但，似乎有許多問題，是元波至今仍然想不通的。他直到今天，對父親向來的猜測判斷，雖然大部分都給料準了；但仍然不能接受父親對越共所作所為的全盤否定。

能夠生存在這個動亂的時代，又同時能在兩個完全極端不同的制度裡先後生活，去體驗當今世界上兩個對立主義的優劣與勝敗。元波每想起，自己就有份比人幸運的感覺。所以，他存心讓時間及事實去見證，先入為主的只是民心歸向的政府是好政府，故內心也就對共產黨有份連自己也道不出的好感。故此更盼望他們是一如所想所傳的好官，也唯有這樣，才是順理成章。

下午炙熱難當，他懶得外出，便和阿美、阿文姐妹一起玩跳棋。

晚飯時，婉冰抱怨了那些不夠堅實的木炭，弄到她一邊炒菜一邊忙著要加炭塊。對於過去用慣了的煤氣桶，她總是念念不忘；想起就要問問丈夫是否到過李成源街那家煤氣代理？元波生氣的不想回答，他自己一向駕駛汽車，如今並沒有抱怨騎機動車常被日曬、雨淋和風吹。

他想不通太太為何不能像他一般的隨遇而安，明知妻子的怨言是正當的；他所以不快，是那份抱怨引起了他去思考心中順理成章的假設。他強迫自己相信，市面上這些現象，只是新政權過渡時期的混亂，絕不會是共黨制度有毛病。

他的沉默，婉冰竟誤會是那封信賦與的壓力，反而無限溫柔的安慰他。他感激又內疚，訕訕地否認，自個兒放下飯碗後就跑上書房裡，拿起金庸的武俠小說，一下子，把現實世界的是非煩惱都拋到九霄雲外去了。

十一

西貢中央銀行屹立在西貢河畔白藤碼頭附近，是法國殖民時期所建築的巍峨樓宇，氣派雄偉。粗獷寬闊的大石柱，打磨光滑的樓梯級、古銅色的高牆，無論遠望或近觀，都震懾心魂。元波置身其中，獨自在長廊上漫步，有點寂寞凄涼的感覺頓湧心頭。他以前也偶然來過，內外到處是忙碌的人，如今那些人都不知消失到什麼地方去了？竟把那麼空寂的世界拋下，唯獨讓他一個人的跫音敲響晨間的冷清。

終於在長廊的盡頭處遇到人，詢問後才知道約見他的單位是在三樓；幾經尋覓，來到門前，再小心對照通知書上的單位名稱，證明無誤，元波才敢舉手輕敲木門。進去後，對著唯一的一張桌子後邊的越共守衛呈上通知書，又被要求連同身分證遞交。驗明正身後，才能從另一道門再通過去。裡邊是一個大圓廳，有長長的椅子，此外，牆上掛著北越金星紅旗和胡志明的山羊鬍半身像，再沒有其它點綴了。

等了一會，兩位士兵來到他面前，又要查驗他的證件和通知書，然後再細看對照核實了，便領著他走向另一扇小門。裡面三張有靠背的木椅，坐著三個臉無表情的老頭子，相距兩公尺左右，放著一張空椅；元波被引到椅邊，坐好後，「三司會審」的奇怪感覺迅速從腦裡湧出。氣氛嚴肅到令他心跳加快，呈上的證件分別在六隻手當中傳互相傳遞著。

「黃元波，三十一歲，這張身分證和銀行存摺都是你所有，是不是？」那位花白頭髮的人抬起臉，冷冷地開口問。

「是。」

「你的職業是什麼？」

「買賣經紀人。」

「你在四月廿日開出一張五百五十萬元的支票，是否準備領錢逃跑？」

「不是。」

「那麼大筆的錢要作什麼用？」

「清還欠款。」

「還給誰？」

「給大叻市咖啡園的園主。」元波仰起頭，發現不知何時在三個老頭子後邊悄悄的來了個木納的女人，悄悄的將他們的對話記錄。

「你很年青，銀行存款竟有千多萬，了不起呵！告訴我們，這些錢是那一個資產買辦暫時寄存在你的戶口？」另一個老人用很低沉的嗓子問。

「我不明白什麼叫『資產買辦』？」元波知道了談話都有記錄後，變到格外小心。

「那些大富翁，那班靠非法權勢榨取人民血汗的奸商，靠剝削投機起家的人，都是『資產買辦』。」另一個老人燃起香煙，搶著解答。

「那些錢全是我自己的。」元波明白了這個共產黨的專門名詞後，才據實回話。

「你怎麼會有那麼多錢？」

「買賣生熟咖啡豆，每年正當的盈利積蓄起來才有的。」

「解釋清楚。」花白頭髮的老人再開口。

元波耐心的把經紀、中間人的職業，向面前這三個老頭子講解；他們細心的聽著，除了吸煙外，再沒有別的聲音在空氣裡回盪。元波慢慢的講，那位白頭老人點點頭，另一位說：

「你這種手法也是投機，叫做『中間剝削者』。」

「……」元波不想和他爭論。

「你過去和美帝或偽政權有什麼勾結？」開口的是相同的一個人，幾對眼睛的焦點卻全投射在元波英俊的臉上，好像唯有如此注視，面前的人才不會說假話。

「沒有。」

「你支五百多萬元，有心想逃走，是嗎？」

「不是，是還債務。」元波心裡有氣，接著提高了聲浪：「我如想走，是會把千多萬元全領取出來啊！」

輪到白髮老翁講了：「人民政府對於知過能改的人，對於不再與人民為敵的人都會從輕發落。對那些不誠實、不知悔過的頑固者則絕不放過，你所講的話都是事實嗎？」

「是。」

「好！我們暫時相信你。」花白頭髮的老人轉身把後方女人手上的紀錄拿過來，自己先簽上字，然後交給另兩個老頭，最後再遞給元波，他先約略的看看才簽上名。

老人收回去記錄，示意他可以離開，他向他們點個頭，算是告辭。走出那道小門，經過大圓廳，胡志明在鏡框裡彷彿瞧著他冷笑，笑到他腳步虛浮，整個人想跌下去似的。深深呼吸，吐了口氣後，那點天旋地轉的感覺才消失。

走下三樓，再進長廊，心裡沉沉重重；沒有犯罪，他們卻已把他看成犯人般的審問。那點恥辱感，使他加快腳步，要想趕快離開。銀行居然會變成法庭？真真實實的是他自己的經歷，別人如這樣講，他必定不相信，為什麼？為什麼有錢就會有這些麻煩呢？

人民政府？他是人民的一份子，這個「人民政府」他也有份呵！為什麼他要接受那幾個老頭子的審問？他在回程上思緒變得很糊塗，總在這樣的一個問題上糾纏。

在店裡閒著下象棋的元浪和元濤，看到哥哥失魂落魄的走進來，心裡都嚇了一跳，語氣緊張的差不多一起開口：

「大哥，沒事吧？」

元波搖搖首，倒了杯濃茶，呷一小口，那份苦澀使他的頭腦回復清醒。他把經過簡略的對弟弟說，元濤聽後，氣憤而衝動的說：

「你何必回答那些問題？他們不是法官，你又沒犯法啊！」

「難道還要先請教律師，三弟，律師跑的跑，走的走，留下的也早已關門了。」元浪也開口。

「就是嘛！他們那一套真難理解。」元濤凝望大哥臉上掛著的憂慮，就改變語氣：「大哥，他們說相信你，你也別擔心了。」

「事到如今，擔心也沒用，正如你講，我又沒犯法。」元波對弟弟的關懷，心裡甜甜的，手足溫情使他開朗。這點事真是何足掛齒呵！搞通了，人也輕鬆，在老二的挑戰下，兄弟三人便在客廳裡輪流對奕象棋。「將軍！將軍！」之聲從元浪口中喊出，元波在棋盤上抵擋，給二弟進攻的撕殺聲，叫到肉跳心驚。最後，不得不和老三連手，合二人之力才可抗拒元浪凌厲的步步進迫。

這一戰，殺到日月無光，天昏地暗，終局元浪失馬而輸，雖敗猶榮。元濤哈哈大笑，以能勝過二哥而極感高興。元波先前那份落寞心境卻又無端浮現，他意興闌珊的獨個兒先退出；看看手錶，已經是中午一時多了，始想起還沒用午餐，就駕駛機車回家去。

婉冰和女兒阿美蹲在門前，右鄰左里的街坊們也都有人蹲在門前，像婉冰母女一般，專心一意的在篩著米粒。

元波覺得奇怪，到家時映入眼底的是這幅前所未見的景象，人還在車上，急急問他太太：

「什麼事，為什麼大家都在篩米呢？」

「沒什麼事，你吃午飯了嗎？」

「還沒有。那些米……」他邊問邊從機車上側著身落地。

「拿分配證到坊的辦事處購買的，排隊花去兩個鐘頭；幸好對面老楊用他的腳踏車幫載回來，不然我和阿美兩人真不知道如何才能抬得動。」婉冰將晨早去購公價米的經過告訴他，說到這裡指指地上的粗糠，沙粒和小碎石說：「不篩好，這些煮成飯，你猜是什麼味道？」

「為什麼會是這種米呢？」

「鄰居們都買到一樣的貨色，阮文協那個公安隊長早上也在那裡；他說北方在抗美帝國時，人民都要吃雜糧，能有這類米已很幸運了。」婉冰說著就站起身。

元波推機車進屋，阿美也收拾已篩好的米粒和媽媽一起進去，並乖巧的倒了杯茶給爸爸。國家統一了，和平又獨立，人民吃這類混合沙石粗糠的碎米，還算是很幸運，這是什麼論調呢？元波的心像是被人無情的撞擊著，他想：抗美時要吃粗米雜糧，是無可厚非，現在那些上好的白米香米，為何通通不見了？他想不通的問題似乎越來越多，南越這個得天獨厚的魚米之鄉，還是世界上四大米倉之一啊！共產黨新政權一來，人民居然再不能享受以前吃慣的香米。奇怪呵！為什麼？為什麼呢？

午飯的米是舊的，今天吃起來特別的可口，本來他的胃口不好，但那陣發霉的篩米味道，竟激發起一種慾望。那麼香的白飯，不多吃一碗，說不定明天太太就要用她和阿美篩好的碎石米煮飯了，好沒來由的，他狠狠的添了飯。

十二

明雪到咖啡店找元波，她還是首次一個人來；臉上薄施脂粉，穿著傳統的越服長衫。純白似雪，前後兩塊連接上衣的長布，隨風搖擺，充滿夢幻飄逸之感。

元波驟然瞧見她，意外中還有份莫明的忐忑。他問：

「張心呢？」

明雪垂下頭，輕聲的回答：「他還沒有回家。」

「已經過了七天，啊！我忙到連時日也忘了。」他遞上一杯茶，自己就在另一張沙發落坐，面對明雪那張泛起紅潮的容顏。

「十天了，我們很擔心……所以，媽媽要我來找你。」

她輕啟薄唇，音波清脆而抑揚；口中的媽媽，元波明白是指她婆婆。

「電視新聞、報紙上都沒有提起他們遲回的原因？」

「是的。」

「人民政府是會守信用的，或許有什麼特殊的理由不得不延遲幾天？妳也不必太擔心喲。」元波明知道，他的話其實沒有足夠的力量去安慰徬徨的明雪。

「可否煩您代去查問？」

「我試試。」

「先謝謝您，我得走了。」明雪說完即起身，挪移蓮步行向店面。

「我送妳回家。」元波趕緊也站起來，熱心的說。

「不必了，我騎單車來的。」

元波目送她的腳踏車消失在街心後，立即也騎了機動車先到轄區第四保，保長（以前的保安隊長，新近調職）阮文協上士見到他，像幾十年老朋友那麼熱情的擁抱他。對於越共這套相擁為禮的方式他很討厭，但又不敢拒絕這類肉麻的共產方式見面禮，他開門見山的問：

「上士，那些報到的舊士官什麼時候會回家呢？」

「咦！你弟弟不是早已準時回去了嗎？」

「我弟弟只是二等兵，我有個朋友是上尉。」

「喲！士官級的我不清楚。」

「何處可以打聽呢？」

「也許是郡委或市委，甚至公安局？你也不用心急，時間到了自然會回家的。」阮文協拿出一包香煙，元波急急抽出打火機，禮貌的為他點火；心裡有點氣，卻不敢表露。他說：

「已經超過了三天，什麼時候才算是時間到了呢？」

「等呵！等下去你就會明白。」

「通告不是明明白白的說只要七天嗎？」

阮文協向天噴了口煙，笑嘻嘻的說：「為了革命的需要，通告內容可以隨時更改的，懂不懂？」

「喲！是這樣呵！謝謝你。上士。」元波心裡有百千個不懂。但已不想再浪費唇舌，離開轄區「保委會」的辦公室。他想起滄海哥，立即踏車轉去同慶大道咖啡公會的會址。

林會長很忙，看到他，高興的匆匆掛斷電話；親切的和他談生意經，元波耐心聆聽了一會。才問：

「海哥，我想問你，那些去改造的士官，什麼時候才能回家？」

「天曉得，我認識的那班舊軍官一個都沒回來，管它呢。不談這個，你對這批貨色有興趣莫？」

「海哥，我們已決定結束經營了。」

「什麼？你說不幹，西貢咖啡王跑了，正是發財的好時機呵！」林會長吃驚的瞪著他，將聲浪提高了幾個分貝。

「是真的。」

「我不明白，你和溪中校打成一片；我們合作，大做買賣，真是財源滾滾呵！」

「海哥，你可能對。不過，我已決定停業了。今天，是希望你代打聽那些軍官什麼時候可以回家？」

「你的決定要多多考慮呵。我會出去問問他們，有消息才通知你。」

「謝謝你，再見。」

「再見。有空多來聊聊啊！」

元波笑笑，把車推出街心，朝家的方向踏回去。

到家後，心裡苦悶著，想起張心又想起明雪，萬一沒法打探到正確消息？真不知要怎樣回覆她。正在胡思亂想，樓下傳來婉冰氣急敗壞的呼喊，他吃了一驚，匆匆奔下樓，婉冰抱著五歲大的阿文，淚眼汪汪，看到元波，指指地上的痰盂說：

「阿文下的尿都是血，怎麼辦？……」

元波向痰盂描一眼，果然全是紅色的液體，剎時沒了主意，隨口問：「什麼時候發生的？」

「我也不清楚，剛才美兒在洗澡；她尿急著，我叫她用痰盂才發現的。」

「我帶去看醫生，你留下照顧明明。」他說完，立即抱過阿文，用機車把女兒載到家庭醫生阮文留診所那裡。趕到時才曉得阮醫生全家已在幾個月前跑了，還是在醫務所前擺賣煙枝的阿嬸告訴他的。

他徬徨無計，忽然想起公立六邑醫院離此不遠，便又匆匆把女兒載到醫院門診部。他把機車寄放好，在候診室前排隊，苦苦等了一小時左右。輪到他，護士伸手出來，他有點不知所措，終於把女兒要看病的事說了。護士沒好氣說：

「來這裡當然是看病啦！還用說？拿介紹紙來，快點呵！」

「什麼介紹紙？」他茫然望著那位神氣的護士。

「地方政權坊或保委會的介紹信，你真不懂還是假不懂？」

「小姐，我真的不懂，可否幫忙？」元波想起那一痰盂血紅色尿水，心裡很害怕，語氣也變得很悽酸的乞求著。

「對不起，你要回去拿介紹信，下一位。」

元波無奈，抱起女兒，又回到轄區的第四保，把來意說了，保長笑笑，把他父女引到辦公室外一所木屋前，然後說：「先給地方的護理人員診治，有必要，才能發出介紹紙的。」

這個地方醫療站，除了一桌一椅和十多二十瓶草藥外，布帳後還有一張木床。主理人也不知是何方神聖，年齡在五十上下；他向元波問清病情，居然抓起阿文的小手，用中醫的方法把脈，然後對元波大談南藥的治病功能。

把完脈抓了幾味青草混合的所謂南藥，要元波按時把定量照單給女兒吞飲。元波哭笑不得的把那包草藥帶回去，將經過轉述給婉冰，兩夫婦面對那包青草藥商量了好久，最後還是決定給女兒試試。

第二天，阿文的尿水仍然鮮紅一片，元波急急的把她抱到坊保的醫療站，哭喪著臉苦苦要求那位「土」醫生寫介紹紙，不想他生氣的說：

「不行，仙藥也不能一天見功，你應該對祖國的南藥有信心。」

元波苦求無效，狠心的把他應付舊政權的萬能法寶使出來，他瞧瞧前後見不到個人影，匆匆在衣袋裡取出了五千元（約十美元）放在檯上說：

「我想一起試十天的藥，請先收下藥錢；我很忙，不能天天來，可否幫幫我，給一張介紹紙呢？」

「土」醫生望望他，看看桌上的「藥」錢，再瞄了前後左右；想也不多想，就大方的把「藥」錢先收下。快速寫了一張介紹紙，笑吟吟的遞給元波。

父女趕去醫院，他心裡還在對自己爭辯，那個土醫生是南方人，也必定是那些四月三十日才參加革命的「同志」，人民政府的廣大同志們是「不會要人民一根針一條線的」。

醫院大堂人很多，先排隊，再登記，又要等叫名，足足花了三個小時的苦等才輪到阿文。經診定是腎發炎，醫生說要留院治療；但如果是黨員，革命烈士家屬始能優先，其餘的老百姓要等排期。

元波哀求無效，再次用他的方法，小心翼翼的轉彎抹角和醫生繞了幾個大圈子，這次是五萬元過關。阿文終於住進了一間雙人病房，和共產黨徒革命烈士家屬沒有分別的，順利的接受了「黨和人民」的醫療制度優越性治理。整整一個星期，連一些消炎藥也得元波跑到露天市場，找專賣西藥的小販，用驚人價格購買，交給醫生過目證明還沒過期限，才給阿文吞服。

女兒出院，元波對於這次的經驗，深感吃驚意外和失望，他對於這個新制度的大好印象已經打了一個折扣。人民政權，不要人民針和線的革命者，並非如宣傳的是好政權，越共裡也有敗類。元波想：如果他沒錢，阿文這個病，將是怎樣的結果呢？靠那些青草藥，是否能治好？唉！只有天才曉得了。

十三

沒有張心的消息，元波也無法打探到確實的真相。他提不起勇氣去看明雪，左思右想，終於用越文寫張字條，把些抱歉的話客氣而禮貌的塗到滿滿一紙；交給元濤，他弟弟也認識張心，拿了字條就去當信差。

元波和元浪在客廳裡對奕，收音機ＦＭ台的一些柔和輕音樂彌漫在空氣中。忽然間音樂停止播放，替代的是一位女高音以刺耳而激奮的語氣，宣讀了一篇資產買辦階級的血腥罪惡，有力的控訴著這些奸商如何操縱國家經濟命脈。元波兄弟，停止了奕棋，專心的聆聽播音，講完後，輕音樂再次響起。元浪推開棋盤，把報紙拿出，在正版上觸目驚心的大標題，以相同的論調狠毒的詛咒著擾亂金融、抬高物價、投機壟斷的買辦集團。這些資產者被形容為全民的公敵，是美帝偽政權的幫兇；元浪把報紙移給大哥，元波看後，兩兄弟的棋興也給這片殺戮聲浪趕走了。

輕音樂停止，刺耳的女高音又重讀那篇控詞。元波站起身，按下收音機的電源，斷絕了聲音的嘶吼。也不等元濤，就先自離店，回到家，街角的播音筒，用近似的語氣廣播著相同的控訴。他無法阻止這片聲浪，對於人民政權無孔不入的關心著人民，無時無刻的要人民知道他們下達的命令及消息，二十四小時免費的播音措施；元波深心佩服外感到了害怕，第一次，他有被強迫用耳朵去接收他不想聽的東西的感覺。他恐懼著，做人連不聽的自由也要喪失去，那將來的日子是怎樣的一種情況呵？

婉冰應門，由於她的越語不好，倒變得耳根清靜，對那些播音，她聽而不聞，元波若不講，外邊世界的種種變化，她也就知道不多。

「阿文近來的尿色怎樣？」他進屋，小阿文摟著他親吻，他放下女兒後轉臉問妻子。

「已經正常了。喂！七點鐘要開街坊大會呢！」

「晚飯早點食，這次我和對面老楊去。」

婉冰一手拉過阿文，側望他說：「今天購買的公價米比前次更壞，霉氣重重，我要老楊幫忙拿到露天市場，補貼幾千元換些香米回來。」

「婉冰，妳怎麼這樣搞？」

「有什麼不妥？」她奇怪的盯著丈夫，心想自己又沒做錯。

「總之不好，以後將就著吃算了。」

「要篩要揀不說，那陣霉味怎能下咽？」她不明白丈夫為什麼會那麼計較著多花幾千元。

「別人可以吃，我們為什麼不可以？如果我們沒錢，還不是和其他人一樣要吃公價米。慢慢習慣，不然，將來有什麼變化，妳怎樣適應？」元波有點氣，越說越大聲。

「你想到那裡去了，不換就不換；你事先又沒告訴我，不和你說了。」婉冰也生氣，走進廚房裡。

晚飯的時候，面對那股香氣散發的飯，比起前些日子的粗糠混和沙碎的霉飯是誘惑得多了。可是，元波卻一點胃口都沒有，婉冰也賭氣不添飯；除了阿美姊妹和小明明吃到津津有味外，兩夫婦沉默而不開口的充飢了事。

九月初雖是南國深秋，黃昏後，卻無蕭殺之氣，華燈初上，夜涼如水。廣肇墳場前的越秀分校，人潮湧動，元波和老楊也擠迫在這堆街坊的人群中。

七時正，保長阮文協開始點名，幾乎沒有人缺席；他高興的率先鼓掌，並隆重的介紹了由坊派下來主持開會的「女同志」。

「女同志」繞著一條黑巾，黑褲白衫襯一對布鞋，年齡倒是個謎；她有些白髮，卻精神抖擻，健步挺胸，是游擊隊出身的那類粗野的北越婦。她站上講台，先把黨中央的一篇詞句優美動人的文告，婉囀的朗誦。然後，自由發揮的把資產買辦階級的萬惡罵得天昏地暗，咬牙切齒的聲音迴響在寂靜的大禮堂裡。她口中的階級敵人好像都是她的殺父殺夫仇人，也好像她曾經是個貞女，卻給那班有錢的買辦們按倒在地公開的輪姦。所以，那股怨毒的仇恨語氣才會如此強烈的打動著在場的每一個善良的人民，以至當她舉臂高呼：

「打倒資產買辦集團。」

全場的人，也包括了元波都情不自禁的隨著她激動的高呼打倒。至於要打倒的對象在那裡，是個怎樣的面目，群眾沒人追究，也無人清楚。

在熱烈的掌聲裡，「女同志」邊走下講台邊自己不停的鼓掌，元波想不通她的鼓掌是讚美自己的表演呢，或是感謝黨給她這個演出的機會？然後是群眾自發的上講台對資產買辦的罪惡提出有力的指控。等了好久，所有元波相識的街坊們，都沒人上去；場面冷淡下來，阮文協惡狠狠地掃視著大家，走到會場的另一邊指指點點。果然有人在他的魔指揮舞中走上台了，卻都是些陌生的面孔，講些天方夜譚式的受害故事。但都不及「女同志」所講的那麼真切動人，難怪，上級要指派她主持這樣一個如斯重要的街坊聲討會。

散會時，群眾似乎參加了一幕鬧劇的演出，大家興致淋漓，革命情緒高漲，人人高談闊論。每個人都似乎義憤填膺，隨時準備和那班人民公敵作一殊死戰。

元波首次見識了由越共導演的群眾大會，連他都情難自禁的要高呼打倒；對於群眾的盲目性，所帶給他的是可怕的感覺。他冷靜的思考，也是理不出一班即將被害者是些什麼人。

那夜，他輾轉難眠，街頭巷尾，到處一片狗吠聲，車聲也比往常多。迷糊裡，知道有些事要發生，但也說不上是些什麼事。滿腦袋在清醒時盈塞的是一片打倒聲。一夜翻翻滾滾，清晨起床，眼皮沉重，本想再躺下，但街口的喇叭筒已經在吹著晨操的哨子聲了。

刺耳的音波終於把他的睡意驅走，不分日夜，黨和人民政權要你聽些播音時，你已經沒有不聽的自由了。元波每每由於這種強迫接受收聽而引起反感，又有不敢宣之於口的很不痛快的感覺。

婉冰也早已起床，早餐的白粥都煮熟啦！

吃粥時，米的香味特別濃，加上新鮮的油條和炒花生米，胃口會變得蠻好。元波享受著這份他喜愛的早餐。粥好熱，他吃了一碗，新添的還在冒煙；他放下筷子，拿起報紙，先瞄一眼日期，是九月十日當天的早報。正版大號字標題印著：「南方城市資產買辦集團一網打盡！」內容說全南方的革委會和人民軍隊、人民公安與及學生、愛國團體、人民群眾等等的大合作下；於昨夜十時發動了清除禍害國家人民的美偽幫兇、資產買辦集團。全體工作同志正在繼續查封他們剝削強奪的龐大財產、黃金、美鈔及非法囤積的大量貨物、國家資源等等……。

元波沒心情看下去，粥也不吃了。匆匆更衣，來不及回答婉冰的詢問，就飛快的駕了機動車朝店裡去。

到達時，靜悄悄的沒什麼兩樣，他才輕鬆的作了個深呼吸，輕按門鈴，應門的竟是他父親：

「這麼早，有什麼事？」

「爸爸，您早，我以為店裡發生事了。」

「發生什麼事？」他父親先進屋去，元波尾隨著。

「昨夜全南方打倒資產家庭，我看了報紙，不放心，所以趕來。」

「還輪不到我們，這些事是遲早都會發生的。」老人燃起香煙，慢斯條理，毫不緊張的說。

「為什麼他們要這樣做？」

「為什麼？那是他們的賊性啊！越共把人民的財產強奪充公給黨，有錢有罪，就是那麼一回事。」

「如果是這樣，人民為什麼都擁護他們？支持他們取到勝利。」元波很難相信他父親的話。

「支持的是農村的農民和貧苦的城市工人，還有天真的知識分子，南越的淪亡完全是歷史重演。我告訴你，那些和尚、神父、大學生、投機政客，所有直接間接支持同情越共的人，都會後悔。有的一生一世會受良心的折磨而死。」他父親很平靜的口氣，聽在元波耳裡，卻是翻滾洶湧的波浪，怎麼可能呢？說這番話的是一向料事如神，人生經歷豐富，自己從來敬佩的父親。他無力的掙扎，對一個他仍然認為深得民心為民請命的革命政權，是不會如父親口中所斷定的那種殘暴苛政。

「爸爸，時間是最好的證人，我們已生活在這種制度中，必定可以明白真相，是嗎？」

「當然，我早已明白。不信的是你，唉！其實，何止是你呢？去看看林會長吧！如外邊有守衛，千萬不能再進去。」

元波站起說：「好，我去走走。」

也許還早，市面的車輛不多，經過些地方，外表看不出昨晚發上了什麼？咖啡公會也沒兩樣，元波暗笑自己有點神經過敏。門鈴一按，立即有人開門，原來是林會長，笑吟吟的站在他面前說：

「我猜你會很早來。」

「怎麼可能，你也會神算。」元波倒是沒想到。

「發生那麼大事，你一定會想起這個聯絡站，所以猜對了。」

「你沒事，太好了，我來前真怕會見不到你。」

「進來喝咖啡再談。」他等元波進門，又拉上鐵閘，再接著說：「我怎能和他們比，我算老幾？溪中校說，我們是民族資產家，不會有事的。」

元波拉開椅子，望著會長問：「你知道昨晚有事的是些什麼人？」

「全部是大款，我已經知道有林花湖、陳清河、林仲春、陶祚昌、鄭水渺、蔡福來、張偉大、張棟樑[3]等等。」

「你怎麼曉得呢？報上都沒講。」

「今早我打電話，不通的都完了。打去找你，是令尊接聽。」他把煙包拋過來。

「啊！你原來在我離店時打電話去，才算出我會到你這裡。那班有錢人你看後果如何？」

元波接下煙包，抽一枝放在口上。

「還猜不出，總之大大不妙，破產是逃不了的；越共的情報也很準，我打不通電話的果然都是大富翁。」

「你有什麼打算？」元波想了想才問。

---

[3] 這些人都是當年華裔的千萬富翁。

「照做呀！稅照納，我們是民族資產，怕什麼？」

「我不樂觀，海哥，還是收手吧！」

「哈！元波，你什麼時候變得膽小如鼠？」

「今天變的，哈！有什麼特別事情，給我電話，我走了。」

「有空常來談談，你自己走，不送了。」

離開了公會，元波繞到第五郡商業中心，經過同慶大道、梁如學街、孔子大道、莫玖街、鄭懷德街；果然看到一些大商號店門深鎖，門前泊著好幾部軍車，有的則已打橫貼上封條，有的舖前由武裝的公安部隊守衛著。街頭路邊，三五成群的閒人竊竊私語，往常熱鬧的市場，竟已罩滿一片蕭殺之氣。沒人知道，這場針對大富翁的風暴過後，越共還會有什麼行動。

元波在慶幸自己平安外，心頭卻給市面那片愁雲壓到沉實實的。駕著車，腦中回旋的是民族資產和資產買辦的分別和界限，究竟是代表了什麼？。

沿街的播音筒幾乎分秒不停的細數著資產買辦的吸血罪行。元波對那一大堆罪行的名稱有的是前所未聞的，心中對那班巨富的命運，暗中替他們擔心，在這場巨浪衝擊下是否只是破產那麼簡單呢？。

十四

接著全國各省市都熱烈的宣傳著黨的英明領導，示威遊行的隊伍處處可見，所持的口號當然完全針對已成為階下囚的巨富名流。肅清了所有資產買辦階級，是全民抗美救國統一河山後的另一次偉大勝利。

這是勝利所帶來的短暫熱浪，維持不久便給市場上因日益缺乏貨品和生產原料，所引起的種種不景的經濟現象沖冷了。

民生的日用品及入口貨物，並沒有因為把投機的大奸商們打倒了而大量流進市場。恰恰相反的是漸漸在市面上消失，同時，眾多貼上封條的工廠、商行、貨倉，原本就職者都因主人被捕，接管的政權單位又無能力繼續經營而被迫失業。

住在元波對面的老楊，半生都在楊公澄街梅花炮台附近的一家大五金行做長工，當老闆一家大小十二口給押上軍車時，號哭聲浪裡他也流著淚偷偷把身上幾千元遞給老闆，然後拒絕在一張控訴主人剝削他的文件上簽字，憤憤地回家。沒想到地方公安局的人民公安很快上門把他請到招待所去，客氣的對他做了七天七夜的再教育。老楊終於「悔過」，在那張已簽滿了名字的控告書押上個符號，他可以回家，也從此失業了。

那天晚飯後，元波抱著明明在門口乘涼，老楊過來，就蹲在石級上和他閒聊。

「你當時為什麼要拒絕簽字呢？」元波好奇的問。

「黃生，我是人，有良心，老闆對我很好，怎能在他落難時我卻無中生有控告他呢？」

「可是，你給請去七天後又為什麼改變主意？」

老楊神色一變，慌張的前後觀望，看沒別人，才低聲說：「黃生，他們日夜輪流對我講經，一睡著就給吵醒，我堅持到不能再支撐了。唉！如不簽，會活活給折磨死的，沒辦法啦！」

「原來如此。現在沒工作，你有什麼打算？」

「再找份工作比登天難，唯有學人拿點東西到街邊擺賣，過一天算一天。」老楊燃點一根自己捲的煙枝，猛力的吸著。

「我想不通，那些街邊貨品，是從什麼地方來的呢？」

「來源很多，如今必定增加更多門路了。那些給封閉的貨倉，裡邊的大量存貨，遲早都會流到街邊市場了。」

元波放下手上的明明，改換了個坐姿，再抱起兒子，對老楊的話很不以為然，他講：「不可能啊！革委會清點後，有賬有目，移交工業局和商業部，歸公有也是等於人民公產，你怎麼能那麼想？」

「喲！你真是老實人。」老楊把聲音壓低，蹲著的位置也移近點說：「老鼠跌進米倉，不偷吃嗎？」

「還沒發生的事，別亂講。什麼社會都會有敗類，他們的革命熱誠和出發點必然有感人的號召力，所以才會成功。」

「是啊！我們都支持他們，因為他們說是窮人的救星，只要革命成功了，我們這麼多廣大的窮人都會翻身，現在呢？呸！」老楊擰熄煙蒂，吐出最後一口煙，像是把心中的怨氣狠力的噴出那樣，有點快感。

「他們才來不到半年，好壞言之過早。老楊，你的感受我明白，但革命的路途上是要犧牲一些人的，他們為了實行理想和主義；除掉那班巨富，也許對整個民族國家未來的前途有好處。那麼資產買辦的收場就是革命巨浪中的泡沫，給浪潮衝擊而消失是必然的。」元波自己也不明白，他會在深心裡支持這個令他害怕而又感動的政權，他對老楊滔滔的議論，好像是在自我掙扎中的心靈辯白。

「我不明白你的話，我們窮苦大眾心中所望的，是可以令我們生活改善的政府。這半年事實明白的存在，我丟了工作，像我一樣丟工作的人很多很多，東西卻越來越少，越少越貴。以後，真不敢想將是什麼樣的日子。」老楊也一口氣把心中的話傾訴。

「你不必悲觀，情況安定，是會好轉的。中國，蘇聯和北方河內，那些人民不是照樣過著幸福的日子，我們在影片上都看到啊！」

「你真的相信那些電影？那些書報所寫的東西？」老楊有點吃驚，在他心中，他對面屋的黃先生很有錢也有知識，怎麼會對人對事有那麼糊塗的判斷呢？

「你又怎能證明那些電影書報是假的？在還無法清楚真相前，由於他們的勝利，只好先相信他們的主義比我們的舊社會好，對不對？」元波把他的觀念說出來，那些電影那些書報所描寫的社會主義確是很完美很令人嚮往的一種生活。直到南方成為北方的版圖後，他才真正有機會涉獵到馬列思潮及其所描繪的完美烏托邦社會。元波也多麼希望人類能真正完全平等，自由和幸福的過活。

「黃生，我們都已經生活在這個新制度了，是好是壞？總有機會讓我們看清楚的，我已經明白了。每個人遲早都會明白的。」

明明尿濕了褲，元波對老楊說了，他們就結束了晚飯後的這一場閒談。元波把兒子交給婉冰，一個人獨坐在書房裡，心總不能定下來；忽兒想起張心，人不回來可連片言隻字也沒有。思緒飄飛，老楊那番話，出自一個工人階級卻對無產階級專政的新社會抱著悲觀看法；那班有錢人一夜間被連根拔起，他們的罪究竟是什麼？想不通的事越來越多，這時門鈴響了，婉冰在三樓，他只好匆匆跑下去應門。

是元濤，他沒進屋，人坐在「漢打」機動車上，伸手把一包東西遞到元波面前：

「老二交給你。」

「什麼東西？」元波接下那包東西。

「大哥，一百五十萬，傳說明天換錢。」元濤忽然用很輕的聲音講。

「誰說的？」

「唉！大哥，收好它，出去看看，你就曉得了。」元濤一揮手，又揚長而去了。

元波把那包錢交給太太，經弟弟一說，心也動了。就告訴了婉冰，一個人推著機車出門。

從陳國纂大道向西貢方向走，許多車都朝著相同的目標，到阮智芳街時，這條堤岸聞名的大牌檔食攤，依然人潮如鯽。過豪華戲院轉右，便進入了同慶大道，以前，每逢過農曆年前，擺賣年貨的攤位就在這條出名的中心大街兩邊，把節日前的濃厚氣氛堆砌到滿滿的。平常日子，沿街的商店也門庭若市，自從兩週前越共把資產家掃光後，第五郡華人商業命脈的同慶大道，已變到冷清了。可是，今夜，平日的熱鬧倒有點像過年前的那種匆忙擠擁。

行人特別多，最奇的是人人都拿著剛搶購到的用品，沿街都見到有人抬著電視機、收音機、縫衣機與及包裝著的不知是什麼的東西。迫擠著的人潮，也會發現許多北方的軍人，他們一樣的在人堆裡，尋覓所想購買的物品。

元波終於明白，對於更換舊幣的傳言不是空穴來風。

這時，街道上出現了一部公安車，前後兩個大播音器，以雄壯的音量播出「市革委會」的鄭重通告。革命政權絕對不會在近期內更換錢幣，對於散播謠言擾亂市場的敵人，政權呼籲人民提高警惕，揭發反革命份子的陰謀，對於間接傳播謠言的人，若被舉報也將治以同等罪狀。

相同的通告一次又一次在武裝公安車上重播，往來的人群駐足聆聽，然後又無動於衷的回到原先隊伍，繼續希求把手上的大量舊幣去換取理想中的貨品。元波對於這些廣大群眾的反應深感意外，他們為什麼寧願去相信謠言而不信以前他們支持或參予過的新政權？這裡面必定涵蓋了些他所未能體悟的問題。在歸途上他迷茫，對於明天是否更換錢幣？這個答案幸好不用再等太久就可以知曉了。

十五

元波把外邊搶購的混亂情況告訴婉冰，兩夫婦全無睡意，婉冰就把元濤交來的那包錢拿出清點。

元波吸著煙，想著許多越來越令他迷惑的問題，晚上十一時正，廣播電台宣佈的一則大消息，答案出來了。比元波想的明天才能知曉來得更早，廣播說，從明天九月廿二日清晨五時起到中午十二時止，全南方領土戒嚴，人民都要留在家中接受更換新幣的安排。

「謠言是真的。」婉冰望望元波，把點數好的一百五十萬元遞給丈夫，元波把家裡的存款也加上去包好。

「為什麼他們要在幾小時前到處更正？」元波問，其實，他也不知道是問婉冰或問自己？

「阿波，相差幾小時，他們就推翻了自己的話，人民怎能再相信這種言而無信的政府呢？」

「除非越共的本質就是這樣，才可以解釋北方來的共軍也寧願信謠言去搶購東西，也始能明白廣大群眾的心態。」

「如是那樣推論，那麼書上、電影上所描寫的生活在幸福社會主義的國家裡的人民，又是一種怎樣的幸福真相呢？」婉冰問。她自從文青下士表白了他在說謊時，她內心早已有種屬於女人敏感的觸覺，認為這個新政權不是宣傳中的那類好政府。加上生活必需品日益缺乏，從煤氣爐用到燒炭枝，吃白米輪到有霉氣的混合粗糠碎米，丈夫往日駕汽車落到如今騎機車，往昔採購不盡的數不清的物質，現在要排隊等分配，種種事實的情況益發使她相信自己的感覺並非主觀。

「但願不是如我們推論，不然，就未免太可怕了。」元波把床頭燈扭熄了，輕摟著太太，婉冰正想開口，唇上重重壓下丈夫溫熱的大嘴，夜在寂靜中也柔情萬縷的去等待晨曦。

天放亮後，門外竟無往來車輛的吵聲，家家戶戶，打開門，成群的街坊站立著，話題紛紜，彼此蠡測換鈔方法。正說話間，一隊工作人員在保長阮文協帶領下，逐戶派發登記表格，元波接到後，立即進屋填寫。九時正，他把表格連同那包百多萬元的舊鈔拿到保辦事處，到達時已有很多人比他更早一步，排著三行的隊伍好長的伸延。工作人員小心翼翼的慢慢清點呈交上來的錢幣，隊伍幾乎不見移動，卻見越排越長。到十二時半能順利更換新幣的人沒有多少戶，這時，婉冰打著花傘找到了隊伍裡的元波，她就替代了他站到隊伍中去。元波感激的離開，獨個兒回家吃中飯。

阿美開門，廚房裡阿文乖乖的坐在椅上吃飯，元波先倒下一杯開水，拿起飯碗，才發現桌面只有一小碟腐乳，不禁一怔，隨著問女兒：

「阿美，妳媽咪沒煮菜嗎？」

「爸爸，今日街市冇人買賣，也沒有新錢可以買菜。」阿美很乖巧的回答。

「喲！我真糊塗，你吃了嗎？」

「吃啦！還多吃一碗呢。」

元波笑著問：「奇怪，沒餸菜還會添飯？」

「是啊！不知怎樣會很餓，所以要吃多一碗。」

「爸爸，阿文也要加飯。」阿文把空碗交給他。

「咦！你吃完一碗，還餓？」元波接過小碗，去添了半碗白飯，阿文加點腐乳，狼吞虎嚥的吃得好開胃。元波也吃起只有腐乳的飯，兩碗後居然還想加，可惜電煲裡的飯已完了。他此時才明白阿美姐妹為什麼會多吃了飯，沒有菜餚，沒有油膩，胃腸變得空虛，必得多填些東西充實。

他又趕去替換婉冰排隊，在焦急等待，烈日煎熬中一直站到四時半，始輪到他。當那大包錢清點完後，工作人員發回一張收據，外加二百元的越共新幣，他看看字條上寫著寄存三千元，有些不相信自己眼睛，愕了幾秒鐘那麼久，才發問：

「小姐，我交給你總共是一百七十萬元，這上邊只有……。」

「沒錯啊！每戶口只能換二百元，餘下的都要存到銀行，五百塊舊幣對一塊新幣，明白嗎？」那位女幹部匆匆打斷他的話，然後指著隊伍中的下一個人。

元波把手上的新紙幣連同那張收條放進褲袋裡，兩手空空的回家，排了一整天的隊，那麼重的一包錢卻只換了二十張十元面額的越共新幣，這筆錢就是全家人的財產。心裡想著，竟一時未能接受這個現實。每戶都只換二百元，那麼說，全國人民，每戶都有相同的財產，不就是人人平等了嗎？共產！共產！啊！原來是把人民的財產都共到他們的銀庫裡去了。

晚飯仍然只有腐乳，元波吞嚥了三大碗飯，第一次領略到腐乳的甘香和美味，也領悟了越共將人民的財產吞掉的手段。想及只有二百元的身家，心中一股寒意直升上來，婉冰也徬徨的不知所措，把那二十張十元面額拿在床前數來算去，她很難相信，昨晚那一大堆錢，今夜卻只變成了這二十張薄紙幣。往後的歲月，將會是種怎麼樣的情況呢？她也理不出個頭緒來，夫婦相對無言，氣氛擴散著悽涼味。夜！變得恐懼而漫長。

大清早，陳文青和三個隊友來敲門，婉冰拉開鐵閘，擺出一臉寒霜，勉強給他們進屋。陳文青說了些對此次更換錢幣，他無法事先知道的道歉話。然後誠懇的講明來意，他們全沒錢，盼望可以代換新幣，軍人每人可換五十元，婉冰想起在床底，還有幾十萬私蓄，昨日慌張，忘了拿出來。她對共軍，本不抱任何寄望，但餘下的舊錢，已成廢紙，倒不如作個順水人情。想通了歡欣跑上樓，把床底的錢拿下來，整包推給陳文青，四個年青越共接過錢，笑嘻嘻的告別去了。

元波吃早粥的時候，婉冰才把陳文青一早來要錢的事告訴他。他很生氣，似乎作為越共黨徒的陳文青下士是不該如此的，書本上描寫的都令人心折及敬服，現實的也該像書本上所講的才合情理，他靜靜生氣的時候門又給敲響了。

進來的是相同的四個共軍，每人把各自換取回來的新幣五十元一起放在飯桌上。婉冰睜著眼睛，望著那二百元無聲無息又吸引誘惑的平展在桌上。元波問明了他們的意思，把其中一半推到陳文青面前說：

「感謝你們的幫忙，這一半是你們的。」

「不要，我們本來都沒錢，你們子女多，我是花了點時間幫你們。」陳文青把錢推回去。

「怎麼行呢？應該收下的，拿去吧！」

「真的，我們用不著，誠心幫大姐的。」陳文青漲紅著臉說，把錢放在婉冰面前，然後和三個同來的隊友一起告辭而走。

「為什麼？為什麼他們會有這種感情行為？」婉冰感動到聲音有些哽咽。

「他們還存有人性。」

「越共不是全都是壞的呵！」婉冰下結論。

「他們職位低微，黨齡不深，也或許是黨內的叛徒。」元波唯有如此去回答妻子。

「不論怎樣，總是難得的，我真不敢相信會有這種怪事呢？」

「他們仍然保持人性裡的感情，沒有階級仇恨，沒有用黨那套學說去做一個軍人的職責，這說明越共也還不能消滅人性。那麼，存在於這個政黨中自有內部的矛盾和不統一。不過，婉冰，這類人究竟有多少？我們不能知道。如果是萬中之一的比率，其它的卻都是真正的黨徒，將來社會的大變化，是走上條什麼路？我們全不能預料。唯有見步行步，我們的命運已操在這個新政權手上了。」元波一口氣把想到的都傾吐出來，婉冰不說話，內心充滿感激。

那多出的二百元，對她講真是雪中送炭似的令她全身溫熱沸騰。換錢後，第一次她在粉白的臉上展露了個迷人的笑姿。怎會不高興呢？平白比別家人多出一半身家，婉冰收好錢，將明明交給阿美，帶了阿文上市場買菜。元波推了機車出門，又想起汽油又貴又難買，改變主意的把車倒退回屋，換了自行車，騎回店去。

路上所見的人力三輪車和少數的機動三輪車都空著沒有乖客，一夜間全國人民都變窮化了；好像都成了無產階級，在幾部軍車和漂亮的平治房車擦身馳過後，他才想起如今存在的還有兩個階級：一個是有權力的統治階級，一個就是生死命運操在統治者手上的被統治階級。革命統一成功前，被統治階級是被所謂美帝偽紹集團[4]統治著，如今呢？所改變的是統治者，由美偽變為以革命者自居的越共黨徒。而被統治階級的蟻民，卻被更苛刻的統治著，命運看來是會變得更悽慘可憐。

店裡的生意出乎意外的旺盛，上了咖啡癮的人可以不吃飯，也得千方百計的去弄點咖啡提神。元波看到許多顧客居然都是北方的新貴，他們開口是要兩三公斤咖啡粉，剛剛換了錢，每

[4] 偽紹集團：指阮文紹總統時期的舊政權。

戶二百元，全國人人平等，他們的錢花起來似乎不必多想。元波把疑問存在心裡，見到元浪忙著收現款，在忙裡偷閒的對他說：

「大哥，貨可以賣，鈔票又湧進來，還不到二十四小時，每戶二百元，大家平等已經改變了。」

「是的，今早我也平白多出一半財產。」

「有這種事？」

「是越共軍人幫忙換錢。」

元浪搖搖頭說：「很難相信。」

「結束經營的事是否照舊進行？」元波本想去稅務局找溪中校，前星期預訂進行的，給這次更換紙幣，似乎又要從新思量。

「慢點，先收多些錢，看看情勢再進行。」元浪興沖沖的說。

「市面恢復舊觀了吧？」

「早呢。元氣一落千丈，窮的人更窮了，你看那些踏三輪車過日的，今天沒看到誰乘車，他們先吃革命的西北風。」

「爸爸的看法呢？」

元浪笑著說：「他是悲觀主義者。」

元波拿出包解放牌的香煙，抽一枝出來點燃，吸了口煙再說：「說不定爸爸是先知先覺，你別忘了他對世情都有很精闢的見解。」

「我說著玩，我們不能改變命運，樂觀點不是快樂些嗎？」元浪天性豁達，對什麼都不大在乎。

「不談這些了，元濤來過沒有？」

「哈！他說發現了許多新『雞』場[5]，要帶你去見識，給你證明新社會不如你想像中那麼的公平純潔和光明。」

「新社會也要給點時間改變啊！舊的留下太多殘渣，是不是？」元波自己什麼時候成了個理想主義的信徒，他也不太清楚。不過，自從新政權來後，他寄予希望，也因涉獵了許多馬、列、胡、毛的書籍，總夢想著一個完美公平的社會，應該是人類所追求的天堂樂園。

「大哥，新舊有許多不同，但我認為會越變越壞，爭論沒用，事實會給我們公正的答案。」

「對，只好走著瞧啦！」

剛剛提起元濤，他竟然出現了。

「我到你那邊，大嫂說你去店裡，真是沒騙人。」

「找我有事？」

5 粵語的「雞」也指娼妓，「雞場」暗喻妓院。

「沒正經事不能找你？」

「我又沒說。定是老二剛才告訴我的事。」

「哈！你原來知道了，現在有空，去見識見識，好嗎？」

「去就去，有沒有危險呢？」元波始終不相信，革命政權成立後，報上宣傳，美偽留存的四大害都已掃清，弟弟卻時常拿這些他形容越來越多的半公開妓院來反擊他。

「絕沒危險，地方政權公安共幹都分到錢，天下烏鴉一樣黑，走吧。」

元波把腳踏車推進店裡，坐在元濤機車後座上，兩兄弟別過元浪，朝西貢進發。

十六

經過了金像戲院，在陳興大道中段的一條寬闊的巷口，元濤將機動車駕進去寄泊。踏上公共樓梯，在一家門前輕輕敲了三下；開門後元濤閃身而入，元波跟著他進去，一個大客廳呈現眼前。兩張長沙發上倚著五位妙齡女郎，瞧見他們，立即堆滿笑臉迎上來。其中一個兩手摟抱著元濤，親熱的喁喁在耳邊浪語。

元波心跳加快，平生首次涉足青樓，尷尬而臉紅的自個兒坐到沙發。兩旁空位置轉瞬間給兩個穿著尼龍通花上衣，而沒穿乳罩的女人左右包圍的把他夾在中間。右邊那位拉起他的手，把他的手直拉到胸前按在乳房上，嬌聲嗲氣地問他喜不喜歡。

他有點怕，想掙扎著將手縮回來，但卻被她的手掌反按著；左邊那位，整個上身緊緊地貼在他左肩，他可以感覺到滑膩的肌肉溫柔的傳出心跳的節奏，在他肩上微微起伏。面前的另一張椅子，一個女人又走去纏老三，餘下那位望也不望他，自個兒在看書。

「怎樣？大哥。你可以選，要那一個都行，全是八塊錢的貨色。以前收五千，剛換錢還減價呢」。（八元等於舊幣四千元。）

「對面那個看書的也是嗎？」元波不知為什麼？對於左右兩個肉感風騷的女人，內心感到一陣恐怕，竟逃避似的希望面前的那位沉靜斯文的女郎，是另一類型的，下意識的想給元濤一個難題。

「是啊！」元濤以為大哥看上了，便用越語把那位低頭看書的女郎喚起來：「梅姑娘，我哥哥要妳呢！她叫白梅。」又轉過來向元波介紹。

身邊纏著的兩個女孩識趣的退開了。那個叫白梅的，瞟來一個冷冷的神色，站起身行到元波面前，伸手把他一拉，元波不由自主的跟著她，走到客廳旁的一個精緻的小房間裡。

拉上木門，元波緊張站立著打量她，很清秀的一張鵝蛋臉型，薄施脂粉，穿著傳統越服衣裙相連的白長衫。前後兩擺迎著房內風扇飄搖，給人一種端莊迷離感，怎麼能想像這位出塵的女子，會在他面前輕解羅衣呢？

她沒說話，靜靜地開始把長衫脫下來，然後獨個兒進浴室沖洗。出來後看到元波還沒脫去衣服，有點意外的走到他身前，輕聲說：「怕羞嗎？」一邊動手幫他解鈕扣，然後把他推到洗澡間，用水管朝他身上澆了一會兒；再把張大毛巾為他前後擦水珠，拉著他，冷冷冰冰的擁抱他倒在床上。

元波擁著她，心裡竟想起太太，有種犯罪的內疚感。原始的性慾，給她溫柔的手撥弄到燃燒沸騰，白梅不愛多說話，自個兒主動的騎在他的身上。他貪婪的雙手迎著輕撫著下垂而有節奏的純白肉球，沒兩下子的震動，她就感覺到他已經棄甲敗陣的鳴鼓收兵了，她又自個兒走下床進去沖洗。

「你在這裡很久了嗎？」她出來後，元波已穿好衣服，坐在床沿抽煙。

「不久。」白梅穿衣時，搖搖頭回答。

「淪陷後才做？」

「是！」

「為什麼呢？」元波很不相信，以為自己弄錯。

「要生活呀！」白梅似乎已習慣了客人無聊的問話。

「可否告訴我，以前妳做什麼？」元波把錢塞進她手裡，遞一枝煙給她。

「少校夫人，丈夫改造去了，生死下落不明，我能做什麼呢？」她低下頭，聲音有濃濃的傷感。

「對不起，我真的以為共產黨來了，已經沒有女人會再做這種行業了。」

「比以前更多呢，有空再來吧！」白梅又領先走出房外，元波跟著出去。元濤笑嘻嘻的望著他，他有點難為情和生氣，但又不能發作，靜靜的想著心事。

「你時常來？」他在車後，忍不住問元濤。

「算是熟客。喂！大哥，少校太太很美的，是不是？」

「如果你在那兒給拘捕，就很麻煩，以後別再去了。」元波想起了弟弟的舊軍人身分。

「大哥，你真的還不信，她收入的一半要孝敬公安局和地方政權呵！」

「不可能吧？你也別太相信她們口中的話。」

「哈！我親眼看到越共去收月錢，還看到他們分別拉那些妓女進房，玩夠了拍拍屁服走路，免費享受。我坐在廳裡和他們一起抽煙，你真的以為共產黨徒都是神仙或佛爺嗎？」元濤忍不住的把實情照說出來。

「……」元波沉默了，事實是千真萬確，他不但到了妓院，自己也切切實實的嫖了妓。四大害在新社會裡已被掃除的謊言神話，其中一害已經證實仍然依舊般的在越共統治下的地方滋生蔓衍，他還能和元濤辯些什麼呢？

他忽然想起明雪，張心去改造，她一個年青女人能做什麼去維生呢？元濤把他送回店裡後，他推出腳踏車，悶悶的朝六省路富林區的方向踩去。

看到明雪，他有點雀躍，那份高興自己也說不上為什麼？她只要能在自己的家裡出現，證明她仍然自愛，沒有走上白梅那條歪路，他就感到很放心了。

明雪沉默的捧茶水來，在他對面坐下，也不知道該說些什麼，就那麼定定望著他，等他開口。

「張心有信回來沒有？」元波按下先前的莫明喜悅，免不了問問張心。

「沒有。」

「妳有什麼打算？」

「很難講，本來教書是唯一的出路。」

「很好呵！妳進行申請了嗎？」

明雪搖搖頭，想了想，神色黯然的說：「我一個姐妹申請了，結果因為成份不好，退回了證件。」

「我倒沒想到，他們將我們分成了許多種類。」元波拿起茶，一口喝下；好像要那麼一口把人的類別通通吞下肚去。放下杯，再開口：「換錢順利吧？」

明雪輕輕的點頭，算是回答。

「那好，每家都平等了。」

「你相信嗎？」她望著他，淡淡的說：「我們只換了八十元回來。」

每家人都平等的念頭其實他一早就不再相信了。但可也沒想到有的人家是連二百元也換不到？經明雪一提，才知道那些換不足二百元標準的貧窮戶口，越共並沒有仁慈的補足缺額。有多餘舊幣的戶口發回一紙收條，餘額通通變成數字，讓老百姓一窮二白後，就是天堂式的社會主義嗎？對他們有什麼好處呢？元波的思緒一下子飄到好遙遠，想不出結論後，又回到明雪清麗的顏容前來，他從衣袋裡摸索，找出了五十元，放在茶杯下說：

「妳留著應急，我換得比妳多呢！」

「不，不要，你收起，你也只有二百元。」明雪有點意外，也有點說不出口的感激在心房澎湃。

「比妳講的更多，妳先留下，別和我客氣。」

「那怎樣可以，我不要。」明雪站起來抽出杯底的錢，雙手拿到元波面前，元波沒有接，也起身向門外走去。

「妳別送我，有空會再來看妳。」

明雪握著錢，怔怔地凝望著他瀟灑的背影，眼眶裡盈滿了淚水，竟忍不住的奔瀉了。對這位丈夫的好朋友，首次在心波底盪漾起了一份連她也沒發覺的漣漪。

元波回到家，心情少有的愉快，婉冰不等他開口，就先把一張「坊」政權的通知信交給他，並急不及待的問：

「說什麼呢？」

「喲！要禮拜天早上六點集合，做義務勞動，也不知攪什麼名堂。」元波邊看邊講：「要帶水，自備乾糧。」

「對面老楊也有，看來每家都得去。」

「公平就好了。你去還是我去？」元波嚇嚇她。

「你先去，好玩的話，下次輪到我。」婉冰展顏微笑的迎上前，出奇不意的在他額角快速的吻了一下，元波伸手要拉她，她已機警的跑上樓，並往下嚷：

「你身上有香水味，跑到那裡野了？」

「今晚告訴妳，別亂猜了。」元波在心中暗暗叫苦，腦裡旋轉著一個又一個的故事，總盼望能夠使太太相信。晚餐已不再是腐乳了，但他吃而不知其味，婉冰沒多問，好像已完全忘了早先的玩笑。

半夜，孩子們都熟睡以後，元波心虛而又在慶幸一場風波終會過去時，婉冰溫溫熱熱的身體纏了上來，手也不規矩的在他身上要命敏感的地方撥弄。他的手觸到她的肌膚，始驚覺她早已一絲不掛；吃吃笑的咬著他的耳根，一種別開生面的迫供在他毫沒設防的情況下驟然發生。

他預先編好的故事竟一個也管不上用場，只好原原本本把早上和少校夫人，如何在沒想到的情況下亂搞的事從實招供。太太知道後，出乎意外的竟沒有生氣，輕輕擰了他的耳垂又軟語警告他，不小心別把性病帶回來。然後就熱熱烈烈從頭到尾完全主動的再給他一場轟炸，元波吃驚愕然的首次對於太太的野勁，感到新鮮而刺激和亢奮，平息後，還久久的回味著，對於白梅早已忘到乾乾淨淨了。

十七

禮拜天清早，床頭鬧鐘還沒響，街頭巷尾的播音筒以極大的音量，播出了關於義務勞動的神聖任務，及為建設偉大社會主義，義務勞動是全民都該參與的屬於一種革命行動等口號。

婉冰和元波幾乎同時給吵醒，看看掛鐘，只是五時左右，婉冰先起床去張羅早餐，元波也跟著下樓。吃過粥，拿起便當和一瓶開水，就出門去，老楊及左右鄰居也都啟程了。在路上三、五成群踏著稀薄月色，說說笑笑，大家一般心情，如去郊外遊玩的那種氣氛。誰也不把義務勞動當作一回事，其實，也沒人知道，將是種怎樣形式的勞動呵！

在「坊」政權的辦事處前，從四面八方齊集的人把那塊大草坡迫到滿滿，路旁早已停放了七部大巴士。公安部隊也派了一小組人來維持秩序，六時半，坊辦事處裡走出了幾位穿黑衣的幹部，手裡拿著記事簿和擴音器。其中一位大聲的指揮，人群便亂七八糟的搶著上巴士，元波上得較遲，連座位也沒有；只好立在車中央的通道，在吵吵鬧鬧的人聲中，巴士開動了。一部跟一部，吃力的前進，走了好一段路，轉進了崎嶇的紅泥碎石道，元波和車裡乘客東搖西擺，車外塵土飛揚，風過處，沙塵迎面撲下，整車人頭臉都染上了色彩。

顛簸路盡，目的地黎明春新經濟區就在眼前。這時，朝陽也已升起，元波隨眾人下車，啊！那片泥濘不堪的大荒地，極目處，人頭湧動，東一堆西一組，那種混亂和吵雜，使他頭暈心跳。聲浪起落，一個大過一個，拚命從播音筒裡向外震動。指揮的越共，事先沒有規劃好，如今一起來爭地盤，鬥成績，比賽幹勁，向上邀功。

鋤頭揮舞，往下挖，水源湧過來，惡臭沖天，烏黑黑的，勞動的群眾，從腳到腰，不知不覺的都給臭泥淹沒。寸步難移的站在原處，吃力的掙扎著把稀泥巴漿往外倒。陽光高高撒下，把熱能煎炙著千張萬張流滿汗水的污臉；元波咬著牙，原先到野外遠足的念頭早已消逝無蹤。

他也一鋤鋤的蠻認真的挖著，心中對於這種用人力來開水利的土方法，總想不出一個好理由來解釋，為什麼越共不用機器？而要那麼多人民從城市裡老遠到來亂搞亂鬧一通。這個水利工程在這麼多各持己見的指揮者，爭功而外行的東挖幾條水渠，西又填幾堆爛泥，究竟要開出個什麼名堂來呢？元波的汗沿鼻樑流下，他手上烏溜溜的都是黑泥漿，只好放下鋤，正想著不知要如何把臉頰的汗水擦乾？不意在他左邊，一位帶著笠帽的女人，恰恰踩著泥濘移到他前面，興高采烈的歡叫著：

「波兄，原來是你呵，真巧！」她一邊說一邊用手上的一條披肩，自然而大方的為他擦拭鼻上頰邊的滴滴汗珠。

「明雪，是妳，真認不出來。」

「是呵！變成鄉下姑娘了。」

「很美呢！從來未見過妳一身黑衣服。」

「辛苦嗎？你一定不慣了。」明雪除下笠帽，用笠帽搖擺，搧來小陣涼風，她沒忘了也向元波搧幾下。

「是很吃力，大家都要做，慢慢會習慣的。妳呢？」

「我小時候在農村生活，這些粗工都早做過，所以比你好。」

「你怎麼會做到這區來？」元波想起她並非屬於同一坊區居住。她笑笑的把手上笠帽又戴上才說：「上邊都是大石塊，我和幾位同伴慢慢移動，竟到了這兒來。也好，可以碰到你。」

「咦！那位公安睜著眼望過來，我們動動手吧！」元波拿起鋤頭，一鋤鋤的開始了原先的動作。明雪也不走，站在他前方，輕巧的隨意的移動，元波一抬頭，明雪的雙眼正瞟過來；他靦腆的報以淺笑，又趕緊低下頭，心裡忐忑，有份難安的感覺莫明的襲擊著他。他不敢再望，但又強烈的想試多一次，自己在一鋤又鋤的動作下掙扎了好久，終於把前額微微的昂起，明雪那對烏亮的眼睛有一抹笑意自眉梢漾開，似乎從他低頭以後，她的視線就沒再移開，又再捕捉到了他的目光。「波兄！休息了，你很賣力喲！」

「妳怎麼知道？」元波有點生氣，也不明白為什麼，似乎他剛才的賣力，是不該被窺破的。」

「我沒做多少。你想拿勞動獎章？」明雪露出皓齒，聲音溫柔甜蜜。

「開玩笑了，想睡在泥漿上是真的。」

離開了工地，洗了手，兩人一起到樹蔭下；明雪拿出麵包，元波打開便當，沉默的各自吃著。他吃完放下飯盒，明雪正把一個鮮橙去好皮，單手遞過來，他接下掰出一半又遞回去。烈日當空，炙熱的照曬著，明雪邊吃著鮮橙，邊用笠帽搧涼風，有意無意間，風都拂向他。他很專心的吞著甘甜橙汁，享受那片刻的舒服，內心好感激，卻又裝成平淡自然，什麼都沒說，倒是明雪打破沉默：

「我昨天收到張心的便條了。」

「呵！有了消息，他怎樣呢？」他緊張而興奮，急忙抬頭，熱切的望著她。

「他說在很遠的陌生地改造勞動，要我放心；地點常更換，故沒回郵的地址，叫我問候你。」

「有沒有講什麼時候可以回來？」

「沒有，你有空來我家時讓你看。」

「有消息，證明他平安，也放心多了。伯母很高興，是嗎？」

「是的，她還哭了一場，我也意外，去了那麼久，以為今生都不會有信息了。」她低下頭，語氣有濃濃的傷感和幽怨。

「希望他能快點回來就太好啦！我也想不到他會去那麼久。」

「波兄，還沒謝謝你，那天你走得太快，我連謝謝都來不及說出口。」

「喲！小意思，別再提了。咦？又開工啦！」元波拿起鋤頭，明雪伸手出去，他猶豫了幾秒鐘，也把手往下對著她的手一拉，她輕盈的便借力站起身，戴上帽，隨著人群回到工地去。

工地上，市革委的共幹似乎在爭吵，結果又接到通知，早上所開的渠道作廢了。男人全部往東移，女性留下填土，明雪對元波招招手，他也舉手搖搖，然後往東走。整個下午再提不起勁來，拖拖拉拉談談笑笑的混過去；直到收隊，他東張西望，明雪再沒出現在他視線裡。回程時，整車整隊的人爭先的要往外衝，越塞越凌亂，路窄徑小車多人擠。收隊後回到家裡，前後花去三個小時，比來時多出一半的時間。

阿美阿文看到滿身烏黑奇臭的爸爸，老遠的跑開去；明明在地面卻要往他腳上爬，婉冰趕緊把明明抱開交給大女兒，然後強拉著元波到浴室裡，一桶桶的冷水從頭淋下，擦擦洗洗；肥皂塗了又抹，足足花了二、三十分鐘，元波才回復了本來面目。晚飯後，倒在床上，要兩個女兒搥背按摩。

「喂！婉冰，下次妳去，很好玩呀！」

「騙鬼。要我去，出錢找人替算啦！」

「你說什麼？能出錢叫人替？」元波翻過身，認真的望著太太。

「是喲！賣糖的老陳今早在菜市碰到我，他小聲告訴我，阮文協幫他找人。」

「真的嗎？」

「真的呵！」

「和舊政權有什麼分別？講明是義務勞動，還可以用錢替代，那算什麼？」元波很氣憤，好像他是第一個被玩弄的傻瓜。

「聽說以後每星期都要去做水利，太辛苦，可以請人替，還是好事呢！」

「這樣的話，有錢可以逃避義務勞動，窮人卻要受苦。革命統一，說什麼人民當家作主？和以前沒分別。革命，只是改換了王朝，被統治的千萬百姓的命運原來沒變，那些主義，通通都是騙人的把戲啦！」

「別想太多了，共產黨講一套做的是另一套，許多人都看出來了。你還那麼天真的相信他們？」婉冰畢竟是女人，有女人天生的敏感和觸覺；只用主觀去評定好壞，不像元波那般事事講客觀和理論。

元波沒有再出聲，愣愣地想著心事，他一再的自問：「用謊言可以治天下嗎？」婉冰以為他太倦而睡著了。久久，她微微的鼾聲在靜夜裡起伏，他側著身睜著眼，還推想著他解不開的許多結……。

更換了錢幣後，全南方人民集體窮化，直接影響了市場的買賣。市面呈現著經濟蕭條的景象，踩踏人力車為生的、街邊零售小食檔，以及沿街乞討的賣唱者比往常增多了。

原本窮苦的大眾生活更加困難，群眾對革命政權當初的熱情和寄盼已隨著時間沖淡了。街頭小巷已不知什麼時候，開始流傳一些尖酸刻薄的諷刺越共的話，這已足夠反映民心的動向了。

經過了一段時日的準備，那天，元波在稅務局清理了全部欠稅後，阮登溪中校親手把一張不欠稅證明書交給他。並熱烈的祝賀他革命意識強烈，提早覺悟，已不再剝削同胞，盼他早日回到勞動建國大軍裡去。

元波將那張清稅單帶回店去，店裡的存貨已經全部售清，元濤一早已來了。他母親在店前擺設了三牲，燒香禱告，元浪平常愛開玩笑，今天也閉口，什麼話都沒說。他父親含著煙斗，在門外指揮著幾個老工人，把那塊褪了色寫著「源裕咖啡莊」的招牌拆卸下來。過往路人駐足觀望，也有的妄自猜測。當招牌放到地面時，元波看到他父親神色黯然，幾十年的經營，一場政權上的大改變，竟迫得要結束業務，那份心境是很悽酸無奈。元波也很難過，他是為了父親的那份心境而難過。

招牌拆下抬進店裡，母親也拜好神，店門拉上，一家人都在客廳裡，整盤生意從此結束了。元浪把五包預先準備妥了的錢，交給店裡的四位長工和廚房裡的陳媽，他們驟然間面臨了失業的危機，也明白東主不能再延聘的苦哀，心情沉重。

陳媽淚流滿面，竟哭著咒罵越共，越罵聲浪越大，元濤把她輕拉到後邊廚房裡去。幾個老伙計也無心吃最後一餐飯，各自打點留下的衣服用品；依依不捨的分別向元波兄弟及老店東夫婦辭別。第一次，元波看到他父親眼角含著淚，是不忍這些相處多年的職員，或是難堪自己的事業落到如此地步，甚或兩者兼有的複雜感情，交併出他的淚水也未可知。

全部職工和陳媽都走後，元波兄弟沉默的望著他們所尊敬的父親，這種時刻，他一定有話要對他們兄弟講，果然沒多久，他開口說：

「我要你們收手，是希望能逃過一場災害；但我們也不能坐著，要想辦法給他們認為我們要為生活付出勞力的代價，以免惹得他們眼紅。」

「您的意思是要我們去做工？」元濤吃驚的問。

「做工也好，搞點小工業過日子都可以，你們兄弟自己決定；最主要的是掩人耳目，有路可走時想法偷渡離開才是上策。」

「……」元波幾乎不能相信，他父親會想出那麼長遠的計劃，真不明白父親心中想的路是什麼？他想問，但老人又開口，語氣嚴肅：

「以後要節儉，留下金葉作後路，這些事不必告訴你們媽媽，也不能對外人透露半句。」

三兄弟面面相覷，都不清楚前面是怎樣的一條路，迷茫了一陣子，元波不敢問，他就先離開了。

出到店外，回首一瞧，那塊中越文書寫的招牌拆下後，留出一大片空間，整個舖面已非本來面目。一股莫名的哀愁爬上心胸，他驟然理解父親剛才眼角淚珠所包含的傷感是什麼了。

對這個他抱持希望的新制度，首次有種難以言詮的懼畏，好像那層層面紗，一張張撕下；他看到的將不是完整的臉，還沒撕完，似乎已經可以感覺到那份陰森恐怖。

他惆悵迷糊的踩著車，習慣多年的生活和工作從今天起完全改變了。應該輕鬆下來的，何況一向他都祈盼能放下做為一個商人的角色；恢復他本來面目，從來討厭商場上的虛偽和應酬，以及說不完的謊話。但竟是在這種始料不到的無形壓力下退出商界，心境矛盾，也就沒半點高興的情緒。

在街上遊蕩了好一回，他忽然想到公會的老朋友海哥那邊去看看，方向決定後，就朝同慶大道踏去。

會長的商行人進人出，生意興隆，元波是熟客，不經通傳的直往樓上會址的辦公室去。一推門，海哥堆滿笑臉打個哈哈的站起來說：

「溪中校剛來電話，他說你有革命意識，我應該恭喜你呢或是該怎麼說？」

「海哥，那是家父的主意。」元波拉開椅子，在抬邊坐下。

「真是人各有志呵！你準備做什麼？」

「還沒打算好，喲！我倒忘了，咖啡公會的職務也該呈辭了。店的生意全結束，我已和這一行業無關啦！」

「失去你這個好拍擋，真是公會和我的損失。」

「海哥，別開玩笑了，我也沒做過什麼了不起的事。」

「我會通知全體同業，應該到大羅天或玉蘭亭酒樓，搞場歡送會好不好？」

「不，別搞那一套，沒意思的。」元波連連搖手。

「黃叔叔究竟打什麼主意？不經營，你總得做些什麼呀？」林會長燃起根解放牌的煙，專注的凝視元波。

「家父希望我們搞工業或去參加勞動隊伍。」

「呵哈，原來有革命意識的不是你。喂！小工業是可以想，我們再合作吧！我正在搞個腳踏車零件廠呢。」

「有海哥提拔，再好不過呢！你原來暗中已先我覺悟啦！」

「我共找了二十多股，每股二千元（舊幣一百萬），你要參加幾股？

元波想想，不能決定，也不知兩個弟弟是否有興趣，他說：「先算我兩股，如我弟弟肯參加，再通知你行嗎？」

「沒問題，你中越文都很好，行政經理就由你擔任，我也免傷腦筋。」林會長放下煙，興沖沖的拿出張紙，提筆書寫，然後遞給元波：

「這是廠址，在跑馬場後面，你可以先去看看，有什麼意見也讓我知，機器正在安裝，再過幾星期，應該開張了。」

「好，先謝謝你，錢什麼時候要？」

「莫要緊，問問阿浪、阿濤，他們肯才一起算。」

「那我去看看工廠，再見了。」

「好走，代我問候黃叔叔。」

離開咖啡公會，順利辭去秘書職，心情倒也輕鬆了。更沒想到無意中可以參加一份新工作，早先那份失落感竟一掃而光。人啊！真是奇怪的動物，有事做時就厭倦，沒事做時又怕日子難渡。

元波起勁的踏著車，東轉西彎，進入阮文瑞街後，過跑馬場，沿小路再踩進去。問了路人，才找到了廠址，停放好腳踏車；低頭跨入一道沒門的欄柵，紅泥牆加蓋鐵片屋頂的工廠就呈現眼前。

裡邊安裝了二十多部大小各異的機器，有車床，打磨，啤機等等，都是殘舊的二手貨。有幾個電器技工忙著拉電線，裝電燈，廠地中的空間還不少。左邊有間簡陋的文房，另外又有個貨倉，再過去是廚房和廁所；對於那些機器，究竟可以生產出什麼腳踏車零件他完全不明白。也忘了問海哥，看了廠址後等於證實了海哥告訴他的是確有其事，他是有點興奮，就匆匆去元浪那裡。

元濤早走了，他見到元浪，立即把海哥的工廠情形講給弟弟知道，沒想到老二也不多考慮的答應參加。有了新工作，也照父親的意思去做，一舉兩得，兄弟笑笑說說間，元浪忽然問：

「老大，反正沒事，不如到陳興道找安南妹。」

「你是說去那些『雞場』嗎？」

「是啊！元濤曾經帶你去的地方。」

「前次老三害我，你大嫂很精明，我回去她聞到香水味，就給她識破了。」

「大嫂那麼厲害，倒看不出呵！吵成怎樣？」

「沒吵過，如果吵了我今天也許會再去呢！」

「嘻！那就奇了。她不吵你，你卻不敢再試野味了，為什麼？」

「唉！你還沒結婚，當然不明白。她不吵，自己再亂搞，良心不好過呵！懂了嗎？」元波邊說邊走出門去。

「不去拉倒，一個人去沒味道，算了。」

「你叫老三別多再到那種地方，總是不好的。」

「他呀！當兵後人全變了，你都說不動，他才不聽我呢！」

「見到他，問問他參加工廠的事。」騎上車，他再返身向站在門前的元浪交待，才回家去。

婉冰抱著明明在門口和對面的老楊閒談，看到他回來，急急的說：「你忘了，銀行約我們兩點鐘呢！」

「喲！真的忘啦！還可以趕。」他回轉身對老楊笑笑說：「你沒出去嗎？」

「沒有。現在找些煙絲紙在家捲，給孩子拿去賣。」

「好呵！改天向你買煙就方便了。對不起，我趕著出去。」

「沒關係，改日再和你聊。」老楊返身往對面去，元波匆匆推車進屋，拿塊冷麵包，胡亂加點牛油和白糖；倒杯茶，伸手抱過明明，邊吃邊和兒子講。明明不管他，用小手搶麵包。

婉冰再下樓，已經換好衣服，自從淪陷後，她沒再穿西裙，一律改穿長褲，刻意扮成一般勞動婦女的形象。她天性喜歡純色，白的黑的，穿在身上，襯著白肌膚，更見清秀。除了回去見翁婆，或參加喜慶宴會，她才肯配上有色的服飾，也是元波和她爭拗了好多回才首肯。此外，她就一律的用她喜愛的素色布料服裝了。

「阿冰，全身黑，你變成了女越共啦！」

「是她們的祖奶奶。用機動車去？」

「是。阿美，妳來抱明明，不給阿文走出門外，知道嗎？」元波大聲嚷，阿美趕緊強抱弟弟上樓。婉冰拉開鐵閘，元波推出機動車，她又順手關了門。騎上後座，一手伸前摟著他的腰肢，元波發動機車，朝西貢中央銀行的方向駛去。

路上除了少數軍用吉普車和殘舊的巴士外，以往川流的汽車幾乎已絕跡。替代的卻是大量的腳踏車、人力三輪車。路面流通的空間比前多，再少有塞車的情況出現，往昔繁華的東方小巴黎，已失落了艷麗的姿容，給人濃濃的秋意，寥落而哀愁。

不到五十分鐘，元波已來到了銀行外的寄車處。婉冰拿出碎錢，換回個牌碼，兩夫婦才一起走進那屹立在西貢河畔的大型法式建築物。上到二樓，有座大廳，守衛森嚴，元波呈上通知書，經過核對後，才從兩位公安面前入內。在長椅的空位置坐下，身邊一排已坐滿了七、八人，正中央擺著四張檯，每張檯後有兩個共幹，檯上放了保險箱。工作的幹部正逐一把箱內的黃金、珠寶、玉石、美鈔，一件件的取出來登記，元波和婉冰對望一眼，婉冰展齒而笑，夫婦這時總算明白了請他們到來目的。

那些玉石、珠寶、黃金、美鈔，經過登記後，再三檢查，又被通通收進原箱裡。箱主沉靜的望著屬於自己的財產，在面前亮相，終不能物歸原主，那份傷心和無奈，以及敢怒不敢言的容顏，悽悽慘慘的用沉默作為抗議。在簽名的剎那，落筆時內心的複雜情緒，元波靜靜地想著，終究無法想像那是種如何的心境。那些寄存的財產，不論多少，都公平的換回一張人民銀行代為永遠保存的收條。

一箱箱的開著，也一箱箱的搬走，回去的人不能取回自己寄存的財產，只多了一張輕飄飄的收據，該算是不虛此行了嗎？

元波夫婦一起坐到檯前，兩位堆滿笑容的共幹，當打開箱時，笑容很快的消失了。因為拿出來的是一堆證件：有汽車證，屋契，子女報生紙，結婚證書，戶口副本，身分證以及元波不必從軍的免役紙副本。

婉冰淺淺的笑姿掛在臉上，元波內心又一次對父親的智慧佩服到五體投地。他不敢把慶幸的快感表露，共幹推開箱，沉著臉，因沒發現財物而不愉悅的聲音冰冰冷冷：

「黃金、鑽石、珠寶及美鈔都先拿走了？」

「……。」

「東西去了哪裡？」

「什麼東西？」元波望著他，故作不解的反問。

「黃金、玉石、美鈔呵！」冰冷的聲浪提高了。

元波搖搖頭：「沒有那些東西。」

另一個登記文件的，抄好後指著那疊紙說：

「你們難道開保險箱存放這些？」

「對！我們就是存放證件啊！」

「沒理由。」原先那個把那堆證件粗魯的扔回箱裡，再說：「開了七、八十個鐵箱都有財產，這種設備就是給你們這些資產家收藏財富的。快說啊！珠寶是否先拿走了？」

「你不信我沒法，我住在平泰區，戊申年春節（一九六八年越共大進攻）屋給燒光了。證件也變成灰燼，所以才開保險箱放文件。」元波隨便說個理由。

「哼！總之不可能，我們會調查。你如不合作，一定會後悔，簽名吧！」

元波提筆，想也不用多想的在點算存貨單上簽了字，順口問：

「我可以取回證件嗎？」

「不可以。」他把其中一張副本收據遞給元波，說：「拿回去好好收著。」

元波接過後和太太一齊站起，瞧見左邊檯上，這時在一位中年婦女面前取出滿滿的佔了半張檯面的黃金金片。他們很為那位婦人難過，但也不敢對她表達半句同情的話。心情沉沉重重的離開，自己沒有損失，可是親眼目睹那麼多人的半生積蓄，就如此的給「人民」銀行變成了共產，他在回程的路上，苦苦想著一個問題：

「這算不算明目張膽的搶劫？」

如果不算，那是什麼一種名堂？如果算，「人民政權」的越共成了搶劫人民的盜匪，又是那門子的政權呢？他想不通。仍然苦苦的思考著，以至連婉冰幾次在背後的問話也沒回答她了。

十八

又輪到了去黎明春做義務勞動，事先由老楊通過保安隊長，以十五元的代價聘請了另一個人，用元波的名義去做一天水利的苦工。元波花了錢，不免想起以前可以花大筆錢換取到一紙免役證；連做軍人保衛國土的義務，在舊政權貪污的腐敗制度下，都能用錢弄到免去賣命，難怪阮氏政權會倒台。如今，無產階級的「優越社會主義新政權」，工人當家作主，照講應該是個人人平等的社會了？為什麼阮朝盛行的賄賂腐敗又出現呢？是片面的事件還是全面的，元波無法知道。

生意結束後，元濤暗中和朋友交易，把老店的部分顧客接過去，自己在外做起黑市的買賣。所以，他也就不參加單車零件廠組合的股份。座落於平泰阮文瑞街中段內的九龍單車零件廠，經過林滄海籌備設計；由元波奔走於地方政權及工業局等的有關機構，終於申請到了開業牌稅。

在十二月初，由郡工業司長主持了開幕儀式，典禮隆重，來賓的演說，都離不開為建設社會主義而奮鬥的千篇一律的八股。似乎開張發財、大展鴻圖一類舊時代的吉利話已過時；也好像生活在新社會裡的人民，脫胎換骨，人人心中所想只是為社會主義的建設而努力？再沒有為個人利益打算的那種資本主義制度中的壞觀念，元波心中是泛起一股莫名感動。送走了工業司長及地方政權各級代表後，全廠三十八位股東，包括了各種成份的人，喜氣洋洋的用社會主義「民主方式」選出了廠的行政人員。林滄海被選為廠長，元波當了行政經理，元浪是火爐組長，在場還有郡委副書記做見證，並寫了記錄。元波真正當選經理時，他確是迷茫了好一會，也完全明白了共產制度中的所謂「民主」選舉是什麼一回事。

當提名行政經理時，副書記居然會指著元波，再由林會長介紹了他的簡單而誇張的經歷，接著全體的股東高舉雙手；就如此由工人「當家作主」，在這般「民主方式」程序裡成立了一家社會主義的優越工廠。

元波把新廠長海哥拉到文房的一角，輕聲問他：

「海哥！怎麼攪的，這如何能算是選舉呢？」

「是啊！就是如此，他們這一套是溪中校教我的；要不然，我怎能一早說要你當經理呢？」

元波睜大眼睛，看著林滄海說：「你安排的？副書記這位共幹怎麼會接受？」

「廠長是我，除了我多幾股外，要緊的還是和他們有接頭和交情啊！然後，把重要職守內定了名單先呈上去，都點頭後再選，就是這麼回事。」林滄海耐心的把些內情告知元波，接著補充說：「他們選舉，都用這一套呢！」

「你說選人大，政委或黨主席也相同，不會吧？」

「老弟，你等著慢慢瞧，終會了解，別把『民主』這些字眼看待得太理想化呵！」

「喲！原來還有許多事我完全無法想像，不談這些了。海哥！我們開工開張，原料呢？合同呢？」

「經理，是你的工作呀！倒問起我啊！」

「海哥，別開玩笑了。我不懂你葫蘆裡賣什麼藥？」

「你先去郡工業局和他們簽合同，有了合同；才到指定的地方申請原料和燃料，一步步來吧。」

「那什麼時候才能真的開工啊？」元波看到廠內空置的機器，工人們抽煙談笑，典禮過後，算是開張了，真不曉得如何形容一家如此的工廠。

「社會主義經濟發展是急也急不來的事，你是全廠最先開工的一個人，明白嗎？行政經理。」林滄海半開玩笑的說。

「服了你，我就去好了。」元波拿起機動車車匙，林滄海按了他一下肩膀說：

「吃了開張飯才到公會拿合同，明天再去辦理，今天已來不及啦！」

這餐午飯，是由技術組長的太太事先準備好了，並在工業廳申請到五箱公價啤酒。吃吃喝喝，又笑又鬧，果然吃完飯已經下午三點多，大家在說笑裡由陌生變到熟悉，是很開心的一頓飯。

翌日，元波起了個大早，心裡記掛著合同事件。老早趕到咖啡公會裡把公會秘書代打好字的合同拿了，又興沖沖地去郡工業廳。到達後，那位一臉土氣的女同志，大概昨夜丈夫沒給她足夠的快活，在草草望了合同紙後就狠狠的，不友誼的以一種高高在上的語調，要他回去把工廠牌照帶來，才能接受申請。

他沒法，只得騎了車趕回廠去，再回來時已經近午了；那位女同志仍然臉無表情的望著他，一語不發把合同紙放進公文擋案。牌照瞧了一眼後又交還給他，元波忍著心頭氣，開口問：

「什麼時候可以拿到合同？」

「不知道，等上級同志簽好再通知你。」

「大概要多久，我們的工廠已開工了，只等著合同。」元波想起廠裡的工人都無聊的在對奕象棋和聊天，內心比誰都焦急。

「不知道。」女同志毫不動容的搖搖頭，並打開一張報紙，將視線轉到報上。元波沒趣的離開，對這樣的行政，什麼都慢吞吞的步伐，他想整個國家如都是這般情形，國家怎能進步？社會主義的優越性是把國家帶上富強的康莊大道，或是拉回倒退到歷史去呢？他情緒低落的又去見海哥，老林也真有他一套，他一點意外也沒有，在瞭解了元波的困難後，他成竹在胸的說：

「元波，新制度不是你心中所希望所祈求的那種社會，你要改變觀念，始能適應。我陪你走一趟，以後，你明白了，凡事都會無往而不利的。」

林滄海說完立即和元波出門，兩人一起趕到郡工業廳，通報後直接到了廳長的辦公室。工業廳長原來是個少校軍階的北越陸軍，笑容可掬的分別和他們握手。然後打秋風似的言不及義，話題一轉，輕輕帶過，忽然已回到了主題來，海哥笑吟吟的說：

「廳長能簽下一萬對，價格十八元，我們工廠實收十七元，您說今天可以簽好嗎？」

「可以。不過，你知道廳裡很多同志，郡上頭市委也知道了你們的新工廠；要是廠長再方便，實收十六元半，好說話了。」廳長也笑到好仁慈，唯獨元波笑不出來，他很快的算出那個討價還價的對話裡，工廠要少收一萬二千元的貨款。那筆可觀的數目，將由面前這位人民政府代表，少校級的郡工業廳長，代表收受。人民、工人，政府都是受害者。

林滄海沉默了幾分鐘，然後打個哈哈說：

「全聽你啦！少校。以後你就和黃經理多多合作。」

「噢！哈哈！當然，當然。」少校歡天喜地而熱情洋溢的站起身和元波緊緊握手。然後又坐下，拿起檔案文件，尋找了好一回；把他們那份合同抽出來，爽快俐落的簽下名。再拿出個圓圖章，在簽名的空檔上蓋印，自己保留了一份，其餘三份遞給元波。

回程途中，元波明白了。心裡著實很寥落，這個他所祈望的新制度，居然有些他以往沒看到的殘酷事實。一張合同要快速爭取到，竟要付出將近一成的回扣，這種黑暗，是握著權力者的公開貪污。

接著的步驟，去管理原料的機構提取鐵枝鐵片，幹部們都是堆滿笑臉；原料還沒出倉，先約好了要到工廠參觀，並提出所想要的幾對腳踏車腳踏。此後到銀行，出納部的同志、行長，燃料局的阿兵哥，運輸部門的司機以及電力公司的職員，連個派信的郵差，也都笑嘻嘻的找上元波。所有和九龍工廠有丁點關係的單位，都來要腳踏車踏板，出貨時，在贈送的數目裡又得做假賬。那天，海哥到廠裡來，元波哭喪著臉問他：

「這樣下去，九龍怎樣維持？」

「唉！你和我，這班人都不是靠九龍吃飯是不是？」

「雖然是，但工廠搞到這種地步，還有什麼意思？」

「管它呢！只要有錢支薪，工廠倒不了，你少擔心吧！」

「明天第一批貨一千對可以送去了，大家其實很開心。」元波轉變了話題。

「新聞處會來拍照片，你明天要好好招待他們；義務宣傳，別的機構看報後會湧來打合同，工廠就倒不了。」

「但願如此。」

海哥走後，元波立即把新聞處要光臨的大消息通知了大家，一廠的笑鬧聲把元波的憂慮掃光了。他雖然是經理，卻早和廠裡上下幾十位股東工友打成一片，從來沒有把自己這個芝麻大的經理擺出來嚇人。他的性格向來如此，心中所想所盼，都是人人平等。階級成份這些觀念，在舊社會裡他都很厭惡，新制度中，能夠掃除這種現象，正投其所好。也因此，他對這個新社會才抱著很大寄望。從當了九龍廠的行政工作，深入接觸了大量各級有關政權的人物後；當初那份熱切期望已給事實的可怕真相，擊到零零碎碎。

工廠裡喜氣洋洋，弟兄們來得比往日早，落力的打掃。電視台、新聞部以及郡委代表們，幾乎不分先後的在十時左右就到達了。隆隆的機器發動聲和火爐組噴發的光和熱，使到來賓們留下深刻的印象。

記者正用每個不同角度去調整鏡頭，拍攝工廠生活素材用於報導；新聞部的幹部分別和工友們訪談，元波自然成了被採訪的主角。眾多問題裡，有很大一部分在發掘他如何從舊社會裡的剝削階級，轉變成為新制度下的革命行動者，成功的為人民「當家作主」做出好榜樣。

元波小心的，略帶點虛假的熱情，回答了所有問題。在參觀拍攝採訪完成後，歡送貴賓離開的高潮，是由技術組長雙手向每位來賓致贈九龍產品，腳踏車腳踏、踏板全套。元波在每一聲謝謝裡似乎聞到他們心中不虛此行的音浪在回落。

第二天，大家興奮的談論電視螢光幕上出現的鏡頭，中越文版的解放日報，分別以大字標題報導了九龍工廠超額完成指標。工人在生產過程提出成百上千個「創見」，產品早已達到了先進技術水平。另外有個小欄目介紹了行政經理覺悟的革命歷程，弟兄們快樂的溶進大好前途的美景裡，每個人都感到是生平的最大光榮。

興奮的高潮單單維持到十一時近午的時刻，工業廳屬下的湄江單車廠的送貨卡車駛進了九龍工廠的門前。司機把一封信交到了元波手上，接著打開貨車門，將昨天接收的超水平的產品，一箱箱的搬下來。廠內的弟兄們全停下手，好幾位自動的走去幫忙，清點後是退回八百對，理由寫著品質不合規格。

技術組長阮拾臉無表情的拿起一對電鍍精美的腳踏，走進廠中央技術組裡，細心用試驗品質的儀器自己重新測驗。弟兄們停下工，關閉機器，心情沉重的看著那八成退貨，緊張又無能為力的繞著技術組。誰也沒開口，和先前的熱烈氣氛形成極強的對比。

阮拾將再試驗過的產品拿到辦公廳，弟兄們都緊跟著他，看他氣沖沖對著元波吼：

「我證明技術完全正確，絕不是退貨的原因。」

元波沒答腔，把手上他展讀了四、五次的信轉過來，交給阮拾，阮拾看後，指著檯上產品說：

「經理，你拿這些產品請別位技師查驗，如有問題，我立即辭職，也負全責好了。」

「拾兄，不關你的事，我已經明白，叫弟兄們返回工作單位吧！」

阮拾半信半疑的不敢再問，走出辦公室，指揮弟兄們重返到機器車間裡。

元波真的已看透了這個新制度的另一個面孔，他學到了許多越共的本領，就應用了這種本領和他身旁的「同志」們週旋。

他單身匹馬直闖湄江腳踏車車廠，和該廠的接收部門的品質核對組組長晤面；兩個人經過了幾十分鐘的密談，雙方友誼合作的以某種不為人知的條件，達成妥協。他把談妥後的細節照實轉告了海哥，也暗中通知了阮拾，然後那些被退回的八百對腳踏，又一次送交湄江廠。

大家都鬆了口氣，林滄海指示了元波，元波把廠長的新命令告訴負責技術的阮拾，「羊毛出在羊身上」這句話說了一遍，元波便也立即領會了。

「經理，他要將技術成本降低，萬一出事我擔當不起，」阮拾苦著臉說。

「沒事的，不這樣做，只有倒閉，合同價格，利錢已經很低；東除西扣南吞北食，你不用他們那套瞞天過海法，你的技術超水平，還是要退貨。」

「唉！越共如此貪污，這樣弄權，國家怎樣會進步？」

「拾兄，整個共產黨的統治，都是這一套了；你別先想到國家，要先想想這間小廠能否生存？」

「沒法呵！只好先從電鍍原料偷工，那樣每對可省下二元。」阮拾計算了好一會，把紙條遞給元波。

「很好，我們分一元給湄江廠的收貨部門，自己也多出一元，損失的是人民，你就照做好了。」

「如果退貨呢？」

「絕不會退貨了。湄江廠收貨組長的那個共幹還告訴我，他照收了許多用厚紙皮製成的腳踏車骨架呢。」

「紙皮做車身？會害死人呀！」阮拾睜大眼睛，聽到心驚膽跳，元波燃起香煙，冷靜的說：

「他不擔心，又關我們什麼事呢？」

阮拾終於理解，要在新社會裡立足，也只好照他們的方法經營。如果照報上說的是事實，九龍工人有成百上千種創見，弟兄們都成了科學家、發明家了。全越南人人也都是科學家啦！簡直可以領導全世界呢！

阮拾出去後，隨著進來了位穿著雪白長衫越服的女子。

「呵！是妳，請坐。」元波意外而熱情的站起身。

「波兄！我看到報紙，才找到這裡來；做了經理，也不告訴我。」她邊說邊拉起長衫下擺始落坐。

「實在忙。近來好嗎？」

她清晰亮麗的眼睛望著他，淺淺掛著笑，輕輕搖頭：

「有什麼工作可以介紹我做嗎？」

「明雪，妳的意思是……」

「讀到報紙，知道你已經是工廠的經理，可能會有工作？」

「讓我想想，也要問問廠長，妳等我答覆，好不好？」元波說不出更好的話，，不能推辭她的請求，也沒權立即答應。

「先謝謝你，我知道兄一定會幫忙的，等兄的好消息了。」她甜密的笑姿對著他，起身告別。

元波心湖勇起漣漪，張心臨行前的一番話又在他腦裡繚繞。無論如何，這個忙是幫定了。不然，怎樣向故人交待呢？

林滄海做廠長，只是掛個名，立案證件上存底；他忙著咖啡公會和自己的業務，根本對九龍這家不會賺錢的工廠不感興趣。幾乎完全信任元波，所以要通過他那關是太容易了。

其餘股東對元波也很信任，開會時，他想出了一個辦法，向弟兄們提出辦公室由他一人全包辦，許多工作已分身乏術，希望大家同意聘用一位秘書，助他一臂。由於他最近順利解決了退貨的事件，大家對他心生感激，出乎意外的，竟在毫無阻力的情況下，通過了由他物色秘書一職人選。

元波大喜過望，立即草草寫了幾個字，放進信封，叫廠裡的一個小學徒，按址把信送去給明雪。又打個電話給海哥，禮貌上通知一聲，免得將來問起難於解說；一切都那麼順利，心中也就很快樂。對於當初自己也不重視的「經理」，居然也有那麼點小權力，可以如此方便的幫了明雪的忙，倒是始料不到。

回到家，心情愉快的趕著把安排了明雪工作告知婉冰，婉冰也高興明雪有了份職業。閒聊時，她又想起了些家庭生活上的瑣事，於是說：

「現在公價米減少了一半，另一半用雜糧替代；黑炭難買，只好改燒柴。魚、肉、蝦、菜都大幅漲價，小明明也沒奶粉喝了，怎麼辦？」

「給他試喝米湯和吃粥，東西貴是沒法的，不夠開支時妳拿些金片去賣，小心點就行了。」他抱過兒子，輕輕的吻著明明的小臉。

「年關也快到，孩子們是否照做新衣裳？你自己的衣服也沒買，這個年會有什麼不同嗎？」

「今年已有很多不同了，北方每天湧下那麼多穿著破破爛爛衣衫不整的人，孩子們就隨便一兩套，我們還是照平日的穿好了，免得惹人注意。」

婉冰想想，又問：「什麼時候才收工呢？」

「年廿九日，初六又開工，趕合同。」

「是呢，楊太太今早來，她們生活越來越困難，很可憐；一家那麼多人，又失業，煙賣不了幾個錢，她說到流了眼淚。我不忍心，把你留下的一百元先借給她。」

「他們原盼新政府會使他們翻身，結果是這種地步，有錢的變窮，窮的先死。」

婉冰抱過明明，把他放在小床上，回過頭來講：

「陳文青的話，似乎都是真的了。」

「是真的，他們制度裡上下貪污的程度比阮朝更厲害，外表沒人看出來。」

「你已經知道了，講話小心點。」

「只對妳講嘛！除非妳去打報告。」

「真的到那種地步，還成什麼夫妻呵？」婉冰不敢想像，做為妻子的人會去密告丈夫的可能。

明明啼哭的聲音中斷了夫妻的閒話，婉冰抱起兒子，下樓找阿美。留下元波，靜靜的思考剛才那番談話，驚異於自己會把對這個制度不滿的情緒講出來，妻子要他小心，也是到了約束控制的時候了。

十九

明雪第一天上班，九龍廠的全部眼睛都給她的嫵媚照到特別亮麗，機器車間平白多了一位艷如彩蝶的女子穿插飄飛，整個工地格外顯得生氣蓬勃。弟兄們都為了自己贊成經理聘請秘書而感到快樂，明雪的有禮和常時掛在臉頰的笑渦，在元波為她逐一介紹廠裡的弟兄們時，幾乎立即贏到了他們的友誼。元波看到如此，心裡是比誰也來得高興。唯一使他不安的，是沒多久之後，弟兄們似乎比往常更勤快的出入於文房裡；而到文房來，十有八九並非找他。明雪一視同仁的用她可親動人的姿容，耐心的為弟兄們解決些公文或者是些並不必要的對答，她愉快的認為是她本份內的職責。在沒影響到生產進度的情況下，元波視而不見，沒有把那份不安顯露。

年關迫近，市面上擺賣年貨的攤檔比往年多，廟宇香火依然鼎盛，元波抽空陪母親到二府廟拜神，福德正神供桌上除了各類三牲外，再沒有整隻紅燒乳豬了。在回家途中，母親對他說：

「今年是越共來的第一年，本頭公就莫燒猪食了，以後，驚連三牲雞鴨也莫人拜。」

「媽，人連飯也莫湯食，神明只好也跟著餓啦！」（莫湯食即沒得食）

「神佛有靈，為什麼要給越共打勝仗？」

「越共是不信神明的，所以神佛也就對伊莫法度。」

回到二弟的家裡，他母親下了車，元波辭別了母親，忙著又趕回工廠裡去。

明雪看到他，笑盈盈的說：

「波兄，原料已經用完了，工業廳要過了年才再辦理，你試和他們談談。」

「謝謝妳，我明天會去走一趟。」

「今天想你幫忙。」

「什麼事？」

明雪用手指進工地，輕聲而略帶羞澀的說：

「好幾人都要送我回家，我全推了，走去坐巴士，他們又跟著來，你可否送我？」

「好的，也順路。」他說完，心裡有點忐忑，藉故走進工場，原料用罄後，弟兄們沒事可做。三五成群的聚了好幾堆，有的在對奕，有的在玩橋牌，有的抽著煙在閒聊。阮拾和元浪以及另外七，八人圍著一座車床，在看平擺在車床上邊的越文解放報；阮拾嘻哈哈大笑，瞄見元波，立即向他招手。元波走近，望向報紙上的標題，居然是報導九龍廠超額完成指標，提前把產品送到工業廳屬下的湄江廠，在全郡生產競賽中，榮獲亞軍云云。

「經理，我們該慶祝這次的勝利呵！」阮拾開玩笑的說。

元波也笑了，他們都明白，前後送去一千對產品，根據合同是要三千對才算是完成指標，照理論他們是該罰的，天下再沒比這更荒唐的了。他們居然是亞軍的得主？那麼，其餘沒名的大小工廠，生產情況又是怎麼一回事呢？整張報紙所刊登的有那一條屬於忠實的消息呢？為什麼，為什麼新聞部要這樣騙讀者？全南方唯一的報紙，每天就如此將謊言向人民輸送，目的是要全民在新聞上有個錯覺，然後去相信領導的是十全十美的政府嗎？難道，他們連紙包不住火的這點道理也不懂嗎？元波心底勾起了連串的問號，卻不敢把那些疑問向人提出。

他已明白了阮拾為什麼看了內容會發笑，誰能不笑啊？他不知道中央的頭頭們是否看多了這種利好新聞後，會真的相信他們治理的國家日益進步起飛強盛？社會主義的天堂指日可待，沒有人會知道。元波看到的是，九龍工廠在重重關卡的剝削下掙扎求存，諷刺的是剝削者是來自各級有關的政權人物，他真的對「解放」這個詞語感到了害怕。南越人民支持盼望的「解放」是如斯的一層新枷鎖和一道無形而又無所不在的網，把一千七百多萬的南方人民通通網羅進去。

「沒原料，大家打掃清潔後，可以下班。」元波愣了一會兒才決定讓弟兄們回家，那些埋頭對奕的和玩牌的並沒有立即散去，無事的旁觀者三三兩兩的推了車出廠。明雪也已把一些公文打好字，該忙的都已做妥，元波再進來時，看到她也沒事可做，便對她說：

「走吧！妳把門關好，我推車在門前等妳。」

明雪拿起手袋，就去拉門，出到前門時，三，四個早先要送他的弟兄都在那裡，她正在不知所措，元波恰恰把車推到她身旁。弟兄們笑著和他招呼，也笑著和明雪點頭，然後目送明雪坐上經理的車後座，並意外的看到明雪親熱的將右手伸出去摟抱他的腰，車開動後，她還回過頭來，淺笑盈盈的向他們「拜拜」。

元波的粗腰感到一緊，柔柔軟軟的一條似蛇的手臂已纏上去，背部陣陣溫熱。一團棉花似的肌膚隔著衣服貼伏輕磨。在機車的顛簸中，舒服感升自背脊，往富林區的路伸延，他幌動裡竟盼望這是一程沒有終點的奔馳。

到達後，明雪大方自然的邀請他進家喝茶，元波的後背腰圍卻仍然覺到了有股溫熱的柔軟在磨擦；他靦腆的回了些禮貌的話，就急忙的倒轉方向，迎進涼風裡。

踏進家門，本想把送明雪的事和報紙對九龍工廠的誇大消息告訴婉冰，但一眼看到阿美姐妹在忙碌的從小樓傳遞下他的書籍。匆匆上樓，瞥見婉冰在書架上也正把一堆堆的圖書拿下來，他要講的話一下子都飛走了，愕然的開口問：

「喂！阿冰，妳在幹什麼？」

「搬出門外丟啊！」

「妳瘋了，我的書要拿去丟？」

婉冰轉身面對他，指指手上的王雲五字典說：

「你不知道，他們發動個什麼掃除美偽文化的戰役，喇叭今早就吵到現在；除了這類字典和醫藥典籍外，幾乎都是要丟掉的了。」

「書有什麼關係？我真的不明白？」元波頹然的蹲下來，撫摸樓板上那堆書籍，拿上幾本又放下，他雖是個地道的商人，十年來卻陸續的收藏著一些他喜愛的書冊；婉冰也是個喜歡閱讀的女人，書竟是夫婦兩人唯一的共同嗜好。兩大櫃連著木架上的書，有金庸的武俠小說、古典文學名著、雜文、散文集、經濟政治的、哲學宗教、人文地理歷史等。也有些言情小說，近千冊的平裝精裝，每冊都蓋上了個紅圖章，寫著購買日期，有的看過，有的買回來就藏到如今，還沒翻動。

他不敢想像，這些與世無爭的精神糧食，在越共統治下，竟要給拿去焚燒。距秦朝二千一百多年後，在交趾之國，在文明的廿世紀七十年代。嬴政的焚書會重演，是多麼不可思議的事啊！元波想不通是馬克思的著作裡是否偷抄了秦皇的治國之道？還是嬴政暴君比老馬更先發明了社會主義的靈丹妙藥，才會有那麼巧合的共同點呵！

「不必想太多了，認命算啦！」婉冰倒想得很明智，語氣輕鬆似的安慰丈夫。

「沒法喲！留下有麻煩，都由妳包辦吧！我真的不忍心。」元波從書堆裡站起來，跑上二樓，鞋也不脫，和衣躺在床上。心底有根針似的一下又一下的刺戳著，他想呼喊，卻張口無聲，書籍何罪？書對他們有什麼害處？書怎麼會反動？他很傷心的為那些書呼冤，空氣寂寂，所有的問號都留在他心裡翻滾。

晚飯時他沒有胃口，胡亂扒幾口飯，話也不多說；悶悶的放下碗筷，也沒心到門外納涼，燃上根煙，獨個兒又走上書房。站在書櫃前，傷心而難過的瞧著兩個空書櫃。裡邊以前排擠到滿滿的書，如今只剩下幾部中、越文字典，縮在一角，忍受著荒涼的空洞。

他一根煙接一根煙的吞雲吐霧，想藉點尼古丁來麻醉腦中的一片亂，站也不順眼，坐也難安靜，負氣的又下樓。走到前門鐵閘邊，在凌亂重疊的書堆旁蹲下，隨手抽出一本看，是本《茶花女》。放到一邊去，拿出另一本，是《梁任公全集》。然後是《聖經》，是《紅樓夢》，是余光中的《蓮的聯想》，是《唐詩三百首》、《龍族詩刊》、《基度山恩仇紀》和《三國演義》。徐速的小說，海明威的《老人與海》，放到一旁去，再尋尋覓覓；又拿起本《老殘遊記》，移到另一邊。又撫撫摸摸，拾起來看看，想想，扔回去，再拾起。每一本都應該沒問題，放到一邊去，越放越多，應該呈交的那堆越來越少。然後，心裡早先翻滾的問題似乎飛走無踪，平靜的走上樓，婉冰在燈下津津有味的讀著金庸的《鹿鼎記》，他笑著說：

「妳把兩櫃書都搬下去丟，自已竟偷偷的收起韋小寶，該當何罪？」

「我今晚不睡要讀完它，明天他們來要書才交出去。」

「以後呢？」

「只好找些共產黨國家出版的東西看啦！」

「怕沒味道呢！我試讀俄國的翻譯著作和大陸的一些小說，全是八股的宣傳東西，引不起讀書的慾望來。」

婉冰放下書，凝望著丈夫說：「想不到越共一來，咱們連看書的自由也沒有了。」

「還有許多事情是我們想不到的，不過都會慢慢的讓我們看到了。妳不睡，我就不陪妳了。」

婉冰又低下頭去追讀小說，元波躺上床，睜大眼睛望著蚊帳頂的圖案花紋，腦裡來來回回的都是太太剛才的一句話：

「越共一來，我們連看書的自由也沒有了。」

不眠的夜，好寂寞難挨的長夜啊……

元波沒精神，但還是撐著先到工業廳，「同志」們已不辦公了，忙著打掃佈置，準備過新年，原料只好等到過年後才可以解決。轉到銀行，好多人，他在隊伍裡一站，排隊的時間總走得像蝸牛，不知怎的，忽然想起以前在《今日世界》那本雜誌上看到一幅漫畫；那條長龍隊伍排著等分配食油，輪到漫畫內主人公時，油恰巧的剛分完，他哭喪著臉的可憐表情，入木三分的竟深印在記憶裡。當時他並不完全相信，想當然的認為不過是美國的反共八股；今天奇怪的浮現那張漫畫，他竟立即在心中接受了，那是寫實的作品。隊伍移動，終於輪到他了。

三十七位弟兄年關倚靠的薪俸二千八百多元，出納員臉無表情的告訴他，銀行的現金發完了，明天再來吧。

元波在銀行裡轉了一圈，希望能找到一面鏡，他很想照照自已，看看臉上的反應像不像那漫畫的主人公？可惜，鏡架掛出來的是胡老頭子的羊相（胡志明留著山羊鬍鬚的照片），他只好走出這家郡屬的人民銀行。

門外，見到海哥，真是大喜過望的事。元波把領不到錢的事對他說了，廠長是很講義氣的，一拍胸口，想都沒多想，就答應到他的商店裡先取二千多元借給九龍廠過關。兩個人沿著同一方向開慢車走，半小時後就雙雙停在林滄海的商舖前，元波看到那堆人又排長隊在等購咖啡粉；心裡總算明白了，門市收入都是現款，難怪他毫沒猶豫的可以幫九龍廠的大忙。

拿到錢，也順手接過一張海哥寫好的送禮名單，元波打開一瞄，咦！這次連那名銀行的出納員也榜上有名，他指著那個木無表情的名字，抬頭看林滄海：

「這個傢伙也要送他？」

「早就該送了，今天的教訓你還沒醒悟？」

「你是說他故意為難？」

「不錯，銀行經理要送禮，小職員直接或間接和我們有關係的都不能免。」林滄海抽出根三五牌的香煙，把煙拋過去給元波。

「這樣，不是比阮文紹的政權更糟嗎？」

「對呵！老鼠跌落米倉能不吃嗎？」

「海哥，如此大小通吃，米倉的米很快會給吃光了。人民怎麼辦？」

「死兩個算一雙，人民！人民只是招牌啊！傻瓜。」林滄海把鼻樑上的金絲眼鏡往上輕輕一推，望著元波滔滔的往下講：「人民政府、人民軍隊、人民公安、人民法庭、人民銀行、人民議會、人民醫院，那一樣不掛上『人民』這塊大招牌？只有殯儀館、監獄、墳場，勞改營還沒有看到他們用人民這塊美麗動人的名詞。你告訴我有那一樣是屬於可憐的『人民』的？」

「你對，用上人民做招牌的都沒有人民的份，不用人民做招牌的勞改營、墳場、殯儀館、監獄、經濟區，卻是真真正正留給人民的。唉！我怎麼要經你講才想到呢？」

「這番話，都飛了。回去發薪吧！以後，千萬別再提起了。」

「我知道，人民現在是連言論的自由也喪失了。再見！海哥。」

元波回到九龍工廠，弟兄們雀躍的跑出廠房歡迎他，他笑著把錢交給明雪；然後告訴他們在銀行的麻煩，大家憤憤不平。但對於原料仍沒著落一事，倒都在擔心九龍是否能繼續生產？他們已很明白了工人當家作主是種什麼真相，黨的嚴密組織網絡；無處不在無孔不入的在整個社會結構層次上，密密麻麻圍繞囚困著：工資、原料、運輸、生產數量、銀行、行政、職業、言論，甚至宗教，都有一雙無形的手伸進去，左右控制著，強迫依照黨的指示運轉思考。

不論這種運轉是多麼不合邏輯和情理，多麼阻礙社會的進步及發展；人民的眼睛雖然很雪亮，但卻無力變更或停止。因為人民除了眼睛還可以張望瞧看，舌頭已經麻木，聲帶嘶啞；會寫字的手不敢拿筆，敢動筆的手、敢發言的嘴，都早已不是「人民」了。所以，南越只有一份報紙，一個電視台和唯一的無線廣播電台。

明雪很快的把錢分配進她早已計算好的工資信袋裡，再交回給元波，然後分發給廠裡的弟兄們，大家領到工資後各自星散，工廠也草草收工了。

元波再送明雪，她依然親熱的橫抱他，到達時，她下了車，面對他，淺笑盈盈的說：

「進來喝杯茶，給你看張心的信。」

元波正準備轉過車頭，聽到張心的消息，只好也下車，走下石級隨她進屋。

「伯母呢？她還好吧？」

「她去女兒那邊，晚上才回來，人還蠻壯健的。」明雪邊說邊倒杯冷茶，元波拉開木椅坐下，望著她。

「沒有信，你是不進來的了，所以騙你。」她接下去自言自語，也拉了張椅子，靠近他。

「原來妳也會頑皮，騙我進來什麼事？」元波有點哭笑不得的感受，但已經來了，也唯有聽其自然。

「我很悶，你為什麼要避開我？」

元波心裡一跳，急急的說：「沒有啊！明雪，妳怎麼了？」

「張心要你照顧我，是不是？」她迫視著他，眼睛內在燃燒心中的火。

「是啊！我已經做了，也幫妳找到工作。」

「除了這些，你從來就沒有關心我了。」她忽然抽泣，淚水盈眶：「你有沒有想過？張心也許今生都不會回來了，我怎麼辦？」

「總有希望，是不是？」

「我很年青，不甘心就這樣的給歲月埋葬，你明不明白？」

「我不明白。妳！別想太多了。」元波手足無措，心慌而徬徨的瞧著她。

「為什麼我要是張心的太太？波兄！你知不知道，我每次見到你後都要失眠。為什麼上天要我認識你？要你成為張心的朋友。」明雪喃喃的把心中千迴百轉的念頭盡情吐出來，像火般噴到元波一臉的熱。他站起，明雪也推開椅子，出奇不意的伏倒在他身上。元波被她這突如其來的舉動嚇呆了，想推開她，又不忍心出手。掙扎了好一回，終於將手改變了姿勢，輕輕拍著她的肩背說：

「吉人天相，張心會回來的。」

明雪昂起頭，淚痕滿面，雙手繞到他後背，緊緊地摟著。半閉起濕潤的眼睫，微微張口迎著他，元波全身像給電流通過似的震憾。一陣幽香衝進鼻孔，他迷迷糊糊地在昏然中把頭垂下去；一厘一分的迫向那張微開的口唇，眼中時而是婉冰時而是明雪，晃來晃去。明雪的樣子在瞳孔裡擴大，口幾乎接觸到那張濕唇時；猛然醒起她是朋友的妻子，那一念如電光的閃爍，剎那而逝。但已重重的擊到了他腦裡的細胞，及時下達了個不可造次的命令，制止了他進一步的荒唐行為。

明雪幌忽而沉醉的感覺裡，飄飄的正在等待一個熱烈的吻；半閉起眼睛已完全醉在這個期盼已久的時光中。靈識微醺裡，神經細胞亢奮的迎接愛的甘露時，不意那個下垂的頭忽然再度昂起，並且腰肢輕輕的被兩隻炙熱的掌心推開。

「對不起，我要走了。」

「波兄！你怪我？」明雪失望的，幽怨的凝視他，眼睛猶如敞開的門窗，期待和美景一覽無遺。

元波搖搖頭，心中很意外的浮起少校夫人在陳興道那家半公開的妓院裡狂熱的動作。越南女人對於貞操守節觀念和中國人的想法是有距離，那麼，少校夫人也許除了錢外，還有生理的要求？正如張心的太太，他有了這個念頭後，先前略帶對她的卑視，竟化作份深深的同情，但無論如何也止於同情吧了。他還保留了繼承了中國文化裡揮之不去摔之不走的仁義道德重重的枷鎖；這些東西，又是明雪所不會理解的。

他再次掛上個笑臉，好像什麼也沒發生過似的，彬彬有禮的告別了明雪。

踏入家門，驟然想起那大堆的書籍，便急促的回身張望。鐵閘邊兩堆凌亂重疊的書本已空空如也，一陣昏然，使他要按著樓梯的扶手拾級上樓。阿文和明明在房裡玩耍，見不到太太，他衝進書房，一眼望盡，兩個空櫃冷清的擺放著幾本字典外，所有他另選出來的書，婉冰並沒有再放回去。好像買了張彩票，把發財的希望都注滿了，開彩後中獎的仍然不是他。

女兒拿了杯熱茶進來，他急著追問：

「阿美，妳媽咪呢？」

「媽咪和楊太去排隊買沙糖和豬肉。」

「那些書呢？放在鐵閘邊的兩堆書都去了哪裡？」

「早上來了很多人，媽咪和他們講，他們還上樓看，結果，要媽咪簽字，書通通搬上車。爸爸，他們為什麼要拿走你的書呢？」

「爸爸也不懂。」一元波頹然的撫著女兒的秀髮，眼前浮現的是一本又一本的書，有精裝的古典文學，有平裝的小說，有莎士比亞的譯本，有余光中的詩集。晃來晃去，都化作紙灰，在空氣裡飄揚。焚書的景象是那麼遙遠的荒唐故事，又竟如斯迫真的是眼前事實。

元波腦裡在那片飛揚的紙灰中變得空空白白，一如兩個大書櫃，把空盪的內臟撕開，存放的不再是書籍，而是冷冷的空氣。

二十

越共統治下的第一個農曆春節，舞獅遊街、鞭炮賀歲，失去名字的南越首都西貢和華埠堤岸；無論怎樣粉飾，嫵媚的風采已難再呈現。市面依然的人來人往，熱鬧熙攘；但在市民的臉上，隱隱約約強裝的笑容裡卻掩不了幾分愁緒，也說不上愁的是什麼？

街頭巷尾，公開擺出的賭檔，花式繁多，錯覺下會以為走進了賭城，聚賭者居然有穿著戎裝的越共軍人。地方公安人員，在往來時眼睛大概都給風沙矇住；他們很忙，每家每戶的親自上門賀年，那份禮節是很令南方人民感動。

紅包是傳自中國的禮俗，廣東人叫做「利是」，南北越人民皆對這個中國傳統極為重視並發揚光大；家境窮的人也不會讓公安幹部們，那些代表黨的人物，在賀歲後空著手沒個紅包出門。尤其是華人，更是熱心的奉行這個禮儀，破財消災，似乎是二等公民普遍的一種維護平安的生活心態。

元波除了初一日舉家回到老店鋪向父母賀歲後，幾天來都在家裡，客氣的和絡繹上門拜年的各級有關幹部、軍、公人員應酬著。他也沒忘記了自己是九龍廠的經理身分，對於派發紅包的問題；事先也和海哥商量，把這筆大開支報在九龍廠的一項會計裡，當然是巧立名目。所以，連廠裡的弟兄們到來時，也嘻嘻哈哈在喝了啤酒後人手一個小紅包，高高興興的打從心裡感激他。

大年初六工廠開工時，原料仍然沒有著落，巧婦難為無米之炊，正好寫照。元波先到銀行把去年底取不到的那筆工資支領。出納員看到他，由於收受了一份禮物，態度已全然改觀；有如他鄰居的一條狗，起先對他猛吠，他把點肉骨丟給牠後，如今竟對他搖尾親善了。把要支取的數目匆匆一查，便把現金照數遞給他，那筆錢他就交給元浪，要元浪拿到公會會址去清還給海哥。

廠裡的弟兄們沒事可做，三、五成堆的賭起紙牌；明雪獨個兒在打字，見到元波，輕顰淺笑的和他打了個招呼，接著是一串新春初相見時的吉利話。然後，若無其事的對他講：「波兄，郡委的公函，要我們每月全廠去做一天義務勞動，時間由我們決定，再通知他們。」

「可是，弟兄們已經都參加了居住地方組織的勞動了。」

「喲！公函裡說明，工人都要由工廠單位領導勞動，由廠方發出證明紙，以後免去地方的水利工作。」

元波查閱案頭檯曆，才說：「那麼，下個星期天好了。請妳覆函，也順便打張通告，讓大家知道。」

明雪把兩張紙放到打字機上，滴得幾下，抽出來，婀娜的行到元波桌前，遞過去說：「波兄，你簽名行了。」

他接過一看，心中頗感意外，因明雪的機敏和心思而感動，原來她已先把覆函、告示全打好了，只留下日期而已。唯有像明雪這樣聰明的秘書才能對他可能的要求預先弄妥。心靈相通？這個奇特的意念飛快的在腦裡閃動，就如不著水面掠過的蜻蜓那樣，沒有漾起半點漣漪。他簽名後，回報她一個很甜的笑，也沒忘說上一句多謝。

公佈貼出來，弟兄們居然很高興，由工廠組織的勞動，是勝過地方性的苦工。起碼，彼此很熟悉，還可以邊做邊談笑，大家也有個照應。

放工時，元波推車出去，明雪沒等他，讓他內心竟有失落的一種感覺。好比籃球射手，投球進籃，百發百中，一次失手，心中滿不是味道。好奇的又想知道，她是怎樣回去的？就匆匆騎了車以較快速度駛出阮文瑞大道，將許多相同方向的車輪拋向後邊。不久，終於發現了明雪坐在阮拾的機車後，他裝著沒瞧見，從旁快速馳過。

那一晚，他睡到很不安寧，腦中縈繞的時而是張心，時而是明雪那雙燃燒著愛慾的眼睛；還有少校夫人柔柔滑滑的肌膚，和婉冰幽雅深沉的微笑，相互糾纏，朦朦朧朧的亂成一堆。

第二天，他主動的要送明雪回家，她溫順的沒有拒絕。好像已完全忘記那日在家中所發生過的尷尬，兩個人從熟悉裡竟又有了道無形距離。像小孩子玩家家酒，吵了嘴又和好如初時的羞赧；大家小心的保持著距離，就變得客氣起來。以後，放工時刻一到，元波似乎執著於要送她，好像唯有這樣才算完成了張心的所託？他也不明白，為何害怕阮拾或其他弟兄對明雪過份的親熱。潛意識裡如看到一朵美麗的玫瑰，自己不敢採摘也不願他人獲得，那麼在視線中鮮花的芬芳和美艷就永不凋謝了。

路過三多戲院和同慶大道那段露天市集，元波驟然發現行人道上擺賣著許多舊書籍雜誌。他停放好車，走進人叢中，蹲下來隨手拾起地上的書，看了一本又看看另幾本，居然都是不久前通令沒收的禁書。撥弄著那堆書籍，不意看到「飲冰室全集」，打開首頁一望，幾乎不相信自己的眼睛？內頁上是他親手寫下購買日期及自己的圖章：「自有我在」。

他問賣書的攤主價錢，索價五元。他自己著實掙扎了好一回，拿起後放下，猶豫裡又拿起再放下；尋尋覓覓，自己的書越找越多；像走在沙灘上的人，一回頭看到許許多多足跡，反身細察始驚訝於那些腳印竟全是自己留下的。

心中有千萬個想不通的問題，「禁書」由人民公安上門沒收後竟會淪落到街邊公開擺賣，這是個什麼樣的政府啊？最後，他把集中在面前那大堆原本全屬於自己的書，輕輕的往前推。雙手空空的站起來，傷心而氣憤的擠出人群。第一次他發覺自己上了當，做個好公民，奉公守法，竟是傻瓜。他氣自己的膽小怕事，氣到晚飯都不吃，喝了酒，抱著婉冰大罵越共無恥。罵到婉冰的鼾聲起伏，散發了催眠的作用，他也不知道什麼時候才停了口。

星期天，九龍廠全體員工首次到黎明春水利工地幹義務勞動，大家興高采烈，胡鬧歡愉的情緒有如去野餐那般心境。

到達工地，泥濘的稀土髒黑如墨，在北越軍官的指揮下，沒有退縮的餘地。那些笑容像過時鮮花般的凋謝了，苦著臉狠起心的踩下去，一個跟一個，就在臭水泥中用鐵鏟把稀泥挑起。沒多久，上半身和臉蛋五官，也全濺滿了黑泥漿。

「哎唷！」明雪喊出了一聲令人魂飛魄散的淒厲叫喚，大家都停手。元波掙扎著走過去，元浪和阮拾已經把她扶起身，原來她的右腳插進了一塊鋒利的玻璃碎片，整個人因疼痛而抽搐。元波立即通知那位指揮工地的北越軍，沒多久，在總站的救傷人員抬了擔架來，把她抬去臨時醫療站醫治。元波跟著擔架，一直陪著她，並用手巾為她擦拭臉上的汗珠和臭泥。到了救傷站，小小的茅屋裡，擠著十多位傷者，東歪西倒的呻吟。醫生忙完了，才過來幫明雪包紮，元波跑去買了兩杯冰冷甘蔗汁；拿回來自已飲一杯，另一杯交給她。她勉強露出個淺淺的笑容，便接過去，閉起眼睛，兩滴清淚湧了出來，趕緊側過頭。

元波回到工地，他看到整個工程，完全沒規劃的，開了水道又填上黃泥，填好的一個，工作隊又來鋤，日日如是。好幾個月了，黎明春還是一片泥濘的臭水潭，義務勞動是在折磨城市裡生活的人，是越共對城市人民一種改造的方法？更貼切的形容是一種報復，他們因為出身都是貧苦的人，打游擊的歲月也是和苦脫不了關係。

如今翻身後，心中那點仇那種妒嫉，都變成了對城市裡過著舒適生活的人千般恨。元波不知道，他自己的解釋是不是越共黨徒的心態，但他終究沒把看法說出來，有了這點想法，他開始感到了一股冷冷寒意。充滿了仇恨的一班人控制了國家，究竟會對手無寸鐵的人民做出什麼殘酷的行動？對於打資產、換錢、充公書籍、改造舊軍官公務人員、強迫義務勞動的這些措施，他明白了這都是報復。共產黨徒是用仇恨和恐怖的手段來折磨人民，啊！原來如此。想通了，有如天上那片烏雲給陣風吹開，亮亮麗麗的太陽又照下來；光明溫熱的感覺，有份喜悅之情那樣寫在臉上。

收隊的時候，他沒忘派兩個弟兄去扶明雪，在大家的笑談裡，元波比平常更沉默。明雪坐在他身旁，歸程途上，他竟沒說半句安慰她的話。恍恍惚惚的想著心事，巴士回到工廠已經天黑了；再載明雪返家，下機動車時，他看到她瘸腿，躊躇了幾秒鐘，彷彿閃電從烏黑的空間掠過，又回復一片黝黯。

本能的伸手扶著她，掙扎的下了石級，摸黑開門，進到屋裡，輕扶明雪坐到椅上。他先去洗過手，想回家，又不忍留下她孤單一人，只好改變主意到廚房煮開水，放兩包方便麵，張羅了兩碗熱麵；泡好茶，一起拿到廳裡來。明雪感激的凝望他，眼睛蘊含了千言萬語，只說了聲謝謝。其它的似乎已從盈盈的眸光中表達了，就低頭專心吃麵。

元波先吃完，燃根煙，火柴劃了好幾根，最後才把略帶濕氣的煙枝點著。總不免深深懷念起以前所享用的美國「沙林」牌子的薄荷味香煙，從來不用浪費兩根火柴。現在所吸的，往往幾口吞吐後又要燃劃火柴。大力的吸著，耐心的看著她，等她把碗推開，立即起身把碗和茶杯通通收到廚房去。

「沒東西招待你，反要你服侍我。」明雪看他出來，指指身旁的椅子，示意他坐。

他瞄一眼手錶，已經七時半，想就此告辭，但竟說不出口。腳已移到她旁邊，人就坐上椅子：「何必客氣呢？你的腳還疼嗎？」

「止血後，還是很痛，明天不能上班了。」

「你別擔心，等好了再去上班，反正工廠裡也沒原料開工。」

「我希望到工廠去，熱鬧中容易過日子。呆在家，一天總是很漫長。」她伸手把垂下的髮絲撥上去。

「伯母什麼時候才回來？」

「九點或十點，都說不定。」

元波站起來，望著她說：「我該走了，會再來看妳。」

明雪用單腿支撐著起立，上身半傾斜，元波趕緊伸雙手去扶她。不知是巧合或者是意外，明雪輕嘆了一聲，整個身體就倒進元波張開的雙手臂彎裡。她兩手從元波腰肢繞過去，緊緊的樓著，人也站直了。卻是伏在他身上，好像溺水的人，攀附到任何可以抓拿的物體，就死命緊握不放。元波心裡狂跳，有點不知所措，鼻裡一陣幽香擊來，胸前柔軟溫熱，她睜著雙大眼，嬌羞無邪的凝望他。

他的右手撫著那束烏黑的秀髮，左手按著她背部豐滿的腰下圍，頭往下垂，明雪安靜的閉上眼。他的唇焦乾的在向下移動迫進，當將近到達她微張的嘴唇時；電光剎那中，也不曉得從那裡來的一股力量，把他的臉往斜裡轉，強把兩張快吻合的嘴拉開。彷彿腦裡空空洞洞的人過馬路，聽到車聲緊急退縮的潛意識動作一般，竟是那麼自然。

明雪全身發熱，愛慾在飢渴中沸騰，迷迷糊糊中；元波已經輕輕的把她推開，按在椅上。口中呢喃些連他也不知的言語，就匆匆走出去，把孤獨和失望狠狠地擲回給明雪，讓她一個人在微弱的燈光中發呆……。

二十一

拿了合同紙，到工業廳屬下的原料局簽名領取鐵枝，管理的幹部看過證件紙張後；要元波先去銀行提取原料的錢，先錢後貨，是他們的規定。

第二天，銀行職員拒絕付款，要元波出示原料已妥收的單據，銀行的原則是貨到付款。那些存款是九龍工廠的資金，九龍廠的經理黃元波無權支取用以付款提貨。（西方的讀者們是不能想像自己的存款不能提取的怪現象；但在共黨制度中的計劃經濟，錢是你的，但對於錢的應用卻要他們支配，這是千真確的事，不是神話。）

元波再回到原料局，要求他們先送貨，並出示了存摺，證明了銀行存款足夠支付貨款有餘，但局裡的共幹絕不肯破例。

第四天他到工業廳，把困難向上報告，得到指示要他到胡志明市銀行（前西貢銀行）請那邊的同志寫介紹信。

拖了整個星期，原料仍無著落，元波終於到了西貢。胡志明市銀行的越共滿臉笑容的聽了他的遭遇，對九龍產品深感興趣。元波早學乖了，立即答應另日奉上三對樣品，換回了一張解凍存款的證明書。

原料終於運到工廠了，明雪的腳傷已痊癒，又再上班。可是，火爐組的弟兄們並不能開工，燃料煤炭仍沒運到九龍的貨倉。

再奔走了四天，五噸煤塊才倒進火爐組的燃料貨倉裡；技術科的車刀、鑽頭、磨石、皮帶，每樣都按著配額向有關部門購買。有了這樣卻少了那樣，整間工廠少了車刀，車床部門的技工唯有到對面九姨咖啡店裡下象棋。幸而合同訂單不能完成，竟還可以得到競賽超額生產冠軍。這點奇蹟，元波如非親歷，他怎樣也不會相信的。

三月間工業大會是在郡址舉行的，工業局長在致開幕詞後，就分別進入對全郡工業進展總結報告；九龍廠是郡出名的冠軍廠，所以元波備受注意。在大會上輪到他演講時，他從容的站到麥克風前，先向留著山羊鬍的胡志明遺照及金星紅旗鞠躬。內心有虛與委蛇無可奈何的一份假意，頭也就點到有些勉強。然後面向聽眾，用純正南方口音的越南話發言：

「局長！郡長！各位貴賓，各位同業先進朋友們：

我首先代表九龍工廠的弟兄們熱烈祝賀大會成功。感謝工業廳的首長們給我這份榮幸向全郡的工業同行先進朋友們講話。

九龍廠自去年創辦後，全廠弟兄們以革命熱情和奮鬥意志克服了許多困難，完成了黨和國家交予的任務。我深深感謝工業廳的有關幹部們給予的熱情支持。

從經驗上，容許我坦白說，許多不應發生的困難和不合理的延遲工作進展；使到工廠每年只能生產八個月的開工率，那種缺點其實都可以改良和克服。

各部門機構似乎沒有規劃一致的行政律，我領購原料鐵枝及煤炭所奔走的部門多達十二處，總共花費了十二、三日。市場上有很大的需求，可是我卻限於合同計劃，讓弟兄們無所是事，機器冷卻停頓；同胞們沒法購到迫切替換的單車零件，這是很痛心的損失。

我和工業廳的幹部們反映，他們卻說這是『社會主義優越的計劃經濟』，我不了解那些高深的理論。只是把從處理工作上所遭遇的千奇百怪的現象，忠實的在大會上提出；盼望有關的各部門能夠改良，那麼，相信工業的前途才會更進步和才能生產足夠同胞應用的民生必需品。

謝謝大家！」

熱烈的掌聲在會議廳裡迴盪，出席的幹部越共們卻目瞪口呆，議論紛紜，許多來參加開會的工廠主持人都跑來和元波閒談。

翌日，中越文兩份報章發表的十一郡工業大會報導，竟完全沒有提及元波演講的新聞。

吃早餐時，婉冰有點不安的說他：

「你怎麼還是那樣老天真？禍從口出，連這點道理都不懂嗎？那班人不犯你，你應該慶幸了，居然膽敢講他們的不是。唉！我真擔心呢！」

「別大驚小怪，我實話實說，好意提出改良的見解，又沒有罵他們。」

「他們難道不知毛病在哪裡嗎？要你多嘴！」

元波心裡有氣，再加上婉冰語氣中濃濃的怪責意味，竟把聲浪扯高：「不和你辯這些了，有事，反正不會拖妳下水。」

「阿波，你吃錯藥了，夫妻是同命鳥，你有事我就會好過嗎？」婉冰語氣平靜的說。

「對不起，沒什麼事的，你別胡猜，我上班了。」

元波放下碗，推開桌旁的報紙，擰擰明明的小臉蛋，又親了阿文，吻了阿美的前額，和妻子揮揮手，才出門去了。門外街角處，幾個陌生人，早已在等待他了。

九龍工廠一反往日的吵雜，沒有機器開動的聲音，元波停放好腳踏車，走進去，立即給眼前的景象嚇了一跳。廠地中央變成了個臨時會場，弟兄們都坐在地板上，辦公室裡幾張檯和飯桌，移在靠牆處，搭成了個講台，牆上用粉筆塗滿了打倒資本主義美偽走狗幫兇等充滿火藥味的口號。

有好多句居然指名道姓的要打倒黃元波，他心驚的瞄到那些口號，本能的想退出去；沒想到跟在他身後的幾個公安部派來的公安秘密探員，面無表情的擋著去路，把他強迫到講台上。

噓聲響起，由一個工團幹部帶領，其餘的人跟著喊：

「打倒資產買辦美，偽幫兇！」

「打倒九龍工廠的仇人！人民的公敵！」

在一片打倒聲中，元波臉色青白的往下望，明雪也在場，獨獨不向上看元波。這時，廠裡的技術組長阮拾走上台，指指元波說：

「弟兄們，他是美偽集團的幫兇，剝削了我們全廠工人，沒有參加直接勞動，滿腦子都是些污穢的念頭，破壞了革命政權的政策，污辱了英明的計劃經濟生產方式；時刻在想著資本主義的壟斷經營法。這個人，再也不配當我們的經理，打倒他，打倒我們的剝削者。」

阮拾越說聲浪越高，四面八方隨著他高呼的音波起落，「四面楚歌」這句成語像電流似的在元波腦中閃過，直到這個時刻他才深切了解這句形容的內涵。他原來站立著，一臉悲憤的面對審判他的人群。

這時，兩位穿黃制服的公安，野蠻粗暴的一起行動；把他推倒在台上，其中一個惡狠狠的指著他的前額大聲叫：

「他是破壞革命的美帝走狗，公開對我們偉大的革命事業作胡亂而不負責任的惡意批評，膽敢誹謗我們最完美的社會主義制度，存心破壞我們全民的革命成果。是不是？」

元波茫然的看著他，心中此時終於明白了，一股寒意也自背後爬升。他忍著，輕輕的咬緊下唇，不讓自己出聲。寒意裡也揉雜了一腔怒氣，假如開口，一定會把丹田中的氣迫成殺人的聲波，把面前這個共產黨徒震死。

「用錢收買各級的忠貞同志，要想使我們的革命熱情冷卻、變質，是不是？」他吶喊著，忽然又指著台下的明雪說；「你亂搞男女關係，多次試圖非禮美麗的女秘書，廠技術組長及弟兄們都親眼看到你天天送她回去，是不是？」

元波猛然仰起頭，驚異而怨憤的想張開口申辦，不意明雪比他快，站起身很生氣的對著台上吼：「你亂說，波兄不是那種人。」

「住嘴！妳這個婊子。」穿黃制服的公安用更大的怒吼指著明雪，然後又叫著：「把這個反革命份子也拉上來一起審判。」

台下的越共便衣立即到明雪身邊，剛要伸手，明雪狠狠的摔開，自己上台去。

元波很感動，再也忍不住，張開口對他們大嚷；「不關她的事，放了她。」

那個主持鬥爭的工團頭子首次出聲，指著來到台前的明雪：

「妳丈夫是美偽空軍上尉，雙手染滿了對祖國人民的鮮血，妳不知對革命政權悔改，竟也連同這個吸血鬼來對付人民政府，嘿！嘿！」

明雪蹲下來，移近元波，雙眼勇敢而不懼的望著他；千言萬語都在溫柔的目光裡，像個打開的久閉門窗，急促的呼吸新鮮空氣；往外看風景不變，往裡瞧，佈置也依然，只要瞄一眼就夠明白了。

「雪！你為什麼要這樣傻？……」元波感動而溫熱的說，聲音很低沉，幾乎是不能傳達的微弱音波。但明雪已經聽到了，只對他點點頭，展露著淒涼寂寞又無奈的微笑。然後便低下頭，什麼也不看，文靜而安祥的蹲著。

「無恥的狗男女，還不認罪，如沒私情，為何要替他申辦？」

「我們是清白的。」明雪狠狠的吐出一句話。

「哈！哈！你們相信嗎？」工團的頭子招招手，外邊走進幾個穿黃色制服的公安，不由分說的把明雪強拖出去。元波本能地想伸手去拉她，一個公安拿起手上的木棍當頭打下；元波一陣昏痛，連叫喊的聲音也發不出來，神思恍惚的看著明雪消失在廠外。

接著許多咒罵聲音又在他耳際迴響，他迷茫裡想起了父親以前提及中國共產黨土改時的公審，沒經過任何司法程序，完全是野蠻式殘酷的迫打成招，竟然是千真萬確的在這裡重演著，而且主角是他自己。難怪呵！越共死去的頭子胡志明會那麼親熱的把中國看成「同志加兄弟」，原來完全是從偉大的中國共產黨那裡，整套方法照搬來用。

矇矓裡，元波忽然被一陣刺痛驚醒，那個惡狠狠穿黑衣的工團領導把幾個啤酒瓶打碎後的玻璃碎片，平均散在台上。兩三個手下硬迫強拉地把他按倒跪在破璃上，鮮血和強忍的淚水都一併流瀉湧現。

「走狗越奸，你認罪吧！」一個越共指著他吼。

那些陌生的臉孔，那些穿公安制服的人，熱烈的響應。九龍廠的弟兄們目瞪口呆的看著這一幕令他們心驚膽跳的鬥爭大會；許多平時和經理私交頗好的工友，不想也不忍看下去。可是，又沒勇氣站起來離場。像小時候聆聽鬼故事，心中很怕；但又相信自己一旦走出門外，那些陰魂鬼怪就會纏上來索命。唯有哆嗦著留下來，聽到口號，在那些工團狠狠瞄射的眼光下也不得不跟著高喊：

「你認罪吧！你認罪吧！」

聽音像潮水，一波又一波的湧進元波的耳膜，他無力而清醒的在狂潮的衝擊中搖著頭；迷糊的神智中，他又聽到了掌聲，歡呼，然後他就被許多人拖拖拉拉的擁上了一部公安車。以為送去槍斃，以為送去監獄，以為從此再見不到妻兒子女。元波憤憤不平的仰望悠悠白雲蒼天，在心底狂呼：「天啊！我究竟犯了什麼罪？」

車外，白雲不飄，蒼天無語。公安車緊急停下的地方，沒想到竟是他以為今生再也見不著的家了。一陣衝動，眼眶潮濕，噙著的淚水又模糊了他的視線，有如孩子在外打架，輸了跑回家撲進媽媽懷抱裡，才把委屈受辱的淚痛快的瀉出來。

兩邊膝蓋所粘刺的碎破璃在車上時已用手拔出，斑斑血迹凝固成一層褐色染透褲管，分外矚目。踏進家門，他無力舉步，幾乎摔倒，幸而前後四五個公安圍繞著他，見他搖晃著上身時立即雙雙伸手扶持，半拖的把他拉進去。元波掙扎著把身體移到廚房，看到椅子，一屁股的立即坐下。從樓上走下來的竟然是保長阮文協和另一位公安人員，元波到此刻才大吃一驚的，心裡萬分強烈的渴望看到婉冰和兒女，他張口問：「我太太和子女呢？」

沒有人回答他，送他來的五個人和保長交待幾句，留下兩個，其餘的就走了。

「你已經是人民政府的囚犯，現在交由我看管和審問；不能離開這個廚房，不能發問。」阮文協洋洋得意的對元波呼喝，元波望著他，這個梳著平頭，國字口臉，左眼上有塊槍傷把半邊眉變成寸毛不生的疤痕，五官因而變得令人有份邪氣感覺。講話的時候，拉動肌肉線條，完全是個醜陋的面譜。啊！這張面譜一向都是笑吟吟的，今天，終於呈現了他的真容。

「人民政府會很寬容的對待知道悔改的人，你的合作，你的誠實將有助於對你減輕刑罰。現在，你的每一句話我們都會記錄下，作為人民法庭上的供詞。」阮文協滔滔不絕的說。元波閉上眼睛，把醜陋的容顏趕離瞳孔，想起妻子和子女，他又張開眼，忍不住問：

「保長，我的太太和子女呢？」

「拍！」一個清脆的耳光出其不意的由阮文協快速舉手裡完成。元波臉上熱辣辣地，居然連痛的反應也來不及感覺。

「你無權發問。」出手打人的保長官威十足，元波怎樣也不能相信第一次代表「革命」政權到民居探訪的那位地方官，就是今天這個土匪般兇狠的越共幹部。

明明的哭聲忽然從二樓傳下來，元波心裡一喜，太太兒女原來被拘禁在樓上。夫妻是同命鳥，自己有了事，做太太的果然不能置身事外，婉冰真是看得很透徹啊！心靈的內疚和肉身的痛禁交併煎熬著他，他真的想衝上樓，熱烈的擁抱妻子，伏在她溫柔的懷抱裡求她原諒。

「你剝削人民的財產，變成鑽石或黃金，存放在那裡？」

「……」元波再次閉起眼睛，也閉起口。

「你保險箱裡早先拿走的美鈔、黃金片，如今存放何處？」阮文協猛吸一口煙，出勁的把煙霧往元波臉上噴。

「……」元波心裡想，原來銀行已經把空箱存放文件的檔案通知了他。

「你不合作，你是會後悔的。弟兄們，全面尋找搜索這個越奸反動份子的一切非法財產和證件，不要放過屋中的每一寸地方、每一塊磚頭呵！」保長發出了命令後，醜陋而兇惡的面譜隨而匆匆上樓，留下一個手持ＡＫ步槍的越共看守元波。

搬動傢俬的聲音和凌亂的腳步聲傳進耳膜，元波不知道究竟有多少「土匪」在他家裡掠奪搶劫？

午餐時間早已過去，傍晚時分，阿美傻愣愣地充滿恐懼的神色自樓上走下來。見到父親，叫了一聲爸爸後，淚水便滾落雙頰，然後怯怯地偷瞄一眼持槍的越共，什麼話都不敢多說，自個兒去洗米煮飯。

二十二

已經三更半夜，那班人數眾多的越共仍然積極的搜查，元波伏在廚房的飯桌上，倦態迷糊中，剛剛想睡過去，就又被新調來的共幹推醒。

「你的黃金放在那裡？」

「沒有黃金。」

「快說，你的黃金放在那裡？」

元波很倦，睡蟲從四面八方都跑進他的身體裡；到處亂撞，他恍恍惚惚，飄飄然的只想好好的閉上眼。從來都不知道，睡眠對一個人原來也是那麼重要；他不知道，可是共黨的幹部們都早已知道。所以，對於他們眼中的犯人，不論怎樣不肯合作，無論如何有骨氣，最終都要在他們這種馬拉松式日夜輪流的審問下投降。

一次又一次的在剛剛想入夢的時候就被推醒，快天亮時，坐在他面前推醒他的原來是陳文青下士。

「你的鑽石存放哪裡？」他很大聲吼叫著，然後是小小的聲音說：「我不能幫你了，下星期要調回北方。」

元波精神一振，指指樓上，悄悄的問：

「我太太，子女都好嗎？」

「都好。我沒想到這麼快你就出事。」

「是我不好，亂說話惹禍的。」

「你不說，只是遲些吧了。同樣會發生的，階級鬥爭是全國性的。」陳文青正想再講些什麼安慰的話，他很機警的聽到腳步聲，立即撥起面孔，又吼又叫的呼喝著。

四個越共興衝衝的跑下來，兩個惡狠很的把元波雙手往後反綁；一個拿起對話機報告，另一個把一枝航空曲尺手槍拋擲在枱上。

阮文協不久已經趕來，不由分說的用左手抓起元波的頭髮說：

「你不但是奸商，竟然還是反革命份子，講，你收藏這枝槍做什麼？你以前是美偽政權的那類走狗？說，快說啊！」

元波心膽俱裂的在迷糊中望著那枝烏黑的航空曲尺手槍，他終於憶起：很久以前，明雪在家裡送他到門口時，交給他代拿去丟掉的是屬於張心的佩槍。他帶回家後，先收藏在衣櫃裡，本想另日再帶去垃圾堆拋掉。但後來事忙，竟忘了；連太太也知道這件事的因果，叫他怎樣說呢？

他反綁的雙手緊緊地束著，肌肉已經麻痺，頭皮上根根髮絲被抓在保長的手裡，神經線似都要斷裂，他無力的回答：

「槍不是我的。」

「鬼話！」阮文協放下手中握緊毛髮，伸手拿起曲尺槍，陰陰冷笑的，臉上那塊疤痕跳躍著的醜陋，迫進元波的眼瞳裡，使他感到一陣前所未有的恐怖。好像眼前的人是陰間來索魂的夜叉，槍枝上膛，槍口就抵到他的太陽穴上了。他繼續說：「槍不是你的，怎麼會在你的衣櫥裡呢？」

「是一個朋友托我拿去丟掉的。」元波實說：「已經去報到接受改造的空軍上尉張心。」

「限令呈交武器的時期，你為什麼不拿出去呈交？」

「忘了，我完全忘了自己把它拿回來的小包袱，放在什麼地方。」

「鬼話！不用刑，你是不肯招供的。」阮文協放下手槍，示意把他推倒在地板上，他就用穿軍靴的腳朝著地板上的手掌踩踏下；指骨行將碎裂的那種刺心的痛使元波悽厲的叫嚷，冷汗在臉頰滲流，淚珠和口涎也一併溢瀉，他咬字不清的呻吟：

「我講的是真話啊！」

軍靴移開，緊迫的疼鬆馳了，元波舉起手臂；手掌背瘀黑和污泥混成一片，也分不清那個部分是泥漬那個部分是烏青？他憐惜的伸縮了指節，居然還可以活動，他把兩隻手掌小心翼翼的互握著放到肚皮上。好像不那麼收藏，就會被面前的鬼怪惡霸踩斷。

「說，說啊！」

「槍枝確實是張心的，不信去查張心的檔案，對照槍的號碼；他太太明雪怕丈夫自殺，所以暗中交我，幫忙她拿去丟掉，我拿回家，事忙就忘了。」

「你還是從實招認吧！不論你是美帝的情報人員還是偽政權的密探；認了罪，都會得到人民政權的寬恕。」陳文青插口，然後面向阮文協：「同志，還是交由我慢慢審問，我保證他會招供的。」

「好了，下士，我去審他的太太。」阮文協又抓起枱上的槍，和兩個跟班的公安上樓去。

二樓的臥房裡，兩個女越共分坐在床的兩邊，婉冰獨個兒坐在梳妝枱前的小椅子，明明在床中央玩隻電動小狗。阮文協走進房，用槍指著婉冰，婉冰被這忽如其來的動作嚇到臉無血色；眼睛定定的凝望著那口黑黝黝的手槍，文協看到她怕成那個可憐相，打個哈哈：「不會殺死你的，這是你丈夫的手槍，認得嗎？」

「不是，他沒有手槍。」婉冰定了心神，又回復了她的從容。

「在他的衣櫃發現的，他也承認了，你還要說假話嗎？」

「他絕不會有槍，你們不要冤枉人。」

「嘿！冤枉？你是不是也和他一起當美偽的情報人員？」

「我們是普通的老百姓，什麼事也沒做。」

阮文協把手槍放進公事袋走近梳妝檯說：「你合作，我可以向上級求情，不然你丈夫可能判死刑。」

婉冰仰起頭，她從來也不會恨人，但此時此刻從他口中聽到丈夫可能被處死的話，整個人輕飄飄。彷彿一切都是那麼虛假，心中卻切切實實的對那道半邊沒生眉毛的人，燃燒了一股恨意。似乎只要恨死面前這張醜嘴臉，她的丈夫便可平安無事了。

「……」她張惶失措的神色消失後，心中倒也萬分擔心丈夫的安危；她咬著唇，不置可否的，把視線投射到床中央正在不知天高地厚的玩著電動小毛狗的幼子明明。

「妳只要講出存放黃金的地方，他就可以免去一死；你不說，他唯有多受許多肉身的苦楚，我們也會找到的。」

「……」婉冰有許多話是聽不懂的，面前一個女越共是華運份子，擔任了她的翻譯。（華運是華僑充當越共走狗的組織。）

阮文協知道再問下去也沒什麼結果，就又想出了個鬼主意，他立即叫兩個女幹部強行把明明抱出房。

「你們幹什麼？」婉冰站起來，要去搶抱兒子，但一雙強有力的手野蠻的把她由肩上按回椅子；另一隻手粗野的在她臉上任意撫摸，她大吃一驚，整個人縮到床角去，他抽動著臉上的肌肉。婉冰面對著一張極似野獸的面具，猙獰而色迷迷的在眼瞳裡放射著令她魂飛魄散的一種意圖。他迫近到使她退無可退的距離，兩手忽舉，作祿山之爪的瞄準她因害怕而起伏的胸脯，他無恥的說：

「妳不合作，我要把你身上的衣服全撕下來，說不說？」

明明的哭聲在房外響起，她由於兒子的哭聲，而打退了剎那前想咬舌自殺的衝動，淚珠無聲的瀉出，那些黃金比起自身的清白、生命，和丈夫的安危又算得上是什麼寶呢？她點點頭，指指房外，阮文協大喜，兩隻高舉作勢欲撲的手立即垂下來，並高喊門外的女共幹進來翻譯。

明明看到母親，止了號哭，立即手腳並舞的讓婉冰親熱的摟在懷裡。

「在廚房灶下的地底。」婉冰經此一嚇，再也不惋惜的供出藏金的地點，一場風波也暫時平息了。

阮文協興沖沖的又奔下樓，陳文青並沒有對元波作任何審問，只是演戲似的呼呼喝喝，倒免去了他許多皮肉的痛苦。元波心裡充滿感激，對於相同的這班土匪裡邊竟也有陳文青這種還存良知的人物，還存溫情的心，他倒很意外。以前，為他夫婦換錢而不要酬報，越共要求他的黨員軍人都充滿階級仇恨、鬥爭思想，證明不能完全成功。人，都有血有肉，也都存有人性良知，又紅又專的軍人如陳文青及他的幾個隊友，對元波友好表現，正說明了越共忽略了人性，終會有失敗到來的一天。

元波正想到高興，又看到那張醜陋的臉孔出現，他指揮著跟下來的共軍，到灶下把黑炭枝扔出來。元波的心一沉，別過臉，心底竟對婉冰暗暗責怪，為什麼？為什麼那麼沒用？啊！女流之輩，畢竟是女人啊！

鶴嘴鋤敲碎了地板上的石灰泥，兩個共黨軍人蹲下去，把鬆土一鏟鏟的挖出。沒多久，碰到了一個鐵盒，他們歡呼浪笑，把銹迹斑斑的餅乾鐵盒雙手捧到檯上；阮文協即刻把盒外的膠帶割破，打開盒蓋，呈現眼前的是七小包方方正正的布袋。入手沉甸甸的，解開那層棉布，每包二十兩黃澄澄的「金城」金葉，耀眼生光閃爍著金的誘惑。

阮文協小心的將一百四十兩黃金再放回盒裡，又命令先前動手發掘的共軍再次深深入鋤。他拿起對話機向上級作了報告，不久，兩部公安局的軍用吉普車停在門前，元波被押著出門，那枝手槍和那盒黃金也一起由保長帶上車。屋裡留下兩個女幹部監視婉冰，其餘的公安都接到撤退的命令，陸續的離開。

阿美和阿文臉色蒼白的啼哭著目送父親被越共士兵押上車，呼喚爸爸的聲音強烈的震盪著元波；他很想跳下車擁抱兩個女兒，和他們親吻告別，但他雙手反綁，兩個公安左右的挾持著他，他唯有拚命的向女兒點頭，然後在軍車發動開走的剎那，他才大聲叫喊：

「爸爸沒事，叫媽咪別擔心啊！」

溫暖而可愛的家、活潑美麗的女兒、頑皮無知的明明、柔情萬縷的妻子，像輕煙浮雲般的在他朦朧而濕潤的視線裡飄走了。他腦裡充塞了悲涼氣憤的激情，什麼思想都停頓了；經過一所學校，大操場上幾百個圍著紅領巾的小學生，齊聲合唱著「感恩胡伯伯」的歌曲，元波淒酸的在心底輕輕問：「老狐狸啊！我是不是也要對你感恩呢？」

第十一郡人民公安局裡的公安「同志」們，津津有味的大談在轄區拘捕了一個美帝走狗的大功勞；沒有參予行動的公安圍著早先回來的陳文青下士，要他形容那個罪犯究竟是長成副什麼兇神惡煞的樣子。陳文青被他們纏著，只好對同事們說：

「他的外表鑾斯文，談吐聲韻清脆，三十左右的年紀，皮膚有點白，五官端正；衣著整齊、光鮮，眼瞳深黑，望人時專心注視，常常掛著一抹笑，是很友善親切和吸引人的一種氣質，怎樣都不能想到他是我們的敵人呢！」

「事實擺明啦！不能單看外貌去判斷一個人。」

「五胖同志說對了，這種人偽裝起好人，更可怕。」

「咦！別吵，你們看，說的那傢伙可不是來了嗎？」

議論紛紛的越共公安們這時都把視線集中在從門外被押進來的犯人，有一個看了元波幾眼後便對文青嚷起來：

「喂！下士，你把他形容得離譜啦！看他雙眼浮腫無神采、頭髮凌亂，步行東歪西靠，和斯文全扯不上關係。」

「我是講他往日的樣子，現在當然不同啦！」陳文青低下頭，不忍去多看神情憔悴，無力舉步的黃元波。

犯人被帶進了一間小辦公廳，三個武裝公安守著他，這時，一個穿著白衣黑褲黃臉塌鼻的女越共進廳來，那三個公安立即對她行舉手禮，她點點頭就走到元波面前，把他從頭到腳前前後後的放肆而驕傲的瞄了好一會。臉上終於綻出了個淺淺的笑容，很像她是在市鎮上商業區千挑百選的總算找到了合心意的東西。然後她下令鬆了他雙手的綁，元波把手輕輕的搓揉，使血液流通，女共幹在他面前不遠的一張辦公檯後坐下，開始問他。

從姓名、年齡、出生地，兒童時代開始一直到他被拘捕時，所有能夠想像到的千奇百怪問題都幾呼給扯上了。連以前和什麼人做朋友，和什麼女人搞過男女關係？到過哪裡？以及錢從那裡來，黃金從何處買？當然也沒放過手槍的來源，幹什麼任務等等。這一問足足來回的重複又重複共花去了三個鐘頭，元波一邊回答，她一邊記錄。

這個看似四十多歲的女人，精神旺盛到令元波吃驚，她竟毫無倦容的以馬拉松式的問話拖了那麼久。應該問的都己交代清楚，她於是下令把元波收監，兩個公安就用槍指著他，呼喝著要他向前走，把他引到一座簡陋的單人囚房裡，居然還有張帆布床，此外就四壁空空。門被反鎖後，他才發現床邊己先放著一碗碎米粥和半條小魚乾；折騰了那麼久也餓了，他拿起碗匆匆的把稀粥扒進口，沒多久一碗碎米粥和小魚乾己完全吃到乾淨。

沒有鐘錶，房內只有一枝燭光那麼亮的小燈泡，放射著慘淡的黃色光線；他躺上布床，疲倦、痛楚、悲憤和傷心幾乎同時在心頭湧現。真是百感交集，腦裡翻滾，思潮起伏了一陣子後，迷糊中昏然的睡著了。

朦朧裡，他似乎聽到腳步聲，竟以為婉冰，然後在濃濃的睡夢中，感覺一雙粗糙而滾熱的手在他身上撫摸游走，柔軟下垂的肌肉在搓揉後無意識的舉起。一團暖暖的體膚喘著氣伏上他的身體，瘋狂的動作在尋覓試探，元波被那份忽然而來的重壓迫醒後，在迷糊中觸手是熱熱的肌膚，他渾身觳觫了一下，雙手下意識的要把壓著他的身體推開，這時，耳際響起了輕輕的呢喃：

「別怕啊！是我，老娘看上你是你的造化，我的功夫是包你從來也沒試過的，你別動喲！……」

是審問了他幾小時的那婆娘，元波驟然間全身燃起了屈辱的怒火，那堅舉而起的肌肉在怒火燒燃下立即軟垂，回復了本來原狀。心中的力量突發，雙掌平推，那婆娘料不到會有這種反應，整個人就被推下地；她掙扎著起來，赤身露體的站近元波，舉掌狠狠地往他右頰摑去。

「不識抬舉的東西，你不合作只有死路一條。」

「妳找錯人了，生死是我的命。」

「唉！發那麼大脾氣，他們跪著求我施捨我連正眼都不望他們呢！你這張小白臉倒令老娘動心。乖乖的，包你過後會再跪下來求呢！」她搖擺著兩顆半垂的乳房，又笑嘻嘻的輕聲浪語的要再騎上布床，元波一翻身，立即站起，指著她大聲的喊：

「我們中國人都說你們是男盜女娼，忘恩負義，你這條母狗居然想強奸男犯人？」

「哈！哈！胡伯伯說中越是同志加兄弟，山連山水連水；我們是男盜女娼，你們中國的同志們又是怎麼樣？一杯水主義，我是向中國的同志們學習啊！」

「……」

「敬酒不食食罰酒，明天你就會後悔。」她看看元波那一臉的怒容，知道什麼興趣也沒有了，抓起地板上的衣服匆匆穿上去就獨個兒離開，把一夜的恐懼留給元波獨個兒輾轉。

天亮後，出乎意外的是那條母狗竟沒出現，在吃過了一小碗稀粥後，元波又被押上一部密封式的囚車。在兩部武裝公安的警車尾隨著，被帶離了十一郡公安局。經過約一小時左右的路程，他就被推下車，到了一座更大的監獄裡；進入一間四壁皆空的石室，看到了散佈在地上的刑具。元波眼裡映現了發自內心的恐懼感，他被幾個公安強拉到室中央的一張木床上，按倒在上面，手腳作四十五度平伸，床上四角特製的鐵環套進手腕和腳跟後便輕輕上緊了扣。他只能平躺著，手腳不能活動，門返鎖上；室裡就留下他一個人靜靜的咀嚼未來的恐怖，心靈的折磨已經如斯的開始了。

閉起眼，婉冰和阿美姐妹以及明明相繼的出現，他睜開眼；妻女又消失無蹤，孤獨、絕望、悽涼和憤怒相連接的在洶湧的心湖裡起伏，總難平息。也不知過了多久，手腳由於不能伸縮而麻痺，使到他肉身上的苦楚拉開序幕。

室門推開，走進來的竟然又是那條母狗，後邊也還跟著兩個共黨幹部，元波心中一涼，閉起眼睛，他知道這餐罰酒或許將是今生最難忘的豐宴了。

「你只要講實話，從實招供，地上那些工具是不必讓我拿上手的，知道嗎？」黃臉塌鼻的婆娘笑吟吟的邊說邊走到木床前，伸手輕輕的按著元波的右手五指接著說：「你以前在那個機關工作？」

「九龍單車廠。」

「再以前呢？」

「做經紀人，買賣土產。」

「買賣之前做什麼？」

「讀書。」

「我是問你真正的身分，在美偽政權裡的工作單位？」她蹲下身，站起來後已經從地板上拾起一枝很尖的長針；那尖端的放準元波大姆指頭，另一端她握在手裡。

「我從來沒有和他們工作，啊！……」他的話沒講完，指尖刺心的痛，情難自禁的呼叫。

「說實話。」

「我說的全是實話了。啊！喲！……」中指受刺著，無名指又給戳了一下，元波咬著牙，強忍著那陣椎心的如電流般由指尖傳進感覺神經中樞。

「你的槍，怎樣解釋？」她放下元波的右手，繞到另一邊去，又毫不經意的抓起他的左手，仍然輕輕的撫摸。

「我早已講了，是張心的槍，啊……」

「喲！喲！……」元波左掌五指，一針針的給戳進去，他怎樣強忍著還是在過度的痛楚中呻吟哀號。

她吃吃的冷笑聲中放下元波的手掌，雙手粗野的解去元波上衣的鈕扣，再蹲下身抓起一把剪刀，將穿在他身體的背心從中剪開，他的白晢胸肌便赤露展現了。

元波不能掙扎，不能動彈的任由她擺佈；心裡害怕的說不出的氣氛魘噤著，閉起眼睛，把那條母狗的形象拒於視線外。這時，褲頭的皮帶被撕拉出來，西裝褲強被除開，接著底褲又被剪破，至此，全身精赤的平躺在木床上。早上在場的兩名幹部已經離去，室門又緊緊閉鎖著，如今只餘下他和那隻母狗。這次，他不敢往下想，胃口裡翻滾，只好咬著牙深深的呼吸，藉以平息內臟的折騰。

兩隻手開始在他的肌膚搓揉，又不懷好意的在某些敏感的部位擰戳；然後，不文物給抓起，雙掌盈握，瘋狂的撫弄，從垂軟而無意識的自然挺拔。滿足了她變態的性虐待心理，她忽然兇狠的用手指大力的彈拍那上揚斜舉的陽具，痛的驟然刺激，亢奮的激素又無形消失，本能的又回復了下垂的原狀。

「你只要乖乖說出你真正的身分，老娘就放過你。」

黃臉塌鼻的母狗放下手掌得意的望著她面前的赤裸犯人。

「……」元波咬著牙，緊閉起嘴唇，心中燃燒著的是濃烈的恨意。

「你不開口，看老娘的厲害。」她雙手淫邪的揮舞，這次，改變了心思，不但惡作劇的使他的不文物再度高舉；而且在快速的摩擦擺弄裡，忽而狠狠地大力盈握，讓他疼痛的呻吟著。

過了一會兒，她抓起一條軟鞭，開始對元波無情的鞭笞；嫣紅的鞭痕縱橫交疊的浮滿他的外皮，她一邊抽打，一邊自己胡言亂語，污穢的下流話連珠而發，她瘋狂而興奮的呢喃著一些難聽的粗話。元波痛苦的呻吟，淒涼而聲撕的哀號也在空氣中回盪，漸漸的變得微弱而至完全昏死過去。那隻母狗當再也聽不到他的呻吟，才在亢奮的情緒裡回復，對元波的折磨審問也就暫告一段落了。

元波再醒來的時候，衣服已經穿好，手腳的銬鐐也已除去；他以為自己做了一場惡夢，全身痛楚難當的滋沫以及身上斑斑血跡猶存的鞭痕在提示他，那場經歷是真實的，並非單單是夢境。他不知道時間和日子，這些對他已經變得完全不關重要了。

往後，再經歷了許多次不同的刑罰和審問，再昏迷了許多回後的清醒；每一次的苦難，他都在清醒後看成是噩夢的幻境，如此欺騙著自己的時候，他也就強烈而勇敢的盼望生存下去。盼望再能看到妻子和兒女，每次念及婉冰而輕輕呼喚她的名字時，心中泛起的一絲甜密感幾乎是他此刻生存唯一的慰藉了。

在這些恐怖黑暗和心悸的日子裡，元波除了不停的給迫供行刑外，完全沒有經過任何法律的程序及形式。當然更談不上給被告或者無辜者有申辯的機會，連上法庭的手續都成了多餘的方式。他就如此的被判定了充軍勞改十年，宣讀給他聽的罪狀是家藏黃金、非法存收武器、誹謗革命政權、賄賂幹部、亂攪男女關係等等罪名。

罪名成立後，元波倒反有點高興，是生是死總比不生不死的日夜受恐怖的等待折磨來得好。塵埃落定後命運就展現在眼前，別無選擇的面對外，什麼反抗也都起不了波濤。故此，他的心境平靜中也就反常的有那麼點高興，高興的因由大概是可以擺脫了再無窮盡的受肉體上的行刑及心靈上的畏懼。另者，生命可貴的地方是十年終究是一個希望，一個再生的誘惑，和妻兒重逢的期待。

他再次坐上囚車，這次並不孤單，同車的三十多人，擠擁的迫在一起；沒有開口，彼此互相憐恤的用悽然無告的眼光對視。襤褸、憔悴、枯萎，髮長及肩和鬍髭橫生的容顏，那形象比之潦倒窮途的乞丐還不如。這班人在漫長的路途上由陌生而熟悉，彼此傾談中，元波才驚訝於他們的身分居然是大學教授、神父、醫生、記者及作家。如今，在偉大的社會主義無產階級專政下，他們卻完全變成了政治犯，元波竟深深同情起這班難友超越了憐憫自己。有了比較，自己和他們的命運雖然沒分別，但內心也就平靜得多了。

二十三

天色暗下來後，囚車終於停下了。門開處，幾盞探照燈射向囚犯們，他們趕快用手擋著眼睛，在呼喝聲裡魚貫下車；行到一所茅寮前集合，探照燈不再射向他們，負責點名的是一位上尉軍官，操著濃濁的北方口音說：

「歡迎你們到達自由中心，我是光大尉，自由中心的主任。這裡是個很講規則的中心，起床、睡覺、吃飯、工作學習全有一定的時間表，你們的合作表現和覺悟，都有助於你們早日恢復自由。違反規則、不守紀律，都會受到應得的處罰，偷跑或膽敢越獄的人被發現時是立即槍斃。明早五點鐘大家要起床，現在解散前，你們一起去小解，然後上床。」

在手持AK步槍的共軍監視下，囚犯們被帶到一排茅廁；然後又押回營房。所謂床，是一排排木板連接釘緊。每個人只有五公寸闊的位置，頭向泥牆躺下後，直伸的腳平放在板尾特製的腳銬上，咔嚓一聲，一排四十隻腳就被隻體上鎖。睡覺的囚犯再也休想翻身移動，只能似殭屍般直挺挺地躺著，直到現在元波才明白為什麼剛才要他們集體去小解，原來上床後就不能再隨意活動了。

「嗡嗡」的聲音響起，蚊子像轟炸機群般大舉進擊，整個上半夜兩隻可以活動的手，不停的拍掃撥搔，反擊蚊子。睡蟲和疲倦一起在身體裡游動，鼾音起落的都替代了拍擊蚊子的聲響，元波迷糊中，也不知道什麼時候將鮮血任由餓蚊吸吮。

喇叭聲刺耳的迫進營房，腳銬「咔嚓」的又打開了，外邊的天色還是黑黝黝一片，不過，唯一報曉的倒是幾隻雄鷄的啼聲。

洗臉刷牙上茅廁，十五分鐘晨操後經過點名，排隊領了一碗稀粥。再集合的時候，元波已分派到了一把鏟，微曦裡整個營地已清晰可認，五個高高的瞭望台上，探照燈關掉了。外邊兩層的鐵絲網把中心圍繞起來，只有一道門可供出入，門邊檢查站有四、五個共軍守衛著。幾座茅草建成的營站相距不遠，但完全在五個瞭望台的視線裡。空地上集合的囚犯們，大約兩三百人，每人都領取了工具，在共軍的帶領下，分別出發。

元波那隊在三個共軍監視下走了半個小時，就在營地不遠處的叢林裡工作。元波在亮麗的晴空下很意外的望到了整座山屹立在他眼前；南越下六省是沒有山的，而中部高原的山又是連綿一片，那麼這座山肯定是西寧省裡的黑婆山了。

以前，他到過西寧省，但總是在市區裡遙望這座山，沒想到有朝一日這座南越名山竟近在眼前。他心裡有陣難言的激動，好像在窮途末路而又給他遇到了故知。可是，山不語，山也不為他所動，依然無視於人間的一切悲歡離合的變化而屹立著。

西寧省會距西貢一百公里，是接近柬埔寨邊界的一個重鎮；黑婆山離西寧市中心二十多公里，算著想著，元波終於知道自己離開妻子兒女只有一百廿多公里的距離。可是，天涯咫尺，要相見也真不知道是何年可日了？

「開始工作，每人掘起三個樹頭，誰先完工就先休息。」

沒有人說話，元波抓起鏟，從來沒做過體力勞動，這個開始，以後還有十年，他不敢多想，低下頭，一鏟一鏟的去挑包圍著樹頭的泥土，手掌很快的出了泡。在陽光照耀下，汗水沿著臉頰流下，整個上午，他才笨拙的掘出了一個樹頭。

中午吃飯，他分到兩小碗混著雜糧的飯，伴著魚水和空心菜狼吞虎嚥，吃完後仍然感到很餓，唯有多喝幾口清水，就在樹蔭下躺著，忍受著熱風的吹擊。

再提起鏟，由於雙掌都是水泡，痛楚難當；慢慢的，吃力的一鏟鏟的挑起土，直到收工，他只完成了兩個樹頭。偷望別人，原來也沒有誰能提前休息。

第一次他受到了警告，晚上政治學習時，他自我檢討；並堅決認了錯，又許下了必定完成黨及人民交付的任務，以報答「黨及人民」的「恩惠」。

躺在木板床上時，他全身酸疼難當，再也沒有多餘的力氣去拍趕蚊群。翌日，他學到了一點小技巧，吃力完成了三個樹頭，工作有進展，竟忘了辛苦。

日子流逝，千篇一律的按時工作，按時吃喝拉撒睡覺；政治學習也全是枯燥無味的黨八股，最使人痛苦的是還要違背良心的寫些如何覺悟的悔過書。起初，元波握起筆，怎樣也沒法寫下那些肉麻句子，後來看到那些同隊難友，由於悔過書寫得洋洋灑灑，受到表揚外，分配的苦工也較為優待。吃了虧後，元波硬起頭皮，終於也滿紙謊言的把美麗詞藻堆疊填好。習慣後，再寫時連那點說謊的腆顏感覺也沒有了，難怪那班共產黨徒，違著良心講起謊話也那麼自然。

晚飯後，有半小時在營房外散步的自由，一天辛勞，這短短時間是很珍貴的；元波從來沒涉足東西方向的那一座營房，那天由於好奇，不知不覺裡就踱步到了那邊。

廣場上幾十個囚徒三五成堆的在閒談，看到元波，也不理他。呆久了，對什麼人都失去了興趣。元波也很明白這種心境，營房並沒有其它特色，他回轉身，一個黑瘦滿臉鬍鬚的漢子在人群裡追趕著走向他。興奮吃驚的揉和著意外的神色，擋著他的去路，開口說話時的聲音按不住滿心的激情：

「你？你是波兄嗎？」

元波吃了一驚，沒有回答，冷冷的打量著這個陌生者；除了那一臉鬍鬚外，一個熟悉的輪廓浮現在他腦中。他彷彿如在夢中，有點不敢相信，怯怯地，試探的反問：「你是張心嗎？」

「啊！是啊！我就是張心，你真是波兄呵！」他伸出雙手，熱情而迫切的、激動而興奮的緊緊把元波擁進懷裡。元波兩手也緊緊地摟抱他，然後兩人同時放開，雙手彼此又緊緊的互握著，對望著，久久的凝視，誰也沒出聲。好像要把分離後不再相見的那段空白，從這一刻意外重逢裡，看個夠。一直看到心裡都相信彼此沒在做夢，張心一手拉著元波，迫切的問：

「波兄，你怎樣會在這裡？」

「張心，你一直都在此嗎？」元波幾乎也是用同樣迫切的聲調問。千言萬語，驟然相逢，都急急的趕著傾吐。結果問話都沒有答案，正想再說，喇叭已響，又是政治學習的時間，他們按著喜悅的心匆匆分手。

光大尉口沫橫飛的向囚犯們大講共產主義戰無不勝的如何打敗紙老虎美帝的戰略。元波心神恍惚，心中眼裡全是張心，什麼戰無不勝的八股都在耳邊飄過，半句也沾染不進。後來，由於興奮，整晚竟在別人的鼾聲裡期待天明，期盼再和故友相聚。

黃昏後的半小時活動，對元波來講竟變得那麼生氣勃勃，意義重大。平淡、折磨、枯燥的日子似乎也因為有這半小時的期待，而變得令人可以安心忍受。

一放下碗，他便匆匆向東行去；半路上，張心正走過來，兩人就在泥地上蹲下。元波把自己的遭遇娓娓道出，但最後瞞去了明雪被公安抓走的那件事實。

「我那枝手槍原來是明雪交給你，唉！沒想到竟害了你。」張心的語氣充滿了抱歉。

「別那麼想了，有沒有那枝槍我的結果都是一樣。」元波很平靜的說。

「你為什麼會這樣講？」

「是事實呢！我是華人，又有錢，這種結果是沒法改變的。」

「有什麼打算？」

「能有什麼打算？」元波望著張心，心裡卻奇怪的想念起明雪，不知她在什麼地方？也不知她的運氣如何？

「每兩個月可以寫一封家信，下星期就到了。信，他們要檢查才代發，你不要在信裡隨便寫。」張心轉換了話題，元波躊躇的在心底來來回回掙扎著，究竟要不要把明雪對他的那份渴求告訴他？幾次想啟口，話到嘴邊又縮回去，最後還是打消了這個念頭。終究，他還是不忍讓好友增加難過。

「你有沒有收到明雪的信？」

「只有一次。一封信往返將近要半年時光，報個平安；讓家人知道自己還活著，給他們一個希望，如此而已，這種勞役生涯還有什麼好說呢？」

「第一次明雪收到你的信，高興到哭，我也很激動呢！」

「謝謝你對明雪的照顧。」一張心誠意的說。

回營的時間又到了，他們拍拍手，相視展顏，又各自走向營房。

那夜，元波有個甜甜的夢，他回到婉冰身邊，快快樂樂的又抱又笑；起床時，嘴唇彷彿仍掛著夢裡的歡愉。

寄家信的日子到了，原來利用晚飯後那半小時散步活動時間；每人發給一張紙和一枝原子筆，也連同一個發黃的信封。沒有那麼多檯椅，每人都用自己認為最方便的方法提筆。元波把紙放在大腿上，半蹲半跪的將就著，神思飛馳，想了許久，居然不知道從何寫起？後來，匆匆把歪邪的字跡塗下，時間快到了，他重新讀一次：

冰：

提筆時心中很激動，許多話，不知從何說起。想念妳和孩子們。我的生活很好，正在努力學習，努力的改造自己。認真的思考我過去種種的錯誤，心裡感激黨給我這麼一個機會，使我可以重新做人。

請妳多保重，好好照顧子女，代我問候雙親及弟弟們。紙短情長，就此停筆。

祝好

妳的阿波

把信箋放進寫好地址的信封，沒有封密就呈上去。元波很難想像妻子收到信後會怎樣興奮。寫了家書，引起了無窮無盡的思家情緒，一夜難成眠，肚子卻咕咕的鳴叫。這些時日，由於付出許多體力勞動，三餐又沒魚肉，稀飯混雜糧，每餐限食兩小碗，往往連碗底最後一粒飯也珍惜的不放過。

餓的滋味從前沒試過，如今卻像那群吸血蚊子一樣，時時來擊，白天還可喝多幾口水，讓水分漲滿空虛的腸肚，換回一份飽的滿足感。夜裡，腳上了銬後，不能起來，唯有一任咕咕的飢腸鳴奏，和嗡嗡的蚊群融成生命另一種樂章。

迷糊中，遠遠近近的刺耳槍聲把沉寂的夜空撕破了個大洞似的，那些密密麻麻的子彈飛馳擦過空氣的聲響都從洞裡傾瀉進來。元波揉揉眼，營房裡其他熟睡的難友也都醒了，大家議論紛紛，在槍聲呼嘯中營房早也鳴起悽厲的警報，五個探照燈全把光線調向營外的原野，越共凌亂的腳步奔跑和呼喝聲交融著。正當囚犯們胡亂猜測這突如其來的變化時，有道南方口音的叫聲湧了進來：

「弟兄們：聽著啦！我們是反共的復國軍，救你們來了，大家別怕，一起從裡邊向左方走出來，歡迎你們參加復國軍的隊伍，殺盡越共，還我河山……」

守營的共軍，重機槍連串發射，淹沒了那片聲音。復國軍這個新鮮而令人振奮的名稱，立刻在勞改營房中引起了很大的激動。元波感覺到腳銬上的木板被人出力的推搖，有人已經想法要解除束縛，期盼可以衝出去投靠到復國的隊伍裡。復國軍的兄弟沒想到這個勞改營中的囚犯們，睡覺時雙腳全上了鎖，在他們敵不過共軍的炮火而撤退時；沒看到營裡囚犯的反應，想必是很失望的一種心情吧？

天亮後，取消了出外勞動，營房外留下了昨夜進擊的痕迹，四個復國軍的屍體伏陳在青草上，共軍死傷的人大概半夜已經清理了現場。光上尉粗野而兇惡的站在營房前的小土堆，對著囚犯們痛罵了昨晚來犯的敵人，什麼美帝殘餘走狗啦！反人民反黨的國際陰謀集團啦！越罵越大聲，如罵街潑婦，企圖用聲波把對方淹死。可是，敵人已走了，那些聲波是沒法起什麼作用啦。

元波因為不必勞動，就走向東面營地找張心，兩人相見，會心微笑。昨夜一役，救營雖不成功，但卻把興奮的種子撒了進來，囚犯們人人都喜形於色，尤其是那班舊軍官，已經死去的心突然又活了。有了希望，有了憧憬，一種幸災樂禍，一種期待也就自然而然成了些共同的激素，大家碰面，都那麼難以掩飾的把一抹笑意展露出來。

「以前，他們來過嗎？」元波好奇的問張心。

「沒有，相信以後會再來。」

「你昨晚有沒有想到，如果他們成功，你會跟著去嗎？」

「昨夜我們全出力設法想弄開那腳上的木架，可惜沒辦法，不然昨夜已走了。」張心悄悄的說。

「如果你走了，這輩子怎能回家見明雪？」

「我這種成份，留在這裡也是一輩子不能回去啊！已經有了游擊隊的組織，國仇家恨，有機會怎能不報呢？」

「他們的想法呢？」

「大家都要拚命，太好了。」

「打草驚蛇，以後共軍會加緊防守的。」

「邪不勝正，我們的信心全回來了。」

元波望著張心，那張臉，那些鬍鬚，都因興奮而散發了一層光輝；只要望著他，似乎也感染到了他內心的喜悅。他說：「我也很高興越南民族還是有希望復國的。」

「多謝你，喂，今晚我們的弟兄也許會去收屍。」張心望著那四具橫陳在草坡上的反共志士遺體，輕輕的說。

「千萬小心，你知道嗎？那是陷阱啊！」

「明知危險也要幹的，他們為了救我們，我們怎忍讓他們暴屍荒野？」

「我祝福你和那些勇敢的朋友。」元波心底很激動，仰望蒼天，悠悠白雲，他看到了人性光輝亮麗的一面。

「我會不會去還不曉得，我們用抽籤的方法決定，喂！我該回營了。」

望著張心的背影，他的那抹笑意消失了，心境又變得很沉重，有點風雨欲來前的不安。

翌日，政治學習會上進行到一半時，光上尉接到了報告，立即匆匆離開。沒多久，在一隊共軍的解押下把三個囚犯帶進來，元波緊張的瞄過去，呵！沒有張心，他心中略略放鬆。

光上尉手上抓一條鞭，三個囚犯伏跪在地上；任由他暴跳的揮舞著鞭子，每抽動一次就有個脆響的聲音揚起。

「這三個反動份子死不悔改，他們膽敢去收屍。說！為什麼要收那些屍體？」

沒有人回答，他氣憤的把鞭子改抽在他們的臉頰，殷紅的血痕浮現，縱橫交錯，鞭下如雨，沒有人張聲。在場的難友們，當鞭子揮下，每人臉上湧現了仇恨的情緒，好像那條鞭是抽打在自己身上一樣。終於有兩個囚犯在行刑中昏倒過去，光上尉這時才停手，站在一邊喘氣。

兩個共軍用冷水淋上昏倒的囚犯，他們轉醒了，光上尉指著他們：

「誰叫你們去收屍，誰說出來就無罪。」

氣氛很緊張，無人吭聲，也沒有人受到誘惑，元波在心裡對他們充滿了敬佩；人世間，居然還有這樣氣節的漢子，並非只是在小說裡才能讀到的人物。

「阮登、阮日、胡士義，你們如不招認，全部死刑。你們以前對人民犯下了滔天大罪，黨和人民寬恕你們，你等不知悔改；竟同情反黨反人民的越奸走狗，給你們最後一次機會，你們說啊！」

「……」他們一起抬頭，望著光上尉，眼睛燃燒著火焰，像荒山裡的餓狼；對著面前的獵物只等待一個準備的動作，就要把它生吞活噬，國仇家恨都明明白白的從六隻眼睛中展示出來。

「我代表黨和人民，宣判你們三個永不覺悟的反動份子死刑！」光上尉狠狠地揚起鞭！向空氣抽舞：「押出去槍斃！」

三個囚犯齊齊撲向他，如三隻狼的進擊，光上尉一聲驚呼，人往後倒。這時，守衛的共軍，八、九枝長槍的刺刀一齊指向他們的胸前身後，光上尉站起身咆哮：

「押出去，立即槍斃！」

「不能殺人！不能槍斃！」全場的難友見時機危急，一呼百應，起哄的吵著，光上尉返身，指揮著許多口槍齊齊向著他們：

「你們再吵，我就開槍！」他不知何時也已從近衛手上接過一枝AK自動步槍，眼露兇光的指著他們。

大家迫於淫威，憤憤地再安靜下來。

「打倒越共！越南共和國萬歲！」

這兩句口號劃破死寂的夜空，從外邊雄壯的傳進來，大家心裡一熱；幾乎破口而出，衝動的想跟著喊，他們還沒有喊出聲，緊接著是一串「卜，卜，卜……的子彈呼嘯，悽厲的震撼了營房裡全體難友的心靈。

不知誰先跪下來，所有的難友一齊的伏跪著。元波也下跪，他不認識他們，但眼淚湧了出來，向他們的英勇行為致敬。

沒有悲傷，只是感動的哭著，第一次，他體驗了視死如歸的情懷。原來，光輝的人性裡，沒有古今，沒有國界之分，人類轟轟烈烈的歷史就是用這些勇敢的鮮血塗成的。那三張就義的臉孔，整晚都在元波的腦海繚繞。

二十四

張心變得很沉默，有意無意中在避著元波，相遇時浮現著苦笑，就好像無話可講了。元波明白他的心情，幾次三番想安慰他，但總沒有恰當的機會。

苦役工作已經慢慢習慣，但饑腸轆轆的滋味總日夜在他的肚裡翻動。有時想起婉冰，必定念及她燒的好菜，在回味中沒來由的引起些口沫涎垂，自己差點失笑。

黃昏晚飯後，張心歡天喜地的來找他，倒令元波大感意外。

「波兄，我捉到幾隻老鼠，一起來試試野味。」

「我從沒吃過，不過……」元波沒法拒絕那份誘惑，但對於鼠肉卻有點噁心。

「紅燒鼠肉，包你喜歡，走吧！」張心不由分說伸手一拉，親熱的和他往回走。

到達東營時，一堆人約七，八個左右，團團繞著臨時架設的火烤爐；老鼠用樹枝串起，有六隻，每隻小過乳鴿的體積。所有貪婪的眼睛都緊緊的盯著那些在火上烤著的老鼠。張心一到，他們立刻讓出些空間，看來，好像對他特別客氣。張心逐一的介紹那班朋友，有一個雙眼圓亮的竟是印光寺的釋明珠大德，那頭濃黑的頭髮，讓人怎樣也不能想像他曾經是個大和尚。

和尚吃鼠肉，元波沒聽過，倒有幸見到了。

老鼠烤熟後，香味四溢，張心用手抓下，撕開分派，元波得到半隻；拿在手上，嗅到香的誘惑，把原先的噁心感覺拋到雲端去了。偷偷瞟著身旁的和尚，但見他早已忙著用牙齒咬噬了。元波輕咬一口，整口的垂涎竟爭相湧上，牙齒有點不習慣的上下移動。畢竟已經有很久的一段時日，沒有試過肉類的滋味了；嗅幾次，咬一口，用口水潤潤外唇，再吞下去。如此一小口一小口的越吃起快，直到手上只抓著幾根輕飄飄的小骨；還不忍丟掉，後來連骨頭也放進口裡咀嚼，將裡邊的滋味全吸光了才肯罷休。

「怎麼樣？我不騙你吧！」張心笑著問他。

「好吃，只是不夠，謝謝你啊！」元波好奇的望著身旁的和尚，也笑著問他：「你不吃素了？」

「早已破戒啦！」和尚拍拍肚皮隨其他的人走了。

張心對元波說：「上次，槍斃的應該是我。主意由我出，沒抽到籤，他們犧牲後，我一直都很難過。」

「事已過去，別再想了。」

「還沒有過去，我一定會報仇的。」張心握起拳。出力的擊向空間，彷彿光上尉是在面前，那狠命的一擊是打在光上尉的鼻樑上似的。

「殺了他，越共又派別人來，問題不在那個上尉身上，你還是小心點好。」元波很擔心，他沒想到好友居然是前次事件的幕後主持人。

「波兄，你講得一點不錯，我報仇的不只是一個光上尉，而是整個越共集團。」

「……」元波驚訝的望著他，不敢張口，好像開口後，那顆吃驚的心會從裡面跳出來。

「你如再找不到我，不必擔心，有事可以找和尚，他是很好的一個朋友；我叫你來吃鼠肉，是和你辭行，也順便介紹和尚給你認識。」張心平靜的說：「你總有一天會離開這兒，代我告訴明雪，叫她改嫁，別再浪費青春了。」

「你想越獄？」

張心點點頭，放低聲音：「去參加復國軍。這裡不是你的國家，你也不是舊軍人，所以我沒有邀請你。」

「祝福你！有一天我如能活著出去，就會用其它的途徑參加反共的行列，盡一點做人應有的本份。其實，打倒苛政是不分種族國界的。」

「你永遠是我的好朋友。」

四隻手緊緊相握，久久不放，好像一放開便會從此天涯永別；盈握著就可保持永不分手的時刻。

元波晚上就那麼睜大雙眼想心事，他想不通張心怎麼樣走，走後又如何投靠到復國軍的隊伍裡？但又不便問這些東西。也想起和尚，想不通他怎麼也來改造？最後還是想到那香味引人的鼠肉，這不到一百克重的鼠肉，真是生平最好吃的肉了，也不知又湧出了多少口沫才在回味的肉香裡睡去。

第二日，出隊勞動時，元波全隊十二人編到東營的一隊裡，到山腳翻土種玉米，和尚居然也在隊伍中。由於前次復國軍救營的事件發生後，越共已增強了軍隊防守營地，押隊離營做苦工也加派武裝共軍，如臨大敵般嚴密看守。

在毒日照曬下苦幹了半天，汗流滿身，氣喘喘的終於等到了午餐休息時間。大家放下工具，抹掉臉上的汗水，各自找有樹蔭的泥地坐下，開始啃咬如石頭那麼硬的麵包乾糧。

元波剛吃完硬麵包，和尚就來到他旁邊，一股兒的趺坐在他面前，笑嘻嘻的說：「好吃嗎？」

元波搖搖頭，回報個笑容，忽然想起鼠肉，他說：「老鼠才好吃呢！」

「其實，狗肉更香，可惜這裡連野狗的影子也沒有。」

「你也吃狗肉？」

「你們中國的和尚也吃呵！」

「喲！你怎麼這樣講？」

「書上都寫著呵！朱元璋、魯智深、濟公活佛他們都吃得津津有味，是不是？」

「那些不是真正出家人，有道高僧是不會如此亂來的。」

「對，我和你鬧著玩，我不是有道高僧，戒破以後，不吃白不吃。」

「師父怎會破戒的？」元波按捺不住心中的好奇。

「他們迫的，給抓後，什麼都不給吃。卻煮了魚，烤了肉孝敬我，我忍了兩日，到第三天想通了。嘿嘿！就大吃他媽的一個夠！」

「……」元波看著他，想到迫和尚破戒的殘忍方法，心中竟為面前的這位出家人感到很難過。

「過橋拆板，這班狗娘養的都是這種德性。」和尚躺下地，半閉起圓圓的大眼睛說：「以前我竟為他們賣命，唉！真是有眼無珠。」

「喲！師父以前原來去示威反戰，是嗎？」

「何止如此，我們印光寺的許多大師們都笨到為他們當傀儡，信足了他們的鬼話。為他們，什麼壞事都幹上了，全是給民族大義這頂帽子套上了。」

元波想起了一個積壓心頭頗久的問題：「那些自焚的和尚、尼姑，是否真的都是自願的呢？」

「自願個屁。」他張開銅鈴的大眼，望著元波，像要把元波的五官看個透似的，他說：「是我們迫著那些無知的小沙彌小尼姑抽籤，抽到的就去送死。」

「可是，他們表現到好勇敢呵！」元波想及當年從電視上觀看自焚的僧侶，在烘烘大火裡竟不掙扎哀嚎的殉道，那些鏡頭震撼了全世界億萬人的心。

「都是假的把戲，去表演前，強迫犧牲的和尚尼姑，給他們打下麻醉藥。讓他們失去知覺，就這樣推到鬧市活活把他們燒死的。美其名為自焚抗議，玩弄手段騙世人，根本是謀殺，明目張膽的變相謀殺。」

「原來如此可怕，你們出家人竟……」元波嚇到說不出更恰當的話去責問眼前這個「和尚」，那麼傷天害理的殘害無辜的僧尼，竟然也是這班「為民請命」的越共黨徒，假面具後藏著如此恐怖的真相，怎能不吃驚呢？

「我們雙手染滿了血，到頭來，沒利用價值後又給抓來此處，是應有此報的。出家人？許多印光寺裡的和尚全是假的，是他們的忠貞黨員，奉命混進寺廟攪陰謀的，明白了嗎？」和尚閉起眼睛，一口氣把當年那些不為人知的內幕傾吐出來，聲音很低沉，元波聽出了有濃濃的怨恨。

「為什麼又要抓你們？」

「當他們奪取了政權，露出了本來面目，我們知道了上大當；除了氣憤難平外，立即進行全面反對他們的行動，成了越共的眼中釘。因此，想方設法的把我們拘捕。」和尚說完，翻身躍起，向元波揮揮手，開工的時間原來又到了。

整個下午，元波拿著鋤頭，很倦的揮舞著，心中感到無比恐懼；腦裡升起的是一幕幕在大街上讓烘烘烈火活活燒死的僧尼，他們到死都不明白為什麼會給如此的謀殺？元波和世人一樣，在這之前都相信他們是狂熱的殉教者。

收隊回營後，光上尉照常的親自點名，前後算了又算，點來數去，兩百多個囚犯裡少了四個，那四個失蹤的名字一遍又一遍的呼叫時，張心的姓名像鐵錘似的擊進了元波的心胸。他神色緊張的東張西望，彷彿在他的尋覓裡好朋友會再從視線走出來。

正當大家很緊張的望著光上尉指揮著一隊又一隊的守軍離營搜索時，一串單調而攝人心魂的步槍聲「卜，卜，卜」的遙遙遠遠的傳來。元波臉色蒼白，槍聲追殺的逃亡者中他似乎也是其中一個，低下頭暗暗祈禱，在他驚懼的忐忑裡，一切又歸於沉寂。

全體的囚犯不准離開，晚餐時刻早過了；光上尉咬牙切齒的下令把稀飯和雜糧全倒掉，用如此的全體受罰來懲戒他們。大家忍著餓，引頭祈盼，陸續的看到搜索的共軍垂頭喪氣的回營，及至太陽完全西墜後，仍沒看到逃跑的四個人被押回來。元波深深的慶幸，把一切最好的祝福對著鮮艷美麗的晚霞說了一次又一次，並早已忘了轆轆飢腸嘰咕的呻吟。

迷糊的夢境中，看到張心血淋淋的中彈倒地，又看到復國軍前仆後繼的進攻，帶隊衝殺的是張心；又見到明雪全身掛白的伏在他肩上，哭著喊著張心。夢魘上演著，當起床的鈴聲再響時，一個個惡夢才從他腦海飄走。

和尚又和他同隊，邊鋤泥邊移到他身旁悄悄的問他：「喂！高興嗎？」

元波點點頭，瞄他一眼，正遇著他的大眼睛，又趕快的避開。

「事先知道嗎？」

「……」元波又肯定的點點頭。

「他們很幸運。」

「怎麼去得了呢？」一夜夢魘，使他很擔心，忍不住就開口問了。

「誰知道呢？」

「那麼？……」

「賭啊！大大的投一注，或生或死，懂嗎？」

原來這樣，拿生命作賭注，對他們四個的那份膽色，到此刻才真正的從心中感服。本來以為張心是早已安排，萬無一失，經和尚講，才知悉並非那麼容易。

熱帶風雨說來就到，毫不容情的把天上的水嘩啦啦的照頭傾下，腳上的泥漿將拖鞋緊緊的吸吮，一舉步都要花上全身力氣。狂雨中，押隊的共軍慌張的呼叫著收隊。天愁地慘，雷電交流，大家在泥濘中掙扎舉步，幾十分鐘後才回到改造營。

別的隊伍還沒回來，守門的共軍冒雨查點人數，居然大嚷大吵又少了一個回營的；共軍立即反身衝出去，光上尉接到報告。這次、他在雨中親自出馬，領著幾十枝槍，四面八方的追趕而去。

雨漸漸的停了，風還在哀怨的呼嗚，忽然又傳來一陣刺耳而令人心跳的槍響。不久、追趕的共軍陸續歸隊，最後四個士兵一人一手的抬著個死屍跟進來，然後把屍體仰面的拋下濕草地。

難友們爭相的站在營門內望著那個不幸的死者，那對大大的銅鈴般的眼睛向天呆望，像在問天：為什麼？為什麼？

竟然是和尚，元波心裡狂跳，驟然有股衝動，想跑出去把他的雙眼按下。但兩腳不能動彈，來來回回都是和尚的聲音在他耳中清亮的回響著：

「賭啊！大大的投一注，或生或死，懂嗎？」

元波不忍再看，轉過身，輕輕的說：「師父！你輸了。」

和尚睜著憤恨的銅鈴像在罵天，在罵那個沒有眼珠的蒼天，永遠不再回答元波。

接下來的日子，又變得那麼死氣沉沉，張心越獄後，連個剛認識而可以談天說地的和尚也歸天了。元波心境悒悒，除了埋頭做苦工外，終日不願開口。晚上在政治學習會上也變得沉默，他變到很小心，不答些容易引起誤會的話；把些念熟了的八股，琅琅背誦，他已經學會了忍耐，學會了怎樣去保護自己。

日子流轉著，每個日出和日落，對於勞改營的囚犯們早已變得沒有什麼不同了。在麻木中甚至都沒人去追究是何月何日，日曆的意義、時間的記載，通通和他們沒關係啦！

黑婆山以外的天地，近在咫尺的西寧省會，對他們充滿誘惑外，也變得一無所知；更休想知道其它地區的新聞和世界消息，這樣的封鎖，在他們生命史上必然是一段白痴的歲月。共黨所盼望於囚犯的，大概就是要他們終此生全成了白痴吧？

微曦初露，共軍才進營房開腳鐐，比往常遲了，他說：「起來，起來，今天不用去勞動，放假一天。」

大家高興又意外，不及細想的爭著去茅廁，等啃過早餐的硬麵包後，吹著集合的喇叭響了，光上尉站在土堆上說：

「今天是元旦，慶祝新年，大家休息一天，感謝黨對你們的恩情，特准家屬到此探營。記住：只有一小時和家人會面，除了閒話家常，不准亂說話。誰違背會被罰延長勞動時間，永遠不准再和家人相見，聽到了沒有？」

「聽到了。」全體難友的回聲從沒有如此嘹亮，大家都極興奮。似乎、真的對「黨」的恩情感激萬分？尤其元波，他完全沒想到，也沒有任何心理準備，緊張又雀躍。以至整個上午就那麼坐立不安的在草地上來回踱步，眼睛卻時刻的瞄向營門外，心中焦急的恨不得探營的時間立即到來。

越共特別增強了四處的守衛，接近營門入口處，更是如臨大敵，營門在眾人引頸企盼中打開。來探營的幾乎全是婦女，她們經過了出示身分證，探營通知書，接受了進營前由女越共負責的全身檢查；過了幾道臨時設置的關卡，才進到改造營的中心空地。

呼叫聲音，相擁的喜悅，重逢歡樂一幕幕的上演。婉冰跟著隊伍，終於也到了草地上，放下手中拿著的肉絲，鮮橙和幾包止瀉退燒的、傷風感冒的成藥和藥油。抬起頭，元波早已邊叫邊嚷的跑到她跟前。在她疑惑猶豫的幾秒鐘裡，元波不由分說的雙手粗野的把她擁進懷裡，喃喃地呼叫著她的名字。

婉冰在一陣噁心的異味嗅覺下，伏在他的肩膀上，淚水無聲的沿眼角瀉湧而出。在淚眼模糊裡輕輕的推開他，分手不到一年，她以前習慣的印象中的良人已經有了很大的改變。頭髮又長又髒，臉頰瘦凹，眼色黯淡無光，手腳膚色黝黑，全身有點浮腫。和往日倜儻瀟脫、神采奕奕的形象，簡直是天淵之別；心底一陣悽酸痛楚，那強忍的已止住的淚水又任它奔流。

「孩子都好嗎？爸媽、弟弟怎麼樣？」

婉冰別過頭，擦去淚痕，點點頭，才憐惜的輕聲的反問：「你呢？」

「還好。收到信嗎？」

「收到。己立刻回信，有收到嗎？」

元波搖搖首，想起元浪，急急問她：「老二怎樣？」

「你出事後，他很怕，東躲西避，不敢回家。幾個月前和朋友一起偷渡出海，爸媽擔心到不能睡，大約過了一個月，終於收到他報平安的電報，在馬來西亞。」

「他很勇敢，真為他高興，老三呢？」

「三弟沒事，常買些點心來給阿美姊弟，他搬回去和爸媽住了。」

「明明和阿美，阿文都乖吧？」

「她們天天掛念你，吵著要來，但探營通知書只准我一人。而且路途難走，轉幾次車，很不方便。」

「有沒有明雪的消息？」

「老二從工友的口中，只探聽到她也被拘捕；他走前到她家裡，人還沒回去，應該是仍在獄中吧！」婉冰一邊說一邊張羅著她天未亮就清早起床煮好帶來的雞飯，用碗盛好遞給他。他接過，禁不住那香氣誘惑，立即大口的吃著。婉冰自己拿個橙，一片片的撕好，靜靜的瞅著他把三碗多的油雞飯全吃光了，竟還意猶未足似的往鋁鍋裡張望。放下碗筷，他又吃著鮮橙，婉冰也吃了幾片，才說：

「三弟正在為你奔走，順利的話你可以提前回家。」

「真的，什麼時候？」元波精神一振，全部力氣和生命內涵的活力都回復了。希望！像陽光那樣強烈的照進陰暗的地方，使到寒冷也變溫熱了。他情不自禁的抓緊她的雙手，兩眼痴痴地迫視她。

「不曉得，你要多加保重，逆來順受。我早晚焚香祈告上蒼，你會早日平安回來的。」

元波放下手，心中熱熱的，感激著太太的一片深情，他說：「謝謝妳，妳也要多珍重，雙親和兒女全靠妳了。喲！忘了告訴妳，我見到張心呢！」

「真的！他好嗎？」

「已經走了。」元波約略的把張心的情況及越獄事告訴她。

六十分鐘在歡樂的氣氛中如噴射飛機那麼快的呼嘯掠過，抓也抓不住，閉營的號角刺耳裂心的催促著。元波又緊緊把妻子擁在懷裡，婉冰也忘了他身上的異味，任由他摟抱著。她閉起雙眼，享受這片刻的溫柔；那份感覺猶若天長地久，她貪婪的品味著，再也不忍把他推開。倒是元波看到三三兩兩的探營者已陸續往外走，才放鬆了兩手，依依難捨的說：

「妳該走了，代我問候爸媽。多保重啊！」

「你凡事都小心，忍耐點等呵！」婉冰泣不成聲，無奈而斷腸的移向營外，頻頻回首。元波擠在人群裡，拚命往外揮手，直到所有探營者全走光了，還不忍離開。像站在那兒多一分鐘，就可有多一分鐘看到妻子背影，用以往後做為回味相思的影像時，便能清晰似的，而營門外早已回復了原來的風景，派出去加強守衛的共軍也收隊歸營了。

日子疊著滾過去，自由中心勞改營比前更擠迫了，斷斷續續的新犯人也不曉得從何地送來的。人多了，工作還是永遠做不完，伙食也沒有改善；不過，元波自從見過了婉冰，知道老三在為他設法，這個消息給他很大的鼓舞。有了希望，他一改以前的消沉頹喪，人一旦變得樂觀，對什麼壞事物也就較能容忍，勞動起來，在賣力裡居然也會哼些小調子，使日子變得較輕鬆。

夜晚，除了蚊子嗡嗡襲擊外，如今時常被些零星的冷槍和沉沉的重炮吵醒。他和所有難友一樣，由好奇而變得興奮，自從復國軍攻過營後，他已經知道，在這個恐怖制度裡，已經有股新力量組織好了。那些槍炮，從久久一次的轟響到夜裡愈來愈頻密的擾人清夢，應該不是偶然的事件。大家竊竊私議著，但在政治學習會上倒也無人敢發問這類屬於「敏感」的問題。

直到有一晚，光上尉自己講出來，大家終於知道了那些槍炮聲的真相。所猜的和所想的竟是十萬八千里那麼大的差別，有如明明是一顆雞蛋，在密密的蛋殼裡走出來的居然是隻小鴨那麼使人驚訝和意外。

光上尉站在草堆上，用一向的那種咬牙切齒的聲調說：

「這半年來，我們都會不時聽到了槍炮聲，我國的邊境不時受到了無理的進攻；我族人民生命財產受到了侵奪破壞，英明的黨中央在制定了全盤策略後，如今已決心對來犯的敵人迎頭痛擊。

我們的敵人就是波爾布特這個反動集團，他全面受中國共產黨的支持及控制，妄想破壞我國神聖不可侵犯的土地及偉大的社會主義祖國。中國共產黨已經勾結了美帝和國際法西斯集團，瘋狂的野心的想利用波爾布特這隻走狗，對我國進行無恥而注定失敗的侵略。

中、越兩國山連山，水接水，『同志加兄弟』的手足親情，竟然反目相向；我們為中國背叛共產主義而感到痛心外，黨和英勇的人民軍隊將一本過去戰勝世界頭號敵人，美帝國主義的力量和精神，為保衛我國疆土而繼續向來犯的一切敵人痛擊殲滅。

黨中央發佈的文告號召全民全軍完成保衛國土的鬥爭；從今天起大家要全面努力學習這份文告的精神，並提高警惕，一起搞好後方建設，支援前線的聖戰。

英勇的越南人民軍隊萬歲！偉大的越南共產黨萬歲！」

大家附和著他的那些萬歲口號，心底在驚異中卻忍不住高興，元波幸災樂禍的掩住內心的喜悅之情。狗咬狗骨，共產黨集團內鬥，魔鬼自相殘殺，比之復國軍的進攻是更令人興奮的。這種殘踏人權的政黨，奴役人民的魔鬼制度，史無前例的獨裁暴政，最好都能夠在這個地球上消失。

每個靜夜，再不會因那些槍炮聲而失眠了，居然是期待著那些戰爭的來臨。有了這種殘酷的內爭，整個世界的明天才更會有希望；元波也驚訝於自己痛恨起越共的倒行逆施後，竟推而廣之的也對波爾布特的柬兵深惡痛絕。

他忽然有個行動的念頭，很想去參加復國軍，加入張心他們那種搏殺的反共隊伍。從來沒握過槍的人，對戰爭畢竟沒有真實的參與過；所以那個奇怪的念頭也只是一閃而逝，他找到了一種藉口安慰自己，反共，不必都是拿槍的啊！有了這種思想後，他也便心安理得的混日子。

婉冰探營後的四個月，元波的運氣到了。

在學習會上，光上尉表揚了幾個囚犯的革命覺悟及學習社會主義偉大思想，取到了可觀的成績；元波更能劃清界線，分別敵我。因此黨及人民政權通過審查，對知所悔改的人從輕發落，赦免刑罰，提前釋放；希望他們做個社會主義制度裡的優秀公民。他講完後先大力鼓掌，全場聽眾才如夢初醒的一起響應。元波和另外三個同伴被叫上講台，分別接過由胡志明市委頒下來的恢復公民權的證明書後，又向大家講了些感恩的說話，在難友們羨慕的眼光中，走下來接受他們的祝賀。

元波搖搖晃晃，如身在海浪洶湧的水上浮沉，輕飄飄的暈然感覺中，很難相信明天就可以走出這個改造營？他小心的把證明書放進褲袋裡，在難友的紛紛祝福聲中，除了把一抹發自內心的笑意掛在五官上，還不時的說著道謝的客氣話。

散會後他又習慣的回到營房，來上腳鐐的共軍對他說：「喂！你今晚到接待廳裡睡，不必再上腳鐐了。」

「謝謝你！」他把鋪位上的牙刷面巾及幾件破衣裳收拾好，又向同營的兄弟道了晚安，才自個兒去接待廳，另三個釋放的同伴也已來了。果然，這裡的木床沒有銬鐐的設備，環境也清潔多了，四個人躺下去，雙腳擺來擺去，心裡高興之情竟把睡意驅到天角底。天亮，對他們是生命的另一個開始，睡過去後，恐怕迎接不到這個大日子呵！

人逢喜事精神爽，一夜閒扯，晨曦初現時，了無倦意的展臂迎迓這個美麗的黎明。

八點鐘剛到、光上尉將回去的路條交給他們，營外的一部吉普車已發動了馬達，他們狂喜的和目送的難友們揮揮手，便匆匆跑著出營門。跳上車，司機立即開動了，元波回頭望，囚禁他將近一年的改造營已淹沒在紅塵滾滾中。前方黑婆山撲面而至，崎嶇的路不管怎麼難走，對他來說，每個顛簸都是喜悅，飛揚的風沙亦成美景。

到達西寧市，司機完成任務就駕車自已走了，把他們留在車站，市面的店舖，十有八九都關閉著。和以往的繁華相比，就顯得蕭條，但車站卻格外熱鬧，等候公共汽車的人很多，元波排隊足足等了個把鐘頭才輪到。

一部巴士可以容納六、七十人，黨員，軍公幹部，烈士家屬優先留位。有通行證路條購票的老百姓，不論在什麼場合，似乎都變成了最低級的動物，對於「剷除階級成份」的共黨來說真是莫大諷刺。

元波現在已明白，這個制度無形的階段比舊社會更緊密的控制著每一階層。劃分界線，弄清成份，把每一個人的出身，過去等等後天因素，硬分出許多不可思議而複雜的類別，比之以往資本主義制度貧富兩種階級更令人難以適應。他們之所以這樣做，無非要強調了所謂無產階級專政的理論，才可以永遠控制以統治著他們的「江山」，永遠可以勞役著整個國家千千萬萬的善良人民。

元波是受管制的階級敵人，又是比普遍百姓更低一級的賤民。車票有了，是輪在最後的一班車，可以趕上最後一班車已經算很幸運了；不然就要在車站露宿一晚，身上除去購票的錢外；只有幾塊錢，上店吃餐經濟午飯的資格也沒有。路過富來飯店、廣海茶家、東堤酒樓已被封，食的誘惑從來沒有像現在那麼另他垂涎三尺的，幾乎有種不顧一切的往內走，先吃個痛快再計較行動。但拿著幾塊錢，思前想後，經此大變，竟也不敢造次，行到小食檔，以兩塊錢換回一碟粿粉，也已經胃口大開食得津津有味了。

心越急時間過得越慢，在車站吵雜的人聲裡忍受著驕陽的煎熬，一班車開後再輪到別班，他行走走，三時半一班車終於夠鐘離站了。元波的座位擠在車尾，花同樣的價錢，卻有完全不同待遇，人！連這點平等也剝削了，他除了暗裡憤怒及生氣，已經不敢有什麼表示了。

經過了重重關卡檢查站，一百公里左右的路程，汽車殘舊又沒有新零件替換，速度自然也比前慢許多，到達堤岸新街市六省車站時（西貢和華埠於淪陷後統稱胡志明市）已經是七時多了。再步行往家的方走，回到家天已全黑，他立在那道熟悉的綠鐵閘前，當舉手敲門時，心裡狂跳。壓不住的激情越近家的時刻越膨脹。而家忽然就呈現在自己眼前，觸到撫摸到的事實，並非做夢，那份期待多時而成為真的狂喜，如何能把心安定下來呢？他咬緊牙關雙唇，似乎真的怕那顆心會跳出來喲！

「是誰呵！」婉冰的聲音響自屋內。

「是我，我回來啦！阿冰妳快開門。」

「元波？是你？」門匙碰撞的聲音顯得開門的手是在發抖。門打開了，元波一腳跨進去，返手再拉上鐵閘；還未舉步，婉冰已整個人倒進他懷裡。他也張開手緊緊的摟抱她，背就倚在鐵閘上，沒有開口，他眼眶潮濕，婉冰則一任淚水流瀉，無聲勝有聲，鶼鰈情深，不外如此。

明明的啼哭，驚破了他們溫馨的萬縷柔情；婉冰羞赧而靦腆的推開他，兩人互相凝望的眼光中一齊尋聲看去，身旁不遠處的阿美拖著明明，阿文怯怯的獨站一邊，驚異的眼睛都集中射向他。

「怎麼不叫爸爸？」元波蹲下身體，伸手期望兒女奔跑過來擁抱親吻。

明明畏縮的往後退，放大聲帶喊媽咪，阿文也縮著身體不敢向前，大女兒阿美睜開圓圓的眼睛瞧著他，然後低聲的叫一聲「爸爸」。元波感到很奇怪和失望，他抬頭瞄瞄妻子，還沒開口，婉冰已先講：

「一年分別，又沒有刮鬍鬚，頭髮凌亂，人又黑又瘦，他們不能認出是你呢！」

「哦！原來這樣，我先去洗澡。你到對面找老楊幫個忙，煩他到老三那邊通知我已回來了，明天我才見他們。」

「好的。你擦洗乾淨，把鬍子刮去，明天先去理髮再回去見爸媽。」

阿文已從父親的口音中全記起來，怯怯的一步步靠近，輕輕的說：「爸爸！阿文很想念你，你不要走了。」

元波心裡一酸，伸手把女兒抱起，正想吻她，想起一臉鬍鬚，女兒卻掙扎要下來，無邪的笑著說：

「爸爸！你很臭。」

他苦笑放下女兒，匆匆跑進浴室，狠狠的擦洗著身上的污穢邋遢，香皂塗了又洗，洗了再塗，沖沖淋淋後又把鬍子刮淨。可是，那身黧黑的銅色皮膚和瘦削臉頰，被折磨一年的痕跡卻沒法一時三刻的沖洗裡改變過來。

豐富的晚餐已擺在廚房飯桌上，明明早已不再啼哭，陪著姐姐倚在父親身邊好奇的撫撫摸摸。元波先把女兒逐個的拉在懷裡親吻，然後過去摟妻子，沒想到婉冰一閃躲到對面椅子坐下，甜甜而含羞的望著他笑。元波心裡一盪，好像婚後那麼久，才發現妻子的笑姿是那麼動人和美麗。舉起筷，久久都忘了動手，秀色可餐，古人倒非誇張呢！

經歷風浪，受過苦難，家像避風港，所代表的溫暖幸福，以及家所包藏的愛意竟是那麼真切深刻，世界上有什麼快樂，可以比得上天倫之樂呢？

元波浸沉在家所包容的全部意義裡，享受著一餐前所未有的佳餚，雖然只是空心菜，只是清湯和一尾小魚外加四碗白飯，沒有雜糧的飯；再加上妻子姿容，兒女的乖巧，和家裡一片溫馨寧靜，他漲飽了胃，漲飽了心房。甜蜜和快樂，使他虔誠到想跪下來感謝上蒼所賜予他這份幸福。

「知道妳快回來，可是沒想到真的那麼順利。」婉冰待他放下碗筷，才開口講。

「妳怎麼知道？」元波深感意外。

「你忘了？我探營時告訴你，元濤在設法呵！」

「妳回去後，我就很樂觀，也積極表現，竟以為是我的成績使到可以早日回來呢！」

「還是那麼老天真，老三找到市革委的內線，二十兩黃金的代價，那就是你以為的成績，懂了嗎？」

「原來如此，如果沒有二十兩金片，我還得在勞改營裡呆九年？」

「一點不錯，你還相信他們的連篇鬼話嗎？你還相信這是公平的新社會嗎？」婉冰笑著問，對於這種荒唐無恥的，人類史上從未出現過的烏托邦極權式的政黨，他好像早已看清了他們本來面目，不足為怪的，笑意裡倒是對丈夫存了一份憐憫。

他沒有回答，出力的對她搖搖頭，這些日子，種種遭遇，所聞所見，親歷其境，他早已驚醒了，對這樣的制度已經不再存任何幻想。

他一手抱起明明，一手牽著阿文，阿美和婉冰跟在後邊一起上樓。兩個女兒喋喋不休的問長說短，元波耐心的和她們窮扯，明明這時也睡了，婉冰把他抱上小床，再呼兩女兒去睡。等到自已上床的時候，心中竟卜卜跳個不停，臉上泛起薄薄的紅暈，彷彿當年新婚夜那份嬌羞感覺又來了，人還沒躺好，元波結結實實的身軀已經壓上來！

纏綿而溫柔的夜，深情無限的張開臂膀，容納了天地，擁抱了世界。

二十五

元波理髮後，轉去元濤的家，老遠的就瞧見雙親在門外張望，心中一熱，對父母綿綿密密的愛，真是終生都難報答。到門外，父子相視，在對望中彼此心靈交融，沒有激動，沒有擁抱，中國式的禮節就包容在元波一聲輕輕的「爸爸」叫喚裡，也蘊含在老人淺淺的微笑中。

他母親在門檻處放了一個鐵盤，上邊燒著拜神用的冥錢，要元波從火上跨過去，他順從的照著慈母的意思做了。她高興的看著元波跨過火盤，笑吟吟的說：

「好啦！你的霉氣從此都燒光了。來！向祖宗神明上香，感謝列祖列宗和神恩庇佑，你終於平安回來。」

元波接過香枝，向著燈火明亮的神龕三鞠躬，然謝後將香枝插進香爐。他從來不燒香，也不會禱告，為了讓媽媽快樂，他都一一照做。回過臉，但見媽媽掛著開心的笑容，那些臉上的笑紋，似乎就會永遠離著的，是從心底笑出來的標誌。

「呂烏格閃，神佛下聖，趙雨越共早落地獄。」她抓起兒子雙手又愛又憐，笑容收起，狠狠地咒罵。（你又黑又瘦，神佛如靈驗就要越共通通下地獄。）

「媽！你也消瘦了」。

「大哥！」元濤人未到，聲音先傳下來。

「三弟，這次真謝謝你！」元波迎向弟弟，兩人四手緊緊相握。

「是爸爸的主意。」

「喲！爸爸，謝謝您！」元波感激無限的面對父親。

「打虎不離親兄弟，我出主意，阿濤為你奔跑；一家人，禍福與共，元浪的事，你知道了沒有？」

「知道了。現在他怎樣呢？」

「還在馬來西亞的島上，書信難通，詳情也不清楚。」

「已經安全到達，爸爸也不必為他擔心，此次為什麼那樣果敢？」

「阿濤，你告訴大哥吧！我要進去躺躺。」

「是的爸爸！」元濤拉張椅就靠近元波處坐下，遞口煙給他，才說：

「你出事後，二哥心知不妙，就東躲西藏。果然，越共的抄家隊半夜就到家拿人，媽媽嚇到只是哭，爸爸倒很鎮定，一問三不知。同時，存金和媽媽的手飾也預先移到我家中。哼，幸好我當初不聽你的話，不然三兄弟都在九龍廠，可給一網打盡了。他們捉不到人，財寶尋不著，原本想封屋，後來才發現屋主是媽媽，老二只是住客，強留下兩個月，大概知道沒油水，一聲令下又撤走了。老二成了黑市居民，長此下去也很危險，碰巧他的同學計劃偷渡，要找人合伙，在爸爸的鼓勵下就決心一賭。」元濤一口氣把元浪的事向大哥說明了。

「他賭贏了，真為他幸運而高興。老三，你也很神通，是怎麼把我救出來的？」

「是爸爸的主意，他要我去找門路，因為他說越共是世界上最愛黃金的妖黨，比阮文紹的政權貪污千萬倍，找到後門送金去，你就會早日回來。」元濤興沖沖的抽出根煙燃上，再說：

「我在那堆三教九流的江湖朋友都有門路，在賭場認識了個收錢的女子，她的姨媽居然是武文傑的三姨太太，武文傑是市革委的主席，等於胡志明市的土皇帝。有了這門路，我開始對那個女子進攻了，拿些錢去賭，日日接近她，日久情生，花言巧語，什麼可以利用的解數都用了出來，結果，你就回來了。」

「喲！也真不容易，你有沒有明雪的消息？」

「有啊！我帶你去見她，」元濤說就走，進去向父母說了；再出來，元波也站起身擋著他：「她已經回家了，是嗎？」

元濤神秘的搖搖頭：「不在家了。」

「還在監獄裡？」

「不是。在以前去過的那個窩裡做雞了。」

元波心頭一震，雙手抓著老三的肩膀，神色緊張的搖晃著他問：「你說什麼？不要開這種玩笑啊！」

「大哥，跟我去看看你就相信了，走吧！」元濤笑笑，推開他的雙手先行出門去。

元波坐上機動車尾，任由弟弟飛馳，自已六神無主，將信將疑，怎樣也不敢去想，明雪這麼一個可愛的女子，會變成任人發洩的妓女。他思緒飄飛，都是明雪過往和他相處的情景，每一個細節，每一個小動作和笑姿都一一在腦裡浮現。

車子停下，果然是陳興道那條小巷子，上樓敲門，閃身而入。客廳上六、七位半裸的女子在閒聊，兩三個共軍穿著制服左擁右抱，元濤嘻嘻笑的和她們招呼。元波緊張的凝視，不見她，心裡一鬆，倒很高興，對於老三的惡作劇也不見怪了。

房門開處，一個禿頭翁先出來，後邊的一個女子推著他說笑：另一扇門移動，穿著通花透明睡袍，臉上脂粉濃郁的女子婀娜的迎向老三，元濤向這邊一指，她回過頭來，元波和她眼光接觸竟如電擊，全身震動，臉色灰白像中邪的人，不能開口，只是那麼愣愣地盯著這個通體透明浮凸有緻的一副肉體發呆。

「是你，波兄！什麼時候回來的？」那女子一愣間很快的回復鎮定，盈盈淺笑一手把他拉起；像拉的是一個常來光顧的熟客，不由分說的親熱的依偎著他，把他擁進房裡。

門一關上，她立即鬆手，坐到床沿，抽搐的飲泣著，像一個悽苦的孤兒落難他鄉，意外遇上家裡親人，非把積壓在心中的委屈哭個夠不可。

「明雪，我見到了張心。」元波手足無措，終於先打開話閘。

「他怎樣了？」明雪抬起頭，指指床邊，示意他坐，元波躊躇了幾秒鐘那麼久，就坐到她身邊，並自然的伸手擦去她的淚痕。

元波約略把和張心相遇及分手的經過告訴她。

「我早知道今生再也不能和他相見了，」明雪聽了，倒不傷心，似乎那是預知的事情，說很平靜。

「妳怎麼會在這裡？」元波終於忍不住的問，話出口，心裡就後悔了。

明雪抓起床頭一包煙，抽一枝自已點上，噴了一口煙霧，才說：

「他們把我捉去，審我關於和你之間的種種，一個地方問夠了，又轉到別個地方，來來回回。女的就用種種折磨的刑具拷打取供，男的毛手毛腳，晚上就滾進囚房裡淫辱我。我起初死命反抗，他們惱羞成怒就讓我吃更多苦頭，他們是魔鬼，是畜生，野狼。我只是一個女流之輩，自已後來想通了，再反抗只是死路一條，就用身體滿足他們的獸性，也用身體換回了自由。回到家，婆婆已過世，屋子也給他們強佔了。後來由一個姐妹介紹，把我帶來這裡。」她平靜的說著那段悽涼的往事，似乎是別人的遭遇，沒半點激憤和衝動。

「對不起，妳那天不出聲幫我，不就沒事嗎？」元波心裡酸酸難過，全不是滋味。

「已經過去了，而且你一直都是張心的好友，也全心全意幫助我，又是正人君子，沒有和我有什麼見不得人的事，我怎能不出聲呢？」

元波情難自禁的抓起她的手，喃喃輕語：「明雪！謝謝妳，我不值得妳對我那麼好。」

明雪忽然側過半身，伸手把他緊緊摟著，眼淚奔湧而出，貼在他耳旁，小口輕輕的說：

「波哥！我喜歡你，愛過你，曾經想把一切都交給你。可是，你不要、你害怕、你拒絕，現在我已經變成一個人盡可夫的妓女，你更加不會要我，更加看輕我了。如果你知道我會變成這樣，你後悔嗎？後悔以前不肯要我嗎？」

「我對不起妳，我後悔，妳給共軍抓出九龍廠的剎那，我還跪在台上的時候已經開始後悔了，不是等到今天。明雪！離開這裡，我會給妳設法的。」

明雪推開他，自已用手巾擦眼角，深深的凝視著他，想在他臉上尋覓剛才那句話是真是假似的，她笑了：

「我很高興還可以親耳聽到你這些話，本來以為再無緣相見，你不必內疚。我的命運和許許多多舊軍官的太太沒有什麼不同，是早已注定，我已經認命了。謝謝你的好意，時間到了，你走吧！」

「明雪，有困難給我知道，我一定會幫妳的。」

「……」她不再開口，專心的抽著煙，元波落寞的跟著，元濤還在廳裡，領先出去笑吟吟的望向他。看著手錶，站起來和明雪打個招呼，就推門而出。元波離開前，再回首明雪正瞧著他，眼裡有一抹難以理解的神色；是愛是恨也是怨，緊咬著唇，他內心悲苦惆悵的交織著濃濃的悔意離開。

「怎樣，我沒騙你是嗎？」元濤駕著機動車，側頭來說。

「世事多變化，上尉改造逃獄參加了復國軍，他太太淪落風塵，唉！真是想不到啊。」

「大哥！這種事太多了，只不過張心夫婦是你認識的。那些我們不認識的幾十萬軍公人員和資產家，在這個制度下都遭受到殘酷的報復，除了越共這些臭老鼠外，全國幾千萬人民也都沒有好日子過，你收起那份同情心吧！」

元波吃驚的聽著老三的高論，他也已變到很成熟了。

「三弟，你說得對，這是共產制度裡的悲劇，你的思想大有這進步，真難得呵！經過咖啡公會給我下車。」

「喲！咖啡公會早已貼上封條啦！海哥三個月前給抄家啦，人也被拘捕了。」

「犯了什麼罪？」元波讓另一個意外搥擊著。

「天曉得？有錢罪吧！」元濤轉了彎，才接著說：「還是阮登溪親自上門捉拿他呢！」

「怎麼可能？稅務局長沅登溪？他和海哥很要好呵！」

「要好是假，要錢是真的；海哥在獄中，刺激過度，聽說已經瘋了。」

「只一年時間，有這麼多想不到的事發生。」元波自言自語，忽然想起了腳踏車廠，他問：「九龍廠是否還照常開工呢！」

「你出事後，工人就當家作主了，海哥被捕入獄，越共就全部接管，現在已經因管理不法而倒閉了。」

回到家，他把明雪的事和海哥的消息告訴婉冰，沒想到她說：「我早已從三弟那兒知道了，家家有本難念經，你去看她，於事無補啊！」婉冰說完順便遞張字條給他。

是街坊會當晚開會的通知便條，他洗澡後，用過晚飯，對面老楊已經來敲門了。門開處，老楊雙手緊緊握著他，恭喜他平安回來，元波很感動，這位好街坊，對他一家的關心和幫助，真情洋溢，絕無虛假。

他們背景不同，貧富懸殊，但沒有存在任何共黨所說的階級仇恨，這種友誼，是鼓吹仇恨的共產黨徒所不願意見到的，但事實卻普遍的在民間存在啊！

街坊會在花縣學校的大禮堂舉行，集合了全郡半數以上的居民，容納千多人的大禮堂在吵雜的聲音裡，沒多久便已擠到滿滿，元波知道像這樣的大集會，必定有什麼重要的事發生，而要向群眾做思想工作。果然不出所料，郡委書記先做了開場白，介紹了由市委派下來的宣傳幹部對群眾講話。

一個五，六十歲半禿的老頭子步上講台，先向國旗和胡志明的相片鞠躬，再面向群眾點頭為禮，還沒開口先自已拍掌歡迎自已，群眾被動的跟著起哄，他滿意的抓起麥克風：

「同胞們！今天我來向大家宣佈一個很悲哀的消息，」他停頓，用目光掃射全場，大家在心裡高興的胡猜，難道是黎筍或范文同歸天？他的聲音又響了：

「中越邊界正式爆發戰爭，中國和越南的情誼，非常深厚，兩國山水連接，胡伯伯教導我們，兩國人民是同志加兄弟。我國政府和人民為了保存向來可貴的情誼，年來對於中國共產黨當權派向我國邊疆的挑釁行動；以及他們支持下的柬埔寨波爾布特法西斯集團，亦接二連三的在柬邊疆公然入侵，進行強搶豪奪，侵略我國神聖不可進犯的領土。我們一再容忍，以和為貴。

不意中國共產黨的當權派無視於國際共產黨的兄弟情誼，他們已經全面靠攏了美帝國主義，背叛了無產階級的社會主義光榮旗幟，甘心充當美帝，法西斯集團的走狗，得寸進尺的公開向我國廣大地區邊疆民族進行一次又一次的掠奪進攻。

越南社會主義民主共和國在全民全軍共同努力，奮勇戰勝了世界頭號強敵美帝國以後，已經躋身世界一流軍事強國……」

台下的笑聲打斷了他的話，他狠狠的瞪視著群眾，乾咳兩聲再接下來講：

「我國政府和人民通過一切和平手段，希望平息中，越兩國紛爭，但不為對方接受。我們為了自衛，為了保衛人民生命財產，不得不奮勇站起來向任何來犯的敵人迎頭痛擊。

黨中央同志們對與中國的戰爭，深感痛心，這場戰爭，也是國際共產黨大家庭的一個喪鐘，對於解放全世界的最終目標受到了前所未有的阻礙；中國共產黨裡的當權派的法西斯帝國集團，要全面負起阻擋民主革命的責任。

黨中央呼籲全民全軍提高警惕奮勇殺敵。

越南社會主義共和國萬歲！

戰無不勝的越南人民軍隊萬歲！」

在一片越語的「門林」聲浪裡（門林「萬歲」的越語發音），群眾驚愕的議論紛紛中，那位幹部走下講台，接二連三上台的人當中，有好幾位是郡內的華人、華運份子，表情憤怒的聲討了中國，並誓死效忠越南，元波為他們感到難過。

喪鐘已敲響了，畢竟是很振奮民心的大消息！

緊接的日子，是開不完的聲討會，報紙上，電視上，廣播電台以及街頭巷尾數不盡的喇叭，日以繼夜把當年咒罵美帝的全套詞句通通轉送給中國共產黨。置身在這樣的一個制度裡，元波真希望自己能夠變成聾子。

面臨了北方中共壓境大軍的威脅，以及西南方柬共的入侵挑釁，再加上境內山區復國軍的進擊。（阮朝舊軍隊逃入叢林組成的抗共游擊隊。）越共展開了全國性戰後首次的招兵運動，南方人民的廣大青少年們在強迫性的入伍令下，被迫參加了共軍的隊伍，充當了越共好戰的炮灰，南方人民憧憬和平的美夢又粉碎了。

中越這兩個政府反目成仇後，雙方罵戰聲浪中，「胡伯伯」生前的「好兄弟加同志」的中國共產黨，忽然提出了撤僑的聲明。這個石破天驚的大消息不但震撼了越共，也像一顆億萬噸級的炸彈投下全南越華人社區裡。

啊！中國！偉大的中國！真的已經站立起來了。睡獅早已醒了，並且發出令世人心跳的怒吼。

華人相見，喜形於色，話題都繞著撤僑的大事，大家都心甘情願的憧憬著回歸。血濃於水，那點故鄉情，真非那些畢生沒有拋井離鄉的人所能理解的啊！

越共忽然下達了一道命令，全南方華人可以自由登記選擇國藉，街坊組很快的把登記表格沿門派發。

是禍是福？沒有人知道。

南越超過百萬的華人世代居於此，始終保存了自已的文化、語言、風俗，並始終以外僑身分旅居。大家都抱著落葉歸根的思想，直到神州變色，僑胞們才在無可奈何的轉變中在僑居國大事建設，把他鄉當成故鄉。

而在吳廷琰執政時，新興的民族主義抬頭，帶有濃厚排華色彩的吳朝，一道命令禁止外僑經營工商業（南越當年百分九十九的工商業務全是華僑經營），百萬僑胞被迫改變身分，成了越南公民，大家悲憤的不甘心不情願的在壓力下忍受著，誰叫我們是「海外孤兒」呢？

現在這個恥辱可以雪洗，誰還會窩囊的自甘承認為越南公民呢？

交納登記的時限一到，各處街坊政權辦事處早已擠滿了人潮。元波看到如此景象，心中很高興，華人好像散沙的沒組織，一旦面臨生死關頭，大家都不約而同的齊心合力，這份團結的力量可真怕人。

越共領導人看到這幕大團結的行動，這一驚相信比中國共產黨聲言撤僑更使他們害怕。

街坊組的工作幹部和三姑在爭執，三姑不會說華語，穿越服，但竟也納表登記為華僑？她的理由是娘家姓陳，四代先祖原籍潮州。排隊的人，有半數看來應該全是正宗越南人，但他們卻全自認祖先是中國人？故也要做中國人，有的居民把祖先的靈位捧去做證明，因為靈位寫著的先人姓名是用他們看不懂的方塊字書寫的。

消息互相傳達，每個地方都湧現如此的人潮，也出現了太多不會講華語不懂看中文的「華人」？越共收齊了登記表後，不敢公佈究竟有多少人登記成為華人？

兩個星期後，市委在報上發表一則荒謬聲明，竟是取消國籍登記。凡是入了越南國籍而沒有中國護照的人，通通是越南公民。

全國人民又見證了一次朝令夕改的獨裁制度的荒唐事，大家在失望裡唯有把焦點全轉移到中國撤僑的事件上。

二十六

中越兩國的罵戰越來越激烈，邊界無時無刻在發生著零星的衝突：好奇的民眾是不能滿足於全面封鎖下的新聞內容，單方的黨報全是一面倒的報導，不真也不實。

元波已經養成了個危險的習慣，在每晚臨睡前偷偷的用短波收聽澳廣或倫敦電台，從這兩個電台的評論及時事報導裡知道些消息。有時，會無意中收到強有力的北京廣播，充滿了戰鬥火藥味的對越南辱罵。聽到忘形，往往是婉冰生氣的把電源切斷。

朋友相見，竊竊私語裡絕大部分是在暗中交換著各自收聽的新聞，世界消息就如此的在民眾中靠這種方法傳播，效力也極大。

有一晚，元波興奮的呼叫婉冰「快來聽，好消息！」

她放下手上的毛線，快步走到床邊，靜靜站了一會，才說：「還不是老消息，講來講去，都已講了幾個月啦！你不厭嗎？」

「這次是行動了，三艘船已經在幾十萬群眾放鞭炮歡送裡啟航了。」

「只派了三艘船？有多大，可以載多少人？三百艘還沒法載完呢！」婉冰一連串的問號，很不以為然的語氣，像冰水從頭淋下，把發熱的希望之光潑冷了。元波說：「當然不會一次撤完呵！有行動總比老是吹牛好，是不是？」

「我才不相信，共產黨耍的全是花招。」

「等著瞧，有好戲看就是了，你走不走？」元波按捺不下心中的高興，喜形於色。

「看你那麼高興，別說我專潑冷水，如越共肯放人，十年還輪不到我們呢！幾百萬人的數目，只派出三艘船來，你也會當真？」婉冰深思熟慮的維持一貫的看法。

「可能先派幾艘船做為試探性質，順利的話再多派啊！總之，我們的祖國肯出力護僑，我們就不必再受氣，不必再當海外孤兒，為什麼不高興呢？」

「事實很快證明，我也希望如你所言。」

元波不再多說，自得其樂的整晚轉著台，美國之音，倫敦，澳廣，日本，北京，從各不同的消息來源證實那個令他雀躍的「撤僑」果真開始了。

第二天，市面沸沸騰騰，奔走相告，華埠堤岸的廣大華族同胞，都喜氣洋洋，大家都憧憬著回鄉的美夢。故鄉！對重視鄉土觀念的華僑畢竟是強有力的引誘，祖先的根源地，一旦可以回去，有誰願意再流浪呢？

越共的大批警察，公安密探增強了在街上的巡查；報紙的頭版新聞，刊登了黨中央的文告。對中國的派船事件，當成挑釁式的侵略，聲明如中國船隻膽敢越雷池半步，公開進入越南頭頓海外水域。越南社會主義共和國的海軍、空軍將狠狠的把來犯的敵船擊沉。

唯一的電視台上，許多節目臨時取消，部分華人社團領袖被專訪播出，分別用中，越語罵中共政權。

街坊會紛紛集合，所有華人都有了機會大罵自已的祖國，元波也被迫在會上對中國的「非法行動」嚴厲的指控，口裡講的和心中想的背道而馳。人人心裡明白，口是心非，一級騙一級，越共要的都是這種玩意；誰說真話就倒霉，因為，這個地方已經變成了謊話世界。他們用謊言取到政權，用謊話統治著國家，也必要用謊話使自己壯膽。所以，真話是不被接受的一種罪惡，除了在共產世界呆久了，才能明白，沒有生活在共產主義「天堂」裡的人，怎麼解釋，也沒法使他們相信那是存在的事實啊！

緊張的氣氛一天天增加，好像一個氣球，吹進去的氣一天天多，球越來越大，已經漲到快破裂爆炸了。

中共三艘打著撤僑旗幟的船隊，終於到達了越南南方距西貢百多公里的頭頓市外，停泊在國際公海上。全南方華人都引頸以待，萬方矚目轟動世界，中國史無前例的撤僑行動將要開始了。

中國人終於揚眉吐氣了，分佈世上三千多萬華僑，華裔從此不再是「海外孤兒。」睡獅已醒，啊！中國人民已經站起來了，元波心頭的喜悅興奮，也像個快破裂的氣球，越飄越高，越飛越遠。

越共宣布在水域佈了魚雷，也派出了海軍戰艦。沿海巡視，準備對入侵的中國船隻迎頭痛擊。

南中國海陰霾滿天，戰雲密佈，局勢扣人心弦。

僑胞們狂熱興奮已漸漸冷卻，熱度退下，三艘船日夜徘徊在國際水域上，不敢再越雷池半步。

雷聲大，雨點小，十多天在中越雙方不進不退的罵戰聲裡，南越兩百多萬華人的情緒已被失望取代。膨脹的大氣球沒有炸破，氣體洩掉，劍拔弩張；戰雲籠罩的海域，三艘撤僑的中國船隊，鳴金收兵。滿載三船南越海風歸去，也載走了全球三千多萬僑胞的希望和興奮。載不走的是淚水和恥辱，是印支幾百萬炎黃子孫任人殘踏的悽涼命運。

船隻返航的消息播出後，許多華僑和元波一樣的流淚傷心，氣憤與平，海外孤兒的命運已注定了。倒是婉冰，平靜如昔，彷彿她早已認命，沒有寄予希望，也就無所謂失望。

元波歸納了整件事的前因後果，越想越怕，對自己天真的寄望感到幼稚可笑。

堤岸城的光輝已經暗淡了，人往人來，表面沒什麼變化，可是，總很敏感的在社區中看到垂頭喪氣的華人。元波注意著，以前興高采烈滿臉堆笑的五官已經難再在路上發現。大家都心事重重，對於自己做為一個海外華人，不但沒有光彩，而且危機四伏，走投無路，隨時任人凌辱殺戮（柬埔寨幾十萬華人死於非命的冤魂可以明證。）一個民族到了這種地步，怎麼還能笑呢？怎麼還可以抬起頭來呢？

時間在頹喪的氣氛裡移動，地球絕不會為了人世間的喜怒哀樂而放慢旋轉。

一九七八年的農曆春節在粉飾太平的鞭炮聲中來臨。市面多了許多流浪漢、乞丐成群結隊在國營飲食店外徘徊，等著搶客人留下的殘羹餘菜。街頭巷尾的各色賭檔林立，公園的阻街女郎在太陽沒下山，已迫不及待的展示乳波臀浪，沿街叫賣她們的肉體。

汽車的流通量已很少，「的士」也少見；人力三輪車、馬車和腳踏車這些古老交通工具漸漸佔用了道路。素有東方巴黎之稱的西貢，隨著名字的沉沒已完全失去了姿彩，更因燈光管制（發電廠沒有足夠燃料發電。）整個城市五光十色，閃爍的燦爛市容已不再有了。黑暗！滋生了許多不為人知的罪惡。無業的流浪漢、丐幫子弟們，和許多流離失所無家可歸的所謂「階級敵人」、黑五類份子的家屬們，為了生存，都被迫上梁山，在夜街裡對往來的人下手，搶劫已經不是新聞了。

晚上，沒要緊的事，元波已不敢獨個兒亂逛。通常和老楊站在門前納涼，交換些消息；多數的時間是教女兒認識些中文，此外是扭開收音機，偷偷聽些澳廣的播音。也喜歡點唱節目，新春時節的點唱特別多，那晚，竟沒想到聽見在美國的元浪點給他一首生日歌，他高興到手舞足蹈，來不及呼喚妻子等歌唱完了，才匆匆對婉冰說：

「元浪點歌給我賀生辰，他原來去了美國。」

「是真的嗎？你沒聽錯吧？」

「沒錯，播音員還說他的生活很好，叫雙親放心，所以不敢寫信。」

「他又不會英文，怎麼敢一個人到美國？」

「我也不清楚，他還說希望早日和我們相逢，是什麼音思？」

「當然不是說他會回來啦！大概暗示我們出去吧？」

「對，妳說對了，他必定是這個含意，再呆下去，子女全沒有前途，生命安全沒保障。華裔又是他們的眼中釘，有個運動，又必定倒霉。此地不留人，自有留人處，三十六著走為上著，你怎麼想？」元波關掉了收音機，從元浪點唱裡，引起了他從未思考過的問題。

「老二是單身漢，我們拖男帶女，明明只有三歲，那條路也不容易，危險性極大，是不是？」

「置之死地而後生，如果不冒險，留下來，後果是怎樣呢？」元波對這個土生土長的第二故鄉本也充滿了留戀，新制度也曾經使他迷惑過。但這兩年半，目睹耳聞的事實，使他對越共的殘暴陰險真面目看清了，也完全驚醒了。更堅信了歷史故事「苛政猛於虎」的記載，他的信心全飛走了。

「這種關係到生死存亡的決定，不能衝動，謀定而後動，我也沒說不走嘛！」

「好！我早知你深明事理，夫婦同心什麼事都好辦了。」元波高興的一把摟著太太，情難自禁的吻著她，心裡憧憬的又是一個陽光普照自由的樂園。這個樂園，究竟在哪兒，他一點方向感也沒有，只相信能夠衝破鐵幕，海洋的盡頭，必是人間天堂。

翌日，他先到郡公安局報到，這半年來，每週都要去報到一次，釋放後在行動上仍要受地方政權的管制。這種監視要多久元波不知道，他只明白，若不報到麻煩會立即降臨。

報到後，郡公安值日官在他的品行手冊上蓋個印章，填上日期，簽個字，就算了事。雖然簡單，但地方政權就知道你這個人沒有遠離住所，還是乖乖的呆在原居地。

離開公安局，他就到元濤那兒，見過父母。把元浪的消息通知他們，他媽媽即到神龕前燒香，向祖宗神明謝恩。

元濤坐在那兒，元波面向他，對他說：「你有沒有想到走老二那條路？」

「沒有，爸媽年紀大了要我照顧，況且，這裡好吃好住，」他笑嘻嘻的挨近元波耳邊輕輕說：「安南妹又美又溫柔，捨不得啊！」

「說正經的，如果你有決心，爸媽到我那邊住。」

「我們老了，不必為我們這對老骨頭煩心，你倆兄弟都要認真打算，走為上策。」他父親開口用他一向自信而堅定的語氣說。

「爸爸，元濤和我一起行動，無論如何我們也不放心留下你們。要嘛咱們一塊走，不然我們兄弟留下一個陪伴你們。」

「老了，去不去都沒問題，你們倆兄弟不必以我們為念；可以一起的話，我們拚著老命奉陪，不能全家都走，你們要當機立斷啊！」

「大哥，你和大嫂侄兒們先去，我留下陪爸媽，一起行動太危險了，成功當然好，但也容易一網成擒，到時，叫天天不應了。」

「阿濤的話有理，不過，誰先誰後不是現在爭論，先找門路，再看情形，有決心先後不是問題。」老人微笑著為他們下結論。

「是的爸爸。」

閒話結束後，元波離開時，弟弟跟著出來，在門前對他說：「大哥，明雪已經走了。」

「去了那裡？」

「不曉得，是妳去見他以後，沒多久，我再去時，才發現她已離開。也許，她不願再見到你？」

「她會去那裡呢？」元波心裡茫然的，有份說不出來的惆悵。

「來來去去還不是那種地方。」

「真的要偷渡，倒很想和她說再見，問問她是否也想走，我答應張心代他關照明雪，沒做到真是愧對朋友。」元波自言自語，心事重重的深鎖眉頭。

「算啦！她有意避開。相見徒增煩惱。」

元波悶悶的走在路上，元濤的話也很對，相見爭如不見，此時此地，再見面情何以堪呢？而且，何以對婉冰呢？

回家心情落寞的扭開收音機，聽到澳洲廣播電台華語節目，恰恰在報導新聞，說起一條小鐵船直接在汪洋上和風浪搏鬥，經過了十九天的艱苦航程，全船七十多人終於平安到達北部達爾文港。這批侵犯澳洲領海，非法入境者因為是難民，受到了澳洲政府人道的收留，這艘小船的到達轟動了澳洲全國。這個消息也使元波更堅定了逃亡的決心。

越南在越共統治下，黎筍集團夢想成為東南亞新霸主，戰後全面親蘇，和中共反目成仇，在北方要陳兵多師團以防中共揮兵南下。西南方則沿著柬越邊境，和波爾布特的柬共日夜爭戰。中原高地裡南越復國軍更時刻出擊，同時面對三方敵人，兵燹連綿，軍隊疲於奔命，民不聊生。全國精壯都投在戰場上，以至全越經濟崩潰。越共用其恐怖獨裁手段鎮壓人民，對南方城市，他們在進行社會主義改造失敗後，為了迫使城市人民走向生產單位，越南構想了一個全面改變國家經濟的方案，立即如火如荼的吹噓著推行。

這個方案就命名為發展「新經濟區」，街坊會，各級各區的黨委會，在競賽的向黨報功。全南方都忙著說服人民去自力更生，（彷彿南方人民都是寄生蟲？）一時間，開會又風起雲湧。報紙電台一片形勢大好，對於天方夜譚式的「新經濟區」，便成了點石成金的法寶。似乎只要到了那荒蕪的水田，人民便立即富庶起來？

在城市沒職業，沒收人的貧苦大眾，呆在城市也是一條死路，就幻想著黨的指示，期盼能夠從此翻身，改變命運？

第十一郡的窮人特別多，第一批報名去水草平原開荒的有二十五個家庭，老楊一家七口也榜上有名；出發的當天，歡送隊伍裡，敲鑼打鼓，上了軍用運輸車的人受到了英雄式的敬禮。大家笑容可掬，老楊和元波握別時，輕聲的說：

「反正左死右死，窮人先死，我無路可走，再信他們一次，你保重！」

「你也多保重，可以寫信，把那邊的情形告訴我，好嗎？」元波緊握著這位老芳鄰的手，並把一個紅包，裡邊放了一百元，交在他的手裡說：「不成意思給你順風，不必推辭，你子女多，什麼都要從新開始。」

「謝謝你，我會寫信給你，生活改善，我出堤岸一定來探望你們。」

楊太太和婉冰相擁的各自流淚，阿美和老楊的女兒手拉手，有說不完的話，這一別，後會無期，那些在車上笑的，必定是了無牽掛的人？

幾次三番，元波差點忍不住要向老楊說，他將來出堤岸時，也許相逢無期了。面對這位好鄰居，不能說真話，心底總感到很難過，也很對不起他，但這關連生死的秘密，真是不可造次呵！

車隊啟程，塵土飛揚，車上的人都擠到兩邊揮手，沒有人知道前面是條什麼路，元波夫婦和女兒也向車上的人揮手，識與不識，一起祝福他們好運。

運動城市的居民到「新經濟區」勞動生產建設社會主義已經成了一項戰役。（共黨無論搞什麼運動，如排華，打倒資產買辦或換錢全當成戰役，排山倒海般的用戰爭方式進行。）打開報紙，扭開電視，所報道所鼓吹的，通通是新經濟區的奇蹟神話。

每一郡每一坊的地方政權，天天都組織了訪問隊，逐家逐戶的進行游說，再加上那許多美麗的描寫、許諾。對於日子難過的勞苦大眾，畢竟是條很誘惑的出路。所以，每天就有不同的車隊奔向不同的「新經濟區」，落實了黨的政策，全國浸沉在一片無比光明的前景裡。

不到幾個月，幾十萬胡志明市的人民，都已抓緊鐮鋤，自立更新的參加了勞動大軍。照說去了幾十萬人口，城市應該較前冷清？可是，從北越湧下來的幹部軍民，很快的補充了下鄉上山的那班原有居民。故此，白天的城市還是極擠擁，夜裡的街道，仍然是黑暗而悽清。

老楊沒有寄來片言隻字，幾個月過去後，在元波幾乎淡忘了後，「新經濟區」的神話像吹漲過度的氣球，出乎意外的爆開了。在六省車站，安東市車站，天后廟，本頭公二府廟廣場，這些地方給愈來愈多衣衫襤褸的男女老幼作了臨時棲身之所。他們向施捨的路人說，是從「新經濟區」偷跑回來的，消息很快的流傳著，沒多久「新經濟區」這個名詞就從遍地黃金一下子變成了令人聞之心驚的人間煉獄。

老楊憔悴消瘦的也回來了，楊太給毒蚊咬到雙腳浮腫，發燒發冷，無藥可治而死在水草平原裡。他們的家已給共產黨員接收了，他和幾個兒女分散投靠親戚。那晚他單獨來找元波，元波沒想到是他，請他進屋，一邊拉上鐵閘，一邊問：

「什麼時候回來的？」

「三天前，我們上當了。唉！阮文超講的話一點也沒錯：『別聽信共黨說些什麼，要看清共黨的所作所為』，這兩句話已經成了真理，你明白嗎？」老楊聲音激憤的說。

「明白，全南越的人民都明白。是不是當我們明白了，已經太遲了呢？」

「是的，像我們這樣，把太太的命也賠上了，家破人亡，我真的對不起她和孩子們。」

「老楊，別太自責了啦！事已至此，難過也挽不回，究竟那兒是怎樣的情況？」

「我們被載到迪石省後，再轉小船沿湄公河支流進入了水草平原的荒涼地帶。沒有屋宇，四面都是野草，原來，什麼也沒有準備，鄉公社每戶贈送一枝鐵鋤，三個月的米糧和雜糧，把我們拋下就由得我們自生自滅。沒有學校，市集，沒有醫療站，我們這些城市人一下子過著野人般的原始生活。

首先要動手燒草除草，才自建帳篷，等到糧食完了，種下來的玉米，瓜菜全長不出來，地質是鹹的。到達當天，我們就知道上當了，但已經無可選擇，唯有忍著淚和天地搏鬥。希望找出一條生路，等到我太太死去，一些鄰居的孩子也犧牲了，大家才決心逃回來。」老楊娓娓的把自己經歷的事講出來。

「是謀殺，騙南方城市居民進地獄的一種方法，你有什麼打算？」元波氣憤難當，來回踱步，彷彿受騙的是他自己。

「能有什麼打算呢？過一天算一天。」

「市面百業不振，民不聊生，失業的人越來越多，很難找到工作，你可以再捲些煙到街邊擺賣啊！」

「我也想過了，可是我連那點小本錢也沒有。」老楊低垂下頭，聲音也沉下去。

「你等等。」元波說完跑上樓，再下來時把手上的錢遞給他說：「這裡一百塊錢，先拿去買煙絲煙紙。」

「你這樣幫忙，你的大恩我會永遠記著的。」

「老街坊，何必說那些話呢！」

送走了老楊，元波心裡翻滾難安，怎樣也沒法想像，「新經濟區」這個名詞代表的是恐怖絕望和死亡，也想不通為什麼一個政權可以無視於百姓的生死？把老百姓的生命作為他們的試驗品，新經濟區的計劃完全失敗後，整個沸騰的運動也停止了。

民間窮苦大眾，以前都對越共存著再生的盼望，把他們看成了救星；現在也完全看清了他們的真面目，對這個以謊言取天下的極權制度，大家都深惡痛絕。久而久之，這種反共情緒變成了消極的抵抗，人人沒心工作，對政令陽奉陰違，走私買賣的，有了錢就大吃大喝大賭大嫖。日子變得只有今天，而明天，是一個渺茫的未知數。活著不存在任何希望，人！變得和動物沒有分別。

而元波和許許多多在西堤的華人一樣，（西貢堤岸簡稱為西堤。）如今，把希望寄託在海上尋覓自由的構想裡。元濤和他們一起兩次到了頭頓漁村。申請路條的理由是尋找可耕地，準備下鄉務農，在這些名目下當然也是花點應酬，始可順利拿到離城的許可證。

看到了這幾艘破舊的小漁船，只有十八公尺長，四公尺半寬闊的面積，想像一百餘人擠迫在上邊的可怕情形，元波的信心動搖了。這類只適合於在內河及沿海航行的小船，怎能在汪洋的風浪裡航走呢？完全沒有把握的投注，真無勇氣去冒險啊！那些可以平安到達彼岸的人，除了命大福大，那份視死如歸的精神，元波真的深深感動和敬佩。

還沒有深入去探路，日夜都為了能早日偷渡而興奮；等真正見到了渡洋的簡陋工具後，代之而起的是恐懼和失望，情緒也變到落寞和低沉了。

這段日子，無聊起來，元波常常獨自在鳴遠學校六叉路附近的小食擋，要碟花生米，來幾瓶33啤酒或糯米酒；元濤也偶然陪他來，不為什麼的喝著悶酒。一醉解千愁，回到家，微醺裡倒在床上，是很容易一覺酣睡到天亮。婉冰容忍著，她了解丈夫此刻的心境，不想給他什麼壓力。第二天清醒度，他知道自己是在逃避著，不敢面對而又深心寄望的唯一可行的路。

那天，他沒有醉，電台播出了雄壯的軍樂，然後，就宣讀了一篇文告。好像這種文告是古代皇帝聖旨，一發佈後，人民除了完全首肯外是不該有任何懷疑的，越共的頭子們必定如此相信著。文告洋溢著種掩飾不住的興奮：

「越南社會主義共和國的人民軍隊，兵分四路，從河仙省、朱篤省、茶榮省和西寧省的柬越邊界，在戰車坦克飛機強大火力的配合下，浩浩蕩蕩的為兄弟的柬埔寨人民解放他們的國家，解救水深火熱被魔鬼集團恐佈統治的柬埔寨廣大人民，法西斯殺人惡魔波爾布特兵敗如山倒，在正義雄師的進攻下已潰不成軍的退出首都金邊，逃竄到泰柬一帶，柬埔寨的人民已組織了新政府……」

正式侵略的行動，經過精心編演，文告的詞句如聽後未經思考，聽的人是會感動的。越共的霸主野心，已赤裸裸的呈現在揮軍入柬的事實上，元波忘了自已的處境，居然為東南亞的其它地區的危局擔心。

戰爭仍舊進行著，大批的柬埔寨難民分別由沙瀝、朱篤、河仙、茶榮、西寧、鵝油這些邊界省份擁進了南越，輾轉到西堤來的也到公園、學校操場、廟宇暫時棲身。

這些不幸的難民，有越南人，有柬埔寨人，也有說潮州話的華僑，他們看來都是又黑又瘦、衣衫襤褸，在苦難的歲月裡，掙扎求存的痕跡都刻在五官上。他們把在柬國這幾年的恐怖遭遇向過往的人哭訴，波爾布特像條兇殘惡狗，把柬埔寨全國人民迫進了鬼門關，瘋狂的殺戮了幾乎佔了人口半數的幾百萬人。他們娓娓道來，沒有憤怒，沒有怨恨，聽眾卻毛骨悚然，這是個什麼樣的世界呵？人間，真會發生如此悽慘可怕的事嗎？

元波從講越語的難民聽到的和講潮州話的難民聽聞的故事大同小異：黑衫兵，（柬共未成年的兵士多穿黑衣）用鋤頭敲人民的後腦，一鋤一條命：集體活埋，亂槍射殺，全國變成了集中營，人民生不如死的成為奴隸。在二府廟的那堆新來的難民所說的和六省車站先到的難民講述的也沒有分別，元濤也好奇的去聽這些恐怖的慘劇，和元波所知的印證，他們得到的結論，那是真的事實。

元波把這些聽聞告訴父親，他父親說：

「比較下，印支三邦，柬埔寨的人民算是最悲慘了。如果越共也這樣，我們在越華人也不知要怎樣死才好呢？」

「您的意思是他們親蘇，反而對我們客氣一點，為什麼會這樣呢？」

「因為他們親蘇，在此華人變成了中國可以利用的工具，越共如用野蠻手段對待我，中共就有藉口。上次的撤僑鬧劇不是已經證明了。但越共如親中，同志加兄弟的情誼就永遠存在，越共想怎樣整頓華僑，中共絕不會干涉，這才算得上夠兄弟啊！波爾布特便是這樣大殺華僑，中共那有抗議反對呢？明白了沒有？」

元波點點頭，終於明白了，經父親點破，再細細思量，一股濃濃的悲哀湧上心頭，做中國人，做海外的華人，原來都是那麼不幸。他父親在吞吐的煙霧中，又開口說：

「越共投鼠忌器，但並不是說對我們就會安好心，不過，他們做得較聰明，什麼運動戰役也連同南方人一起來。但骨子裡還是千方百計的要排除華人的，用什麼方法，只好等著瞧了。」

「爸爸，元濤說近日西堤的客棧忽然都住滿了從北方來的大批幹部，他們成群結隊的到處招搖，我碰到了很多，有男有女，又不是軍隊，市面也熱鬧多了，大家都猜不出這班人的任務。」元波把這個近日出現的情況告訴父親，他對父親的判斷都很信服。

「一時三刻也沒法清楚他們的來意，但可以肯定的是一場新災難了。」

「可能是再換錢，南方解放陣線已經給北越吞吃了，南北統一後，沒理由分別用兩種錢幣呵！」

老人抽出另一枝煙接上火，把舊煙扔掉，噴口煙才說：「是或者不是，不用多久就會知道了。也不必太擔心，要來的逃也逃不了。是福不是禍，是禍躲不過：能夠像阿浪，就不必再受精神拆磨了。你兄弟一天還在這裡，我一天就不能安心。」

「爸爸，生死相關的事，急也急不來，我們看了幾條船，都不很理想，若出海，沉沒的可能性很大。心裡真的不敢決定，如我是獨身漢，就不必想太多。」元波回答說。

「我明白你的想法，記得機不可失時，就要拚一拚，錯過了，將來終生遺憾。」

「是的，爸爸。」元波很想問，什麼時刻才算是好時機呢？逃亡！每一時刻都充滿危險和被追捕槍殺的可能。為了自由，追求幸福的生活，許許多多的人都在企盼用性命作一次賭注。下注前的準備工作，千頭萬緒，只要一個環節出問題就完了。失手被捕的人，財產被沒收，還要送到勞改場四，五年；等到出獄，已成了地地道道的無產階級乞丐，可以說永無超生之日了。這殘酷的事實每天都在發生，也就成了元波的躊躇與徬徨。他擔心害怕的倒不是自已的安危，而是妻子和幾個未成年的兒女，他們的命運全操在自已的手上，那份無形的壓力，使他在微醺裡格外嚮往元濤那樣的單身漢。隨時可以押注，輸贏都是自身的事，就因為肩膀上挑著全家的重擔，他不得不婆媽，不得不格外慎重。

這些困擾一直使他幾個月來坐臥不安，基至借酒消愁，直到越共一個排山倒海的新戰役向全南方華人發動後，元波已經沒有選擇的餘地了。

二十七

胡志明市的全部酒店及停課的部分中文學校，忽然都住滿了從北越湧來的幹部。在市民紛紛猜測的疑惑中，所有大學生均接到禁營的命令，拿隨身衣服，住到學院裡就不能回家了。一九七八年三月，風雨欲來前，敏感的人都已預知將有一場災難降臨了。大家都認為是更換錢幣，再一次搶奪人民的財富，市面上又一次出現了大量搶購的人潮。

這次，越共沒有派出公安車隊到處更正，廣大的老百姓更堅信手上的現款行將作廢啦。元波沒有學別人去搶購，他自從有了遲早去見元浪的決心後，知道家裡的電器、傢俱到時都要留下，那就沒有必要再去添置任何物品。他像往常一樣的騎著單車，沒有目的地，只是隨街漫遊，看看市面光景。可是，今天路過堤岸阮智芳街、馮興街、鄭懷德街、孔子大道、莫玖街郵政局，在路邊停泊著的是一部連接一部的大卡車，車裡是空蕩蕩，司機們都不見了。

阮寨街、梁如學街、洪龐大道轉進楊公澄街，踏入陳皇君大道、陳國篡街到阮文瑞路。元波好奇地繞了一大圈，再回到十一郡的六省路、富林路、森德街和四十六號。一夜間，不知道從什麼地方開來了那麼多的運輸車隊？他像許多市民一般，很想找個司機聊聊，問問究竟那些車隊從那裡來的？可是，所有的司機，好像把空車駛進西貢、堤岸相連的兩座大城市後，（越共統稱胡志明市）便完成任務，丟下貨車各自回去。成百上千的大貨車在許多街道上停泊，留給市民一串大問號，問號就像車隊般無限伸延著。

答案很快就揭曉了，快到有點令人措手不及的感覺。

胡志明市革委會宣讀了一篇通告，像一個百萬級的原子彈投進了全南方為數眾多的華人社區裡。剎那間，整個華人的幾代基業就被連根拔起。

通告說從今天起越南南方進行的全面性的社會主義工商業改造，所有大小私營工商業一律停止經營，等待工作隊伍上門清查存貨，各行各業的店主廠主都要合作，奉公守法的和人民政權一起，把這個改造全南方由資本主義進入社會主義的偉大戰役搞好。接下來是戰鬥歌曲，是共產主義天堂的描述，是對資產階級全力位進擊的惡毒語。

元波躑躅在比平常清靜得多的路上，看到許多住在酒店，客棧的北方幹部配合著大學生們，以及全副武裝的軍警，進駐了商店、工廠、藥房、士多舖、成衣店、土產公司；大小五金行、建築器材店、貿易商行、茶葉舖、咖啡行、布莊、電器商店；代理商、批發商、酒廠、加工廠、零件廠。

市面忽然像蝗蟲進襲的災區，散發著惶惶的驚心，沉沉死氣瀰漫著，蕭殺而令人窒息的氣氛罩著整個城鎮。一個沒有工商業開門經營的城市，立即成了一座死城。空貨車的答案揭曉了，失蹤的司機全歸隊啦。

清點後的貨物、機器、成品、原料，不論是吃的用的，生產的工具或器材，土產的、進口的，通通由人民政府以合理的價錢「收購」。不管願意與否，都要一律「賣」給國家。不識時務的商人或廠主，拒絕簽名售賣的人，立即給人民公安扣押，從此失蹤。識時務的大多數工廠、商鋪業主，合作的代價是接收回一張永遠不能兌現的存款收據；就眼睜睜的看著自己的財產，通通搬上了空貨車。

越南南方一場史無前例，明目張膽的公開大洗劫，全面而深入的進行著。車隊滿載而去，沒有人知道上百萬噸的各色物資，貨品是運到那裡去？受「蝗蟲」洗劫的災民欲哭無淚，在嚴密封鎖著的消息裡，也流傳起一些英勇的、稱快民心的點滴反抗苛政的個別事件。

其中一件是在第八郡阮制義街角的織布廠，東主是姓劉的潮洲人，在貨物清點後，知道一生財產就要被搶劫。晚上乘那班共幹熟睡時，偷偷把汽油倒在布匹上，放火燃燒，自己也葬身在火海裡，那些共幹究竟有多少人給燒死就人言言殊了。

元波為了證實傳說，翌晨還踏了車到現場觀望，果然只看到了斷垣頹瓦，黑烏烏的一堆焚燒後的焦土。心中對這位不作瓦全的東主充滿了敬佩，假如人人都肯學他寧為玉碎，那麼越共的這一個土匪行動就會一敗塗地了。

畢竟這些振奮心靈的事件並沒有太多，所以，失敗的往往是手無寸鐵的人民。接下來的日子，是那清點完成的貨倉、商號，東西搬走了人也不知去向，只有一紙封條橫貼在深鎖著的門中央。

繁華鬧市一下子變成了荒涼沉寂的死城；入夜，由於燈火管制，更顯得如地獄般的陰森恐怖，再無昔日東方夜巴黎的通明燈火照耀，這是一種怎樣的進步文明呢？老百姓只有把問號暗藏在心裡。阮文協那張醜陋的四方臉孔再次出現時，是元波想不到的一場降臨到他身上的新災難。

由於經濟破產，越共把怒氣全發洩在南方一切的所謂階級敵人身上；全國禁止了私營企業的經營後，並把所有貨品物資公開掠奪。接下來的就把他們歸納入黑名單，那些廠主、經理、地主、店東、買辦等等有錢階級一網打盡。

元波是九龍廠的經理，又是被鬥爭過改造過的「壞份子」，在這場大風暴上自然沒法避過。幾天前，把大批物資載離胡志明市後的那些卡車貨車又開回來。南方居民驚魂未定下，再瞧到如此眾多的空車隊，好像怕鬼走黑路的人又聽到怪聲響，疑神疑鬼裡再加多一層新恐懼的折磨，大家心知不妙，卻又說不出猜不透具體的不妙是什麼？

那個晚上，狗吠的聲音特別淒厲，已過了子夜，鐵閘大力地被敲打著；元波一家五口全被嚇醒了，他匆匆奔下樓，扭開燈，門外停止了敲打，有聲音傳進來：

「戶主開門，我是阮文協。」

元波心知兇多吉少，硬起頭皮打開鐵閘，阮文協和七，八個武裝軍人一擁而入，婉冰抱著明明也已下了樓，臉色青白的望著這群午夜不速之客。

「戶主黃元波聽著，」阮文協把手上的一紙公文打開，抽動著臉額的疤痕，冷冰冰的說：

「地方政權貫徹執行黨中央徹底改造全南方工，商業政策，讓所有以往剝削的資產階級從新做人，直接參加勞動生產，為建設社會主義祖國作出積極貢獻。黨及政權已安排了理想的土地、居所，迎接你們，戶主及家人要立即起程，不得違抗，胡志明市人民革命委員會主席武文傑簽名。」

他摺起公文放進口袋，再說：「你們上樓去拿幾套衣服，快！」

「要我們去那裡？」元波心神大亂，呆若木雞的盯著眼前的越共領隊問。

「去過新生活。」

「我子女都還小，讓我一個人去，求求你。」

「你的房屋已充公，全家都要走，快，快點，只有十分鐘。」阮文協兇巴巴的聲浪如雷擊，婉冰手足冰冷，把兒子交給阿美，立即飛奔上樓，元波定過神後，也匆匆上樓收拾衣服。什麼東西都有用，但在措手不及的情況下徬徨無計，能夠拿走什麼呢？婉冰把手飾偷偷放進內衣裡，元波把藥櫃的止瀉，感冒，退燒等成藥，通通放進手提袋中，還在躊躇，不知該帶什麼好的當兒；共黨公安已衝上來，很不客氣的用長槍指著他們，命令他們立刻離開。

元波提起手袋，婉冰也拎起包袱，心慌意亂地下樓；阿美姐妹乖巧的忙著收拾廚房用具，在共軍的槍口下已沒有時間再整理，一家人被迫出門。門前的貨車裡，早已載了好些男女老幼；元波先上車，再拉起阿美姐妹，把明明也接過後，婉冰才艱苦的爬上去。

家的鐵閘拉好了，阮文協把門上了鎖，貼上張封條，元波別過臉，婉冰的淚水忍到這時才斷線般滾落。黑夜裡車開動了，由兩名武裝共軍監視。四個家庭約二十餘人，被強迫驅趕離家，乘車馳向一個未知的地方。

貨車駛到鳴鳳街，在一隊首尾相接的各色卡車裡插隊，從不同方向陸續到達的車就緊接連著，也不知總共有多少部車多少個家庭給強迫驅趕？在天還未亮前，車隊開動，轉入六省大道向富林區前進。

中午時分抵達美順渡頭，滾滾的湄江水把南部平原分成了前江和後江各省，在等待渡船時；共軍准許眾人下車，在他們監視中去小解或去渡頭處的餐店，零食攤擋購買些午餐糊口。大家很沉默，當地的居民和小販好奇的在遠遠的地方圍觀這班落難的城市人，沒有人敢上前詢問。已從電台聽到，這些人就是要接受改造的階級敵人。元波從他們遠遠拋來的揮手裡，看到是他們純良的同情而不是仇恨。他們！也是廣大善良的老百姓啊！

下午，他們比別的往來車輛更優先的過了渡口，車隊繼續前進；沿途都有些當地的民眾向他們揮手，元波不知道那是同情或是歡迎，唯一肯定的是絕不會是代表仇恨。階級敵人是越共強加給他們的一個可怕而惡毒的成份，用以把他們在人民當中對立起來。

一種恐怖感越來越強烈的侵佔著元波的心靈，他想起老楊對新經濟區描述的種種。在黃昏時刻，車隊終於停了，停泊的不是公路，而是泥土路。在夕陽的餘輝中，右邊有一排深綠色軍用布帳撐起，很像露營的地方；左邊是一望無際高過人頭的野草在風中搖擺。凌亂裡大家拖男帶女的下車，面對這片荒蕪野地，充軍的感受悲哀的浮現在元波心頭。連阿文明明這些不知天高地厚的孩子，也在陌生的環境中畏懼地依偎著母親。

一個帶隊的共軍拿了一疊紙張，交給當地一個穿黑衣的農夫，原來他是村長，高瘦的像根竹子插在田地上，那些共軍的個子都比不上他，笑起來嘴裡竟也有兩隻金門牙，和他的階級成份很不相稱。他倒也不在乎的時時讓兩隻門牙露出來，接過名單，一家家的唸，念到很吃力的使人忍不住想搶過去代讀，發音常常弄錯，叫了三次「形阮波」，原來是黃元波的越文發音。元波舉手，他拋來一塊小竹牌，是十八號。名點完後是三十二家庭，各人拿著號碼去找，帳篷前早已編了次序，元波向經過的每個帳蓬瞄一瞄，面積完全一樣，也不管你人多人少，但有個這樣的布蓬已經是天大的恩惠了。

村長叫三高，他等大家經過時，客氣而微笑的告訴這班人，明天才分配米糧和工作；大家沒理他，一臉憂愁的走進自己的「家」。婉冰才踏進帳蓬，不覺悲從中來，恐懼徬徨加傷心一併爆發，她竟哭哭啼啼，明明也哭了。元波看著女兒阿美也在擦眼淚，自己強忍的淚水再也按不住的流瀉了；阿文不更事的吵著餓，婉冰擦去眼淚，取出在渡頭買來的麵包分著充饑。在微光裡將布袋中的毛巾平放在泥地上，左鄰是姓陳的廣東南海人，這時走來，元波和他並不相識，但如今已是天涯淪落人，居然沒有半絲陌生感。他說：「阿嫂，無謂再傷心啦！馬死落地行，明知係死路一條，我地重要面對現實，唔為邊個，都要稔下班細路。」

「老陳，多謝你！」元波和他握手，想請他坐，才猛醒起沒有椅子，到口的話又縮回去。

「呢道重比水草平原好，慢慢就習慣，無辦法呵！鬼叫我地係中國人。」他又走去別家串門子了。

沒有燈沒有火，太陽全隱沒後天就黑黝黝了，明明哭著偎在母親懷中睡去，阿美姐妹依靠著父親，嗡嗡的草蚊和野草裡的蟲鳴交織著一片夜的聲響，歡迎這批城市來的客人。

天亮後，三高果然大早就來了，他集合了戶主，帶他們去領米、雜糧、工具和登記新戶籍。婉冰和些婦道人家去附近的一口井邊，用鍋盛了水回來，又學著別人造個小石爐，阿美找了些茅草當燃料，一切生活方式都和原始時代沒分別。洗澡要走很遠的路，到一條小溪流邊連著衣服一齊沖洗，沒有廁所，大小便都要走進野草堆裡解決，對於城市人來說，是很難適應的一種方式，在忍無可忍時各人只好硬起頭皮去方便。

元波和眾人領回糧食後，下午開始除野草，苦難的生活已開始，大家都要面對。首先是在村長三高的指揮下，先建起一座小小茅屋。集體動手分工幹，用竹做樑柱，小竹幼竹圍起四邊，再塗上水草混合泥漿，就成了牆壁，屋頂用茅草蓋上去，小門也是竹做成的。那些土材料在小溪邊的那片竹林裡用之不盡，村長帶來了釘和鉛絲。挑水的、抬木砍竹的和泥漿編茅草的，大家全沒經驗。但都起勁的拚命努力，阿美也加入了童工隊做些雜役。

日子在忙碌中流逝，每天都一樣，集體勞動的建造土房子，每個新居落成，一家人輪到遷進去時，全體街坊歡呼鼓掌，大家都熱切希望快點有這麼一座土茅寮，可以避風擋雨，工作速度越來越快，本是生手也全磨練成巧匠了。

一個多月的時間，三十二座土茅寮已草草完工，元波全家也早已住進去。正式勞動開始後，在黃昏收隊時，他總不忘帶些野竹返家；在飯後敲敲搥搥的，慢慢地編造了竹床竹椅，把原始生活改善。每天微曦出門，入黑始回，在開荒的勞動裡，除了集體耕種外，他們也都在家的四週種植雜糧瓜果；沿小溪上游，在工餘時用簡單的方法捕些青蛙和魚蝦來增加營養。基本而簡陋的生活雖解決了，但對於前途和遠景，明知呆下去，在這種鬼地方一生都不能翻身，大家處境相同，而又無可奈何的認命。

生活已經失去了應有的意義，沒有報紙沒有收音機，沒有郵局也沒有醫院，和外界全斷絕了連絡，元波覺得整個世界已忘卻了他們這群人。更可悲的是孩子們沒有學校上課，每天到水田裡弄到全身泥漿，看到他們的皮膚漸漸變成銅色，人也消瘦，完全失去了孩童的天真歡樂，心中痛楚憐惜，無時無刻的湧現。

那天傍晚收隊後，婉冰沒等他放下鋤頭，就悽苦的對他說：

「阿波，文兒的血尿又出現了，怎麼辦？」

「……」元波放下鋤頭，拉過蒼白瘦削的女兒阿文，輕撫她的頭頂說：「帶來的止血藥先找給她吃，明天我去找些玉米根鬚煮水，利尿後希望會有效。」

「怎麼辦？又沒有醫生。」

「有醫生也沒有藥，別太擔心，吉人天相，沒事的。」元波嘴裡安慰太太，心裡也慌得不知如何是好。

一夜沒睡好，翌晨大早起身，摸黑到幾里外的田地；找到了還未成熟的玉蜀米，偷偷的把尾部的鬚拔下，裝了半袋子，才匆匆回去，要婉冰分幾次煮水給女兒喝，他吃了稀粥，拿了工具集合去。

在田裡苦幹的時候，心中老記掛著女兒；看到村長三高時，元波低聲的叫他：「村長，我有事請教。」

「什麼事？」

「我女兒有病，這裡沒醫療站，你可以幫忙？」

「我又不是醫生，能幫你什麼呢？」

元波試探的開場白講完，就看出這位高個子土共是可以收買的，他和城裡貪污的共黨也沒有什麼分別。共黨喊革命口號比什麼政黨都響亮，一朝大權在握，亂革老百姓的蟻命外；就拚命講個人的享受，掠奪強搶賄賂貪污已經成了共黨通病。元波放低聲浪說：

「可以幫大忙呢，請寫張介紹紙和路條，我們就能到城裡找醫生啊！我有個手錶是瑞士貨，已經沒有用了，今夜收工後請你到我家坐坐，好嗎？」

三高瞄了元波一眼，露出兩隻金門牙，笑著輕輕點個頭，不說什麼便走開。元波心中好高興，這一招對於貪財的共幹百試百靈，這樣就不至於是絕路了。

村長果然摸黑到來，收受他一生從沒見過的瑞士鍍金自動手錶，高興得把金牙老展在口外。他也爽快的把介紹信和出城的路條寫好，交給元波時說：「你們明早去後天就可以趕回來，順便幫我買兩條麵包半斤牛肉，好嗎？」

「好！好！田裡的工作我回來後補做。」

「不必了，我記分數算你已做了，誰知道呢？」

「村長，謝謝你，我們永遠都感恩你。」

「自已人別客氣呵！」

送走三高，婉冰詫異的問：

「你把手錶和他換路條，去到茶榮市有醫生沒藥品又如何是好呢？」

「到時候再算，阿文今天情況怎樣？」

「吃了止血藥，尿色淡多了。」

晚飯後孩子習慣早睡，沒有娛樂，也沒有個去處，加上整天體力的透支，大人們也早早躺上竹床休息。元波心裡翻滾，輾轉難眠，好幾次忍不住想把心底話告訴婉冰。可是又恐怕太太預先知悉後，在行動時不小心露出口風；話到嘴邊又強嚥下去，興奮的情緒早把疲倦的感覺轟走了。

一股沒來由的溫熱湧上丹田，他側過身去，伸手摟抱太太；竹床吱吱響聲配合了原野的蟲鳴，農村的黑夜有時也充滿了濃情蜜意呢！

二十八

天還沒亮，元波推醒太太，也叫起女兒，準備妥當要婉冰摸黑背負明明先走。自己和兩個女兒抄另一條小路離村，約定在公路外的石橋會合。他怕全家一道走動，會引來不必要的猜疑，雖然手上有村長的路條，但凡事小心，會較為安全。

元波反手扣上竹門，向這泥牆屋瞧了一眼；抱起阿文，和阿美沿著泥濘小徑前進。晨風輕拂，仰望穹蒼，繁星閃爍。他神情愉快的加速腳步，阿美姐妹也興奮的問長說短；不久就到了公路，婉冰也已早到達石橋旁了。

趕市集乘搭牛車的鄉下人也陸續到了石橋附近，他們一家混進人群裡；分乘兩部牛車，約一小時後就來到小市集的地方，朝陽已升起了。

元波把女兒交給太太，自己走去購票，把路條呈給售票員；他匆匆一望，就收下錢，將車票撕好遞出去，他接過又趕緊和妻女會合。坐上中型殘破不堪的巴士，三十多個座位，到開車時，連站立者少說也有五、六十人。

經過了檢查站，隨車員跳下去，走到站裡和守站共軍打個招呼。越共大概對於這種小鎮往來的公共汽車不太注重，或者是守站者偷懶甚或收受賄賂也無人曉得，不見派人上車查問證件，便順利過關了。

走走停停，在快抵達茶榮市時，關卡的女越共可認真上車看路條。每個人都把證件和路條拿在手上，她隨手接來望望；後來就看也不看的從車頭走到車尾，主要瞧瞧那些沒有打開來的證件，確實都握在乘客的手裡，她也就心滿意足的從側門下去。

「你的同學如果搬家了，我們怎辦？」婉冰悄悄的問丈夫，她擔心到了生疏地方沒個落腳處。

「希望他還在，見步行步，就快到了。」

在茶榮市車站下車，已經是午後兩點鐘，元波抱著阿文，婉冰背起明明，阿美自己走。在露天零食檔買了幾個蒸熱的玉米包充飢，走走停停，問了幾個路人，終於找到了多年前的同學文柄忠。更出乎元波意外的當年的同學如今竟是新貴，做了茶榮市郊區的一個副郡委。

幸好的是新貴還念念不忘同窗情誼，當夜就熱誠的招待元波一家。

席上有魚有肉，香噴噴的白米飯，加上冰凍啤酒，元波很感動的享受著如此豐盛佳餚。酒氣湧上喉頭後，他原先小心的不敢說話的舌頭靈活了，他說：

「老文，我女兒的病是要到堤岸福善醫院，找到腎病專家才能治理，你可否高抬貴手，幫幫忙？」

「容易的事，我寫張路條給你回堤岸，不就好辦？」

「謝謝你。你什麼時候參加革命的？」

「初中畢業從堤岸回來後，也十多年啦！哈哈！副群委，有個屁用，連我哥哥也照樣給清算了。」

「……」元波想起一些投靠越共的華運份子，這些年來大部都受到迫害排擠，幾乎都在深心痛悔誤上賊船，他也不知該怎樣安慰這位老同學。

「你們有什麼打算？」

「唉！我們這種階級成份的人還能有什麼打算？」

「話也不是那麼講，我哥哥全家前月跑了。你明天到堤岸，有個落腳處，醫好女兒也別再回來了。」

「怎麼可以？」元波故作愕然，心裡著實吃驚，以為自己的計謀竟百密一疏的露出馬腳。他連太太也瞞著，縱然是老同學，也絕不敢相信，何況他已經是越共的小官員。

「老黃啊！你不必怕我，我走錯了路，自己有苦難言，內疚也無補於事。這個副郡委是隨時會給拔倒的，他媽的越共過橋抽板，我是華人，不走遲早也沒命的。」他拿起酒杯，呷一大口酒，再說：「很高興能再遇到你，你知道嗎？這裡的親朋戚友都遠遠的避開我，像我是個痲瘋患者似的。我上大當，也難怪，大家心裡都痛恨這種制度。如果我告訴你，我和你們一樣的恨極這個鬼政黨，你相信嗎？哈哈！喝酒吧！乾杯！」

「老文，你醉啦！」

「很久以來我都是一個人喝悶酒，今晚有你相陪，你不怕我這個痲瘋共黨，來，來！喝啊！」他乾杯後，再添酒時說：「明天分手後，我們又是兩個天地裡的人了。」

元波很想告訴他，自己真的一如他所料，此去再也不會回來了。這裡已經是個謊話的世界，誰說真話會倒霉。話到口邊，他又強吞嚥下，心中有點慚愧，老同學是越共黨員，酒後吐真言。那麼，他卻還在應用共產黨徒口不對心的說話去對這位幫忙他的老同學，確實不該。可是這個念頭也只一閃而逝，畢竟，沒有一個人會夠膽對一個現任的越共副郡委說真心話啊！元波不敢再喝，到深夜時分，酒意也濃濃烈烈的升上頭，一覺醒來竟已是早上九時多了。

副群委用他的專車親自送他們一家到車站，把回堤岸通行證交給元波；並在車站代購票，沾了副郡委官氣，這次是坐優先的頭等位。

車開動時，婉冰高興到握緊元波的手，她發夢也沒想到居然可以回堤岸？想起可以帶女兒到福善醫院求治，又可以探望年老的父母，怎能不雀躍？

總共經過了大小不一的十二個檢查站，傍晚時分，到達了六省車站。為了避免公安疑惑，他們又分開走，在昏暗的街道慢慢行。路燈的燈泡幾乎全壞了，是沒有新燈泡更換或者是為了省能源？壞了乾脆不再管它，誰也不清楚真正的原因。唯一清楚的是過去光明輝煌的夜城市，越共來後不久就變質了，城市新貌是黑暗和醜陋。也許這就是共黨整天吹噓著的所謂「社會主義」的優越性吧？

見到元濤的家門時，心裡一酸，差點沒哭出來。舉手輕敲門扉，心狂跳，幾個月的分別恍如隔世。

「是誰啊？」元濤的聲音傳出來，元波一喜，那份熟悉的聲音多麼和悅親切啊！他哽咽著回答：「是我啊！三弟。」

門迅速的打開，元濤一閃身側立門內，讓哥哥和侄女進來，又再拉上鐵閘。

「等等，你大嫂還在後邊跟著來了。」

「大哥，你們都回來。太好啦！你先上樓，我等大嫂。」

沒多久，婉冰母女也閃身而入，阿美怯怯的叫了一聲三叔。元濤拉上門，一把抱起明明就衝上樓去。

元波夫婦隨後到樓上，見過父母，老人激動到失去平常持重；爭著發問，搶著抱孫兒女。後來，元波的母親如夢初醒似的，趕緊拉著媳婦到神龕前燃香拜祭祖先神明。

「阿波，你回來正合適。阿濤正籌劃出海，準備妥當後，他正想設法去弄你們回堤岸。如今，倒免了他一番功夫。」父親高興的開口說。

「爸爸，那真巧，您和媽媽是否一起走？」

「是的！」

「大哥，你知道嗎？這幾個月流傳著一句話：電燈柱如有腳，也會走出這個鬼地方。」

「怎會知道呢？農村與世隔絕。」

「你們怎麼能逃回來？我近日才設法探到你們在茶榮市外的一個經濟區。」

元濤擰熄了手上的煙蒂。

「走後門再加上幸運。」

「幸好共產黨都貪污，才設有這道救命的後門。」元波點點到說：「如果他們不貪污，我們就只有死路一條了。」

「不，如果他們不貪污，廣大人民也許會過好日子呢。」

「錯了，他們貪污不貪污，人民都沒好日子過。因為共產的制度扼殺了社會的積極性，只有誘人的烏托邦；為了使烏托邦看來像真的一樣，從上到下，只好人人說謊，全國都在謊言裡陶醉。」父親也加入了他的見解。

「很諷刺的是，他們走革命，就是要打倒貪污的舊政權啊！」

「大權在握後，就完全是兩回事了。」

「大家都知道上當受騙了，我的老同學做了副郡委，心裡也很不是滋味呢！」元波想起了老文那番話。

「他還有良知，有些華運走狗是至死不悟呢！」

「共產像皇帝的新衣那個寓言，他們人人都穿上『新衣』，明知沒那回事，可是苦在自己也穿上了。只好你騙我，我騙你的混下去。」父親把對共黨的看法講出來。

婉冰拜了祖先神明後，就去煮粥了；未久把熱騰騰的粥端上來，已經很久沒吃宵夜了，那陣米香使元波貪婪的再添了一碗。

再聊了一會家常，各人就寢，阿美姐弟早已跑到元濤房裡和三叔同睡。元波夫婦就在客廳裡打舖蓋，婉冰依偎著丈夫，忘了睡意的問他：

「能回來，為什麼不早告訴我？」

「不講是免妳露出風聲。妳不會說出來，可是妳若知道了，走時什麼都要拿，很容易引人懷疑呢！」

「連我也不敢講真話啦！」婉冰還是氣鼓鼓的，顯出心中的不快。

「別傻了，越慎重越安全，都為大家好嘛！」

「今晚你們談了很久，又有什麼不能給我知道的？」

「講閒話而已，不過，阿濤已準備偷渡，妳的意思呢？」

「當然也想走，孩子太小也很擔心呢！」

「事到臨頭，也只好一賭了，縱然輸了，我們一起沉到海裡餵魚，也免受共黨折磨。活著沒有希望，做人的自由都喪失，子女們完全沒有將來，這種生活不如死。我已經在被趕出家門那時便下了決心。」元波侃侃而談。

「你不再相信他們了？」

「何必笑我，老三說這裡近日流傳著：『電燈柱有腳也會走出這個鬼地方呢！』」

「怪了，燈柱如有腳，幹嗎要走？」婉冰好奇而天真的發問，一邊伸手撫弄他嘴唇的鬍髭。

「電燈柱的存在是為了照明，共黨來後；十柱有九柱都燒壞了燈泡沒有更換，形存實亡。它們有腳，逃出自由天地才可大放光明，恢復了生命呵！這些流言已經證明人心對這個殘酷腐敗的苛政；共產黨的『天堂』，完全不存任何希望了。」

「連電燈柱都想逃，我們還留戀什麼？公婆兩老呢？」

「他們也走，有個照應。」

「明早我先帶阿文看病，順便回娘家，探望爸媽，問問他們肯不肯走，你說怎樣？」

「應該問的，我和老三先說一聲，是沒問題的。」

婉冰心裡一喜，就在那滿唇鬍髭上印下一吻，興奮地聽著鐘聲滴答，整夜輾轉難眠。好像一睡之後，就會錯過了船期似的，心中千迴百轉盡想著渺渺茫茫的未來……。

翌日，元波夫婦一起帶阿文到福善醫院門診部，有了以往求醫的經驗，他把地方村長的通行證連同副郡委的特別路條等呈上。並在登記處說明了「新經濟區」還沒有建設醫療站，所以沒有地方醫生介紹紙，幸好有副郡委的特別路條倒也容易過關。

拿了四十三號的等待次序牌子，就開始耐心等待。這幾年來，在這種「優越社會」裡，人人已經練到了一份耐力；不論何事，都要排隊，而且動輒排上兩三個鐘頭是平常事。

在這種不必競爭的制度裡，人們有的是時間，為了生活，只好排隊，因為什麼都是只此一家，別無分店。又是天大恩情分配到手的物品、米糧，沒有耐性只好餓肚子。久而久之，人民全乖乖的順從著，變到都很有耐性了。

醫生是個年輕的實習生，不過還是很快了解阿文的血尿症狀，他判斷要留院治療；很仁慈的把住院的門路通通告訴元波。他一眼就判斷出元波是「有辦法」的那類華人，不必轉彎抹角，確是省掉許多功夫。

手續全辦妥，分配到兒童醫院，婉冰留下陪女兒；元波抓了藥單去露天市場找黑市售藥經紀。所有西藥都是奇貨可居，在國營藥店從來也沒有購到藥品，有的話也自然流出街外，給藥販以五倍至二十倍高的價格轉手。

人民公安當然也收到了為數可觀的孝敬，才那樣裝模作樣的偶然去表演，抓三，五個販藥者回局歸案，前門進後門放。所以在堤岸吳權街，同慶道那段藥販活躍市場，永遠都站立著三幾百個人在那兒望天打卦。

這些藥販也真的感激越共，沒有越共的「優越管理工商業」，他們那裡有錢可賺呢？至於售假藥、賣過期抗生素，害死多少人也就天曉得了。反正，公安同志們和衛生醫藥局有錢可收，袋袋平安，報告寫得天花亂墜，上級也就眉開眼笑。全國一片形勢大好，老百姓多死幾個人，關卿底事？

購到藥和海水，先拿給醫生看。醫生收受了元波一份厚禮，辦事都好商量，每天格外多到阿文那張床探望幾次。鄰床的病童家屬是革命烈士家庭，先人有功於越共，倒也不夠膽量開罪醫生。進了醫院，醫生的權力可大了，什麼來頭的人都把威風收斂了。同病房的人看到醫生對婉冰的客氣，都猜不出婉冰的背後有什麼靠山，自然也對她另眼相看了。

元波來來回回的奔波於藥販和醫院間，也偶然抽空到和平街市附近探望岳父母，悄悄把偷渡的計劃通知。沒想到他們並不響應，一心等待在美國的兒子將來設法，元波也就沒向老三要求了。明明和阿美由媽媽幫看倒令他不必太分心。

也在此時，元濤準備的工作行將就緒，首次提出要他一起作些策劃。元波唯有把阿文交給太太，心裡很急，可是也沒有別的人可以分擔，情緒就變到好低沉。

二十九

返家途中，元波覺得整個市容全變了。自從那場大風暴降臨華埠後，所有商店舖號幾乎全關門了。替代私營企業的國營商店，門堪羅雀，大街小巷的流動小販反常的多，自然形成了奇特的露天市場。

在買賣雙方討價還價聲浪中，有許多穿制服的越共，也參和了這種非法的交易。報上電台三令五申要取締，講一套做一套。在南方經濟完全崩潰後，鋌而走險的人民和貪污成性的共幹勾結一起，遂很快速的建立了這樣一個前所未見的怪異市場。

另外到處可見成群結隊的丐幫子弟，糾纏著路人行乞；這些乞丐大多數是從各新經濟區逃走回來，家散人亡。無以為生的難民，也是城市的非法居民。白天在茶樓酒館沿街覓食乞討，夜間露宿公園、街角、廟宇、廣場以及車站等地方。

他們都是「新社會」向來歌功頌德的真正無產階級了；越共對這批為數極多的無產階級無能為力。他們已在人生的絕路上掙扎求存，除了賤命外，已經再也沒有什麼身外物可供共黨清算搶奪了。所以，共產黨在他們眼內已沒什麼可怕的了。

孔武有力的青年，為勢所迫紛紛走上黑路做些沒本錢的買賣；在鬧市裡偷雞摸狗，混水摸魚，插袋偷錢，持刀行劫。入夜後街道陋巷，更是他們大活躍的時間；至於光天白日明目張膽的向路人強搶腳踏車，錢袋或手錶的事件也已經不是新聞啦！

公園車站，花街柳巷，酒樓飯館，露天酒吧茶座，幾乎已成了大量妓女的新地盤。這些湧現的阻街女郎，小的只有十三、四歲，發育仍未健全，羞羞赧赧的一臉憂容，站在風雨裡任人挑選。

徐娘半老的過氣舊軍官的太太們，失了依靠，為著生存，也拋卻尊嚴淪落風塵，幹起接客的皮肉生涯。另外是些柬埔寨的難民，被清算後的資產階級的妻女們，及廣大貧民區裡的無產階級人民。

越共來了，百業蕭條，生活無著，以前寄望的大救星沒想到是大剎星，間接的促成迫良為娼。使胡志明市的人肉市場，成了最「娼盛」的「越南社會主義」獨特發展的新興行業。這也是共黨統治下的一項偉大政績，把東方巴黎的西貢在短短的三年中變成了個「三多」名城，就是乞丐多，劫案多和妓女多。

行過莊子街，在整排香煙擋口裡不意碰到老楊，元波走近拍拍他，他大喜過望的說：

「啊！是你，什麼時候回來的？」

「前星期，你好嗎？生意怎樣？」

「多得你幫忙，還可以維持。你呢？家人都好嗎？」

「帶阿文回來看病，現已在福善醫院留醫。」

老楊拉過自已的木椅，要元波坐，元波搖搖頭，還是站在擋口邊。老楊誠意的說：

「代問候亞嫂，有什麼事可以幫忙？你直說好嗎？」

「謝謝你，沒什麼要你幫的。」

老楊遞過一枝香煙，元波接下，他才拿出火柴，老楊飛快的把火放近煙口，燃上後，他忽然說：「我們以前住的街坊有什麼變動嗎？」

老楊笑著答：「我正想告訴你呢，那個混帳保長死了，你知道嗎？」

「阮文協？怎麼會呢？」元波想起那張醜陋的臉龐，心裡對他很討厭，驟然聽到他的死訊，除了好奇，已無動於中，越共的死活對他有什麼關係呢？

「前月印光寺的和尚造反，他們派了很多部隊公安攻寺，寺院中竟也有武器反擊，槍戰了好幾天。阮文協中彈身亡，出殯時還強要每家派一人去。」老楊悄聲的把消息傳給元波。

「那班和尚以前不都是幫越共的嗎？」

「是啊！共產黨成功後，露出真面目，反過來迫害宗教；和尚始知上大當，就處處同越共為敵，散發反共傳單，暗中支持復國軍，又說要和西寧省的高台教、朱篤的和好教聯盟，一起推翻共產黨，老鼠大概忍無可忍才下手殺進廟裡去。」

「那些和尚呢？」

「寺院已封閉，和尚尼姑死的死，傷的傷，活的都失蹤啦！全成了反革命份子。阮文協出殯，送行的人都喜上眉頭，這個夭壽仔早該死了。」

「死一個阮文協又來一個，是沒有大分別的，除非……」

元波走近老楊，向他耳旁輕輕說：「老鼠都死光了，人民才有好日子過。」

老楊笑笑，彼此心照，也都如此盼望著，明知渺茫，但民心思變，聽到山貓活動，繪色繪影，恨不得越共這班魔鬼能一夜間死光死盡了才稱心。

別過老楊，回到住處，老三正在等他，見到他立即問：

「大哥，阿文情況怎樣？」

「略有起色。你的進展呢？」

「差不多了，日期已定在下週，老鼠慶祝國慶，沿海防守會鬆懈；我最擔心的還是阿文，只有不到一個星期的日子，你看怎麼辦？」

「唯有提前出院，多帶些藥物，爸爸說過機不可失，總要賭一次，我們已經沒有退路了。」

「好，到時你們帶阿文和明明一起到頭頓車站；我負責帶阿美和雙親。在車站有人接應，領你們到石畔漁村，然後乘小舟出海，船會在那海面等我們。通行證我都會弄好，你有什麼意見？」元濤把計劃告訴他。

「糧食，水，燃料都足夠嗎？」

「當然預先分批運上船。」

「總共多少人？」

「船主，掌舵，水手等的家庭以及八家合股的人是一百零五人。我帶你去看看船，不然明天便要先開出頭頓捕魚了，這也是安排的。」

兩兄弟共乘一部機動車，由元濤駕駛，奔馳在汽車絕跡的公路上。過森舉橋，沿從善王街直走左轉，又過二天堂大橋，再轉彎向右邊小徑沿河而上；沒多久便到了一家茅屋門前，原來這些高腳屋建築在河畔，屋主就是舵手。元濤敲門，屋主開門後，看到元濤，笑吟吟迎他進屋，當知道了在後邊的人是元濤的哥哥，先前疑惑的態度也作了一百八十度的轉變。他們穿堂而入，直走到後門，踩上舢板，便上了停在河邊的漁船。

元波從駕駛艙看起，整條船大約十七，八公尺長，有四公尺多的闊度，艙底很寬，放了幾桶油渣，另外有米，食水也放置在另一角落。一股另人作嘔的腥臭味襲進肺葉，元波趕緊爬出艙外；深深呼吸一口新鮮空氣，身心才回復舒暢，他疑惑的問：

「到時過關，一百人全要躲進艙底，是不是？」

「對，除了有任務的水手，舵工外，乘客是不許留在艙面，要平安到達公海水域才可露面。」

「小孩怎能忍受呢？」

「大哥，我們已買了安眠藥，給孩子喝下，一覺睡到天亮，也就安全了。」元濤笑著答。

「你怎麼會想到如此周全？」

「是舵手告訴我的，他們打魚的同業已走了不少；經驗互相交流，要逃命什麼都要作準備呀！」

「那麼多陌生人同一日到小漁村，怎能避人耳目？」

「小漁村的越共當然全買通啦！」元濤說：「重要的是頭頓市的關卡。所以要化整為零，分多批到達，有幾家人是先兩天到漁村住下，這些細節全考慮清楚了。還有，機器已維修到百份百功能，並且多購一部新馬達，以防萬一呢。總共花費五百兩金葉，才要找那八股平分。」

「行程安排了嗎？」

「目的地是馬來西亞，不過這是作不了準。有時，到達後據說他們不許登岸，只好求他們補充食水，糧食，燃料，再向南航行多十幾二十天，直衝澳洲北部的達爾文港。」元濤說完，領先過舢舨，一起進入茅屋。他請舵手把航海圖拿出來，平展在檯上，很熟悉的指出頭頓港的位置。然後是南洋一帶的沿海島國，看距離很近，但舵手估計順風的話也要五至八天。

另一張可以看到澳洲北部的海域，相距就遠了。雖然紙上談兵，元波也已有了一些概念，對弟弟所花的精力和心血，他不得不衷心佩服。成竹在胸，行動時的安全性就較大，這也使到他徬徨的心神安定下來。

當晚，他到醫院看阿文，無人時悄悄把出海的整個計劃簡單的告訴太太；婉冰又驚又怕又興奮，念及年邁的父母，心底又依依不捨，決定抽空回娘家向父母辭行。

越共統治南方後妄想稱雄東南亞，揮軍入柬埔寨，兵燹連綿，遭受世界各國孤立。官僚主義魚肉百姓，貪污盛行，造成百業凋敝，經濟破產。醫藥奇缺之下，衛生條件一落千丈，人民健康大不如前。許多流行時疫傳染力強，其中致命的一種叫做「熱出血症」，由毒蚊引發，已經再度流行。患上此症者全是十五歲下的兒童，若搶救不及，高燒數日出血而亡。令人談虎色變的可怕病症使到民間人人自危，社會上充滿了愁雲慘霧。

元波回去後，發現十三歲的女兒阿美無精打采；他這段時日都在為阿文操心，加上行程迫近，千頭萬緒，心中煩惱重重，對明明及阿美就沒那麼關注。驟然發現女兒神情有異，他一按她的前額，熱燙的從掌心傳來，心知不妙；趕緊用探熱針量體溫，沒多久抽出一看，竟是三十九度七的高燒。他匆匆告訴了父母一聲，就帶著阿美出門。元濤不在，只好叫了一部人輪車，心慌意亂的去醫院。

他們是黑市居民，沒有戶籍，不能先給地方醫療站診治，也就無法有入院的介紹信。幸而阿文在院內留醫，他和醫生已套上很好的交情，他到醫院就直接去見醫生。醫生親自帶領他去補辦入院行政手續，住院後驗血證實是染上熱出血病。

送到兒童醫院，元波跑去找太太，婉冰手腳冰冷六神無主的丟下阿文去看阿美；阿文已較前好轉，元波只好拜託同房的幫忙照顧。他再跑去找藥販，把海水和抗生素等藥物購買回院；經醫生驗明是真貨，立刻叫護士掛上海水，打針後派藥吞食，又用冰袋放在前額，以降體溫。

那夜，夫婦兩人分別在兩個不同病房裡照顧女兒。翌日清晨，阿美鄰床的一位十歲男童由於大量出血，終告不治。護士來把屍體推出去時，元波夫婦心驚膽跳，相對黯然。

元濤一早也趕來探望侄女，帶來一個海豬牙，要用清水磨汁給阿美喝；元波知道是父親的主意，他對這些土法子將信將疑，但覺得縱然沒效也是無礙，便同意元濤磨些給女兒喝。連續幾天後，阿美終於退燒了，體溫下降，危險期也渡過了。元波夫婦卻已心力交瘁，憔悴消瘦。阿美幾天來和死神搏鬥，高燒發作，胡言亂語，神志不清，沒吃半點東西，經此大病人也瘦多了。

越共九月二日的國慶就快來臨，一切偷渡計劃也照著進行。元波方寸大亂，兩個女兒還沒出院，怎能出海冒風險呢？但機不可失，合股的人不會等待。他母親早晚焚香禱告神明，他父親到醫院探望孫女，找機會問元波：

「你們夫婦決定了沒有？」

「唉！爸爸，我們是早已決定。可是如今想不到的是阿美兩姐妹都沒有痊癒，身體虛弱萬分，真擔心她們受不了呢！」

「我不敢替你們決定，要自已相信命運，所謂生死命定，機不可失，你和婉冰商量清楚。要走，今天便辦理出院，我先回去了。」他父親匆匆來去，元波聽到他老人家堅定的語氣，自已徬徨無主的心思好像有了依賴。

婉冰知道後，六神失措，什麼意見都沒有。心裡七上八落，她乾脆把去留權全交給丈夫決擇，同生共死，絕無怨言。元波細細思量，想起早晨那位死去的男童，一般恐懼忽襲心頭；自已全家已是黑市非法居民，沒有戶籍，雙親和三弟一走，他們如留下只有淪落街頭，這樣一想，才明白自已已經無可選擇了。

元波不再猶豫，匆匆辦理了女兒出院手續。

三十

金星紅旗滿街滿巷的飄散著一股腥味，彷彿是鮮血塗染了天空，說不出的厭惡氣氛壓迫著。越共的國慶在南方人民心中，完全燃不起半絲慶典的喜悅。

微曦初露時，元濤便和年老的父母先離家；阿美體弱，原定計劃是跟著祖父母，臨時有了點改變，還是和元波一起。

婉冰抱著明明，乘了一部人力車先走了。

元波拉上鐵閘，手上拿了個小公事袋，裡邊裝的是應急藥品，牽著兩個女兒，慢慢行到街口，才叫人力車去車站。路上冷冷清清，國慶，對於勞動人民，值得高興的就是可以呆在家裡休息一天。此外，便得忍受慶典的陳腔濫調，從各處廣播的喇叭筒裡以刺耳的音浪輸送，生活在共產制度裡的人民，連不聽的自由也完全喪失了。

元波細心而留戀的望著街景；熟悉的建築，在人力車緩慢的移動中，每個印象都變得很深刻。他絕不敢相信，有這麼一天，他會帶同妻女放棄這個土生土長的第二故鄉。臨走前唯一去辭行的只有岳父母那兒，其餘的至親好友長輩和同學，都硬起心腸，來過不告而別。心中念念的倒是希望能通知明雪，可是，人早已不知所蹤，唯有把這份惘然也一拼帶走。

車站又吵又鬧，在擠擁的人潮裡終於找到了預定的客車，元波先扶阿美上去，再抱阿文。婉冰也早一步到了，她一臉哀愁，眼角噙淚，別過臉望出窗外，心底依依不捨的想念著父母。

此刻生死未卜，相逢無期，她強忍著，不敢把內心的悲苦顯露；但任怎樣堅強，淚珠還是不聽控制的滾落，她趕緊用手巾拭去。元波輕輕的伸手悄悄盈握她，什麼話都不說，在焦急的等待中，車終於開動了。

駛離凌亂吵離的車站，在旗海淹沒裡奔向寂寂的公路，經過安東街市，馳向七叉路，進入西貢轄區寬闊而冷清的馬路。元波始終把視線投到窗外，他專心一致眼睛睜到大大，盡量吸收最後的每個景像。彷彿可以在匆匆一瞥裡就把印象永存在記憶細胞裡，留待將來想念時可以再回味。

到檢查站，共軍上車看通行證，主要是望望有無可疑人物。元波把證件拿在手上，心跳加速，共軍經過，看到他拖男帶女，竟連紙張也不看的走過去。等幾分鐘後，在共軍的命令下，車又開動，駛進邊和超級公路後，速度就漸漸增加。

前後經過了七個關卡，中午時分客車抵達了頭頓市，來接應的人原來是元波已見過的舵手，他笑嘻嘻的拉著元波，像久別重逢的老朋友，把造作的興奮都掛在臉上。

「我等了很久，真賞臉啊！跟我來，我媽媽一定很高興的。」

元波抱起阿文，婉冰背著明明拉著阿美，隨舵手慢步行出車站，在飯店裡打點了午餐。又和舵手到了一個陌生人的家裡，舵手進去取出兩套黑衣服和竹帽，要元波夫婦改穿漁村的粗衣服，把鞋也扔掉改穿拖鞋。改扮後，如不開腔說話，倒已和越南漁民沒分別了。阿美姐妹也換了當地兒童的服裝，衣服不稱身，但已沒先前的惹眼。

一切準備看來毫無破碇後，他們沿小徑行向石畔漁村，舵手帶阿美領先，婉冰背明明遠遠跟著，元波抱著阿文殿後。午後驕陽，熱辣辣的灑下來，沒走兩步路已汗流滿臉。元波就用竹帽頂起小圈子的陰影，把阿文蒼白的瘦臉掩蓋在蔭中。婉冰走半小時，吃力的喘著氣，舵手不停的往前行，她只好咬著牙苦苦的支撐。

也不知過了多久，才置身石畔漁村；一陣腥味撲面，海風吹拂，涼快感裡又有濃郁鹹味嗅進肺葉，精神也振作。

進入靠海的一家茅寮，裡邊已先到達兩家人，男女老幼共十一人，大家點個頭，都不敢出聲交談。元波放下女兒，立即尋問飲水，屋主是個老越婦，拿來兩碗冷水給他；他打開公事袋，分別找出阿美、阿文該吃的藥丸藥水，調好後給她們喝了。病後體弱，用過藥就倒在元波懷裡沉沉睡去。婉冰也解下明明，悄悄問丈夫：「怎麼不見老三和爸媽呢？」

「有好多個不同的集合地點，每處不能太多人，他們應該也早到了。」

「什麼時候起程？」

「我也不曉得，應該等天黑吧？」

「我很怕，你呢？」

「聽天由命，別亂想，沒問題的。」

在寂靜裡等待，心越急，時鐘分秒走得越慢，天快黑時已經像幾世紀那麼久了。越婦煮兩大鍋番薯拿出來，大家分著吃，阿美姐妹也醒了，香甜的番薯塞飽飢腸後，舵手又出現，他說：「大家準備，下小船的時候千萬不能爭，一個跟一個，上了船立即坐下，我指定位置要服從，免船翻沉。」他從袋中拿出瓶藥水再說：「手抱孩子的現在把我分給你們的安眠藥水給小孩先喝，讓他們睡熟。如果吃藥後還睡不熟，你們千萬注意，哭的時候要立即按著他們的小口。」他把藥水分給婉冰和另兩個婦女，婉冰望著丈夫，元波點點頭，她才喂明明喝下甜藥水。

不知何時外面竟飄著毛毛細雨，舵手率先從茅舍的後門出去；整隊人一個跟一個的默默無聲的在他背後，踏進南國深秋的微風細雨裡。天地黑黝黝一片，

除了風聲吹拂和波浪擊打的海韻外，世界也死寂如洪荒，腳步踩在沙灘上，恰如貓爪的輕盈，沒弄出半點雜音。

元波走在婉冰身後，什麼感覺都沒有，只是專心注視前方的黑影，緊跟著移動。那段路不很遠，但對這群逃亡者卻如天梯那麼長，總有走不完的恐慌。驟然到達海邊停泊小渡船的位置，大家幾乎都想歡呼喊叫，那份心境有如尋寶者覓得了寶物，恨不得全世界的人都來分享他的快樂。

舵手神情緊張，首先跳上渡船，在搖擺的船板上接應來人；由他一手一個的拖上船，大家在他的指揮下乖乖的端坐著。舵手一分鐘也沒浪費，在萬籟俱寂的海岸邊，他發動了機器，渡船衝著三級風浪開行了。

顛簸搖晃裡，小船在黑暗的海面前進，婉冰，阿美和一些老幼者都受不了風浪的撲打，紛紛嘔吐。

元波摟著明明和阿文，眼睛在如墨的水面巡視，隱隱約約的在左方和右邊，彷彿也看到了幾艘像他乘坐的小渡船在奮力地吃風前進。左邊一排明明滅滅的美麗燈火來自頭頓市山上的共軍高級別墅區，小船輕擺方向一轉，就把那岸光亮拋到後邊了。

前邊烏暗的海面這時忽然閃起一點亮光，閃閃爍爍；舵手也立時取出長電筒，朝著燈火來源打訊號，那點燈火不再閃爍了。舵手放下電筒，渡船就筆直的在一拋一盪的水面向燈火處全力迫進。

像歷經幾世紀那麼久，渡船終於在海上和那艘漁船相遇，大家不知從那兒來的勇氣，一個個攀爬上漁船放下的吊梯。小漁船任務完成後，發動機器又駛進黑暗裡。元波隨著眾人分別進入艙內，婉冰和女兒軟軟的躺下；她們連黃膽水也吐出來，人像病了般已沒半分氣力了。

元波站立著用手扶緊木板，在微微的光線裡用力尋覓；一張張臉瞧去，幾十個人中竟沒看到父母和元濤。他的心沉落海底似的，人也虛浮著，手腳冰冷，神色緊張萬分的仰望艙面，無休止的期盼中又新到了二十多人。可是元濤和雙親卻不見出現，他越來越急，再也不能等待的悄悄攀上船面，找到舵手急急的問：「我弟弟和父母為什麼不來呢？」

「已有三隊人沒到，已經過了約定時間啦！」

「怎麼辦。」元波搓著手，按捺著內心的恐慌。

「我們再等一個小時，過了午夜無論如何都要開船了，不然天亮好危險呢！」

「怎麼搞的，會有什麼事嗎？」

「急也沒用，再等等吧！」

正說話間，遙遙遠遠的看到一閃一滅的訊號，元波大喜，他立即求舵手：「請把船開向他們，加快呀！好嗎？」

「你瘋了，那不是我們的訊號。」舵手匆匆跑進駕駛室。

這時一片淒厲的槍聲響遍了夜空，艙底的人全驚醒了。在一片凌亂的呼喝聲裡，漁船發動了引擎；元波衝進了駕駛室，聲嘶力竭的喊著船長和舵手，但沒有人聽他的哀求。漁船以最大的衝力，把海面劃出了一條條水紋，元波心膽俱裂的行出駕駛室。往後凝望，幾點燈火搖晃在遠遠的水上，漸漸的，有兩道較強的燈光似乎朝著他們迫近。

警告的槍聲又使人喪膽的呼嘯著傳來。

元波驚愕的站立船舷，一手扶著駕駛室外的門檻；他不敢相信，由元濤一手策劃，花費許多時間精力準備的整個逃亡方案，在最後時刻會出毛病。有三隊人沒法趕來漁船會合，而他父母和三弟竟是其中的一隊。

人算不如天算？他父親相信命運。元波仰望黑暗的穹蒼，淚流滿臉的對天怒吼：「天啊！那不是命運。天啊，為什麼……」

沒有回音，後邊雨點燈火已消失，漁船吃風前進，在五、六個時辰全速航進後，天邊透出了微曦，舵手和船長很高興的向艙底的人宣佈，漁船已到達了國際海域，衝出了越南領海了。

全船爆發了一片歡呼的聲音，有人喜極而泣；有人跪下向天膜拜，有人感激的互道慶幸。元波和婉冰相擁而哭，他們一家終於在公海上飄浮，可是雙方的父母及元濤卻仍羈絆在陷區裡，吉凶未卜。阿美的燒已全退，阿文也有起色，明明啼哭著要找他留在家裡的小狗玩具。

曙色如芒，茫茫海天，見不到任何其他的舟楫。旭日卻始終不肯露臉，天際烏雲積聚，風越刮越強，掀起的浪花都從船舷滾下，一瑒暴風雨已經降臨了。

七級風浪無情的橫掃擊打著小漁船，船長和舵手下令封艙，七十多個逃亡的人一起擠擁在艙底，嘔吐的聲音此起彼落，大家都臉無血色的讓新恐懼侵襲。

元波緊緊抱著兩個擔驚受怕的女兒，一手盈握著婉冰的手，明明也伏在媽媽的懷裡。小船在大風浪裡起伏，搖晃，動盪；元波閉起眼睛，不再多想了。一家五口和全船七十多條生命，不論前方還有什麼危險，也總算逃出了共產黨的轄區，從到達公海水域起，這船難民已經呼吸到了自由新鮮的空氣啦！

世上還有什麼比自由更可貴呢？

黃元波睜開眼，臉頰肌肉牽動，不覺浮現了一個淺淺的微笑……。

一九八六年五月廿四日下午二時半開始撰寫，

初稿書名《天堂夢》，定稿後再三推敲改書名《沉城驚夢》。

一九八七年五月三十一日，丁卯詩人節脫稿於澳洲墨爾本。

一九八八年九月香港大地出版社出版，全球發行。
一九八九年十月獲僑聯總會「華文創作獎」小說類首獎。
二〇〇九年十月廿四日全書重新打字及校對。
二〇一四年元旦日最後修訂及校對於墨爾本。

釀小說51　PG1182

沉城驚夢

作　　者	心　水
責任編輯	唐澄暐
圖文排版	周妤靜
封面設計	秦禎翊

出版策劃	釀出版
製作發行	秀威資訊科技股份有限公司 114 台北市內湖區瑞光路76巷65號1樓 電話：+886-2-2796-3638　傳真：+886-2-2796-1377 服務信箱：service@showwe.com.tw http://www.showwe.com.tw
郵政劃撥	19563868　戶名：秀威資訊科技股份有限公司
展售門市	國家書店【松江門市】 104 台北市中山區松江路209號1樓 電話：+886-2-2518-0207　傳真：+886-2-2518-0778
網路訂購	秀威網路書店：http://www.bodbooks.com.tw 國家網路書店：http://www.govbooks.com.tw
法律顧問	毛國樑　律師
總 經 銷	聯合發行股份有限公司 231新北市新店區寶橋路235巷6弄6號4F 電話：+886-2-2917-8022　傳真：+886-2-2915-6275

出版日期	2014年7月　BOD一版
定　　價	330元

Printed in Taiwan

國家圖書館出版品預行編目

沉城驚夢 / 心水著. -- 一版. -- 臺北市：釀出
版, 2014.07
面； 公分. -- (釀小說 ; PG1182)
BOD版
ISBN 978-986-5696-25-2 (平裝)

857.7 103010545

讀者回函卡

感謝您購買本書，為提升服務品質，請填妥以下資料，將讀者回函卡直接寄回或傳真本公司，收到您的寶貴意見後，我們會收藏記錄及檢討，謝謝！
如您需要了解本公司最新出版書目、購書優惠或企劃活動，歡迎您上網查詢或下載相關資料：http:// www.showwe.com.tw

您購買的書名：____________________

出生日期：________年________月________日

學歷：□高中（含）以下　□大專　□研究所（含）以上

職業：□製造業　□金融業　□資訊業　□軍警　□傳播業　□自由業
　　　□服務業　□公務員　□教職　□學生　□家管　□其它_____

購書地點：□網路書店　□實體書店　□書展　□郵購　□贈閱　□其他

您從何得知本書的消息？
　□網路書店　□實體書店　□網路搜尋　□電子報　□書訊　□雜誌
　□傳播媒體　□親友推薦　□網站推薦　□部落格　□其他__________

您對本書的評價：（請填代號　1.非常滿意　2.滿意　3.尚可　4.再改進）
　封面設計____　版面編排____　內容____　文／譯筆____　價格____

讀完書後您覺得：
　□很有收穫　□有收穫　□收穫不多　□沒收穫

對我們的建議：____________________

____

____

____

請貼
郵票

11466
台北市内湖區瑞光路 76 巷 65 號 1 樓
秀威資訊科技股份有限公司 收
BOD 數位出版事業部

....

（請沿線對折寄回，謝謝！）

姓　　名：＿＿＿＿＿＿＿＿　年齡：＿＿＿＿　性別：□女　□男

郵遞區號：□□□□□

地　　址：＿＿＿＿＿＿＿＿＿＿＿＿＿＿＿＿＿＿＿＿

聯絡電話：(日)＿＿＿＿＿＿＿＿＿＿(夜)＿＿＿＿＿＿＿＿＿＿

E-mail：＿＿＿＿＿＿＿＿＿＿＿＿＿＿＿＿＿＿＿＿